忠孝为经 奇事为纬
与世道人心总有裨益

徐哲身武侠小说

# 清朝三侠剑

徐哲身 著

中国文史出版社

# 目 录

刘 序 ································································· 1
自 序 ································································· 2

第一回　康熙帝御窑嫖贵妓
　　　　神镖将山寨劝强徒 ································· 1

第二回　野草闲花逢人献媚
　　　　豪情义举替鬼申冤 ································· 9

第三回　报父仇结识良朋
　　　　为亲事要求权贵 ···································· 17

第四回　乔装兼作哑易堕术中
　　　　谋命又诬奸难逃法外 ····························· 25

第五回　大堂上谱上点鸳鸯
　　　　小楼中梦中寻蝴蝶 ································· 33

第六回　携丹数粒有意赠妖精
　　　　裂帛三声无心逢缢鬼 ····························· 41

第七回　古庙助商人当仁不让
　　　　深岩昇命妇见义勇为 ····························· 49

第八回　计划有灵爷娘可卖
　　　　针锋相对兄妹开谈 ································· 57

1

| 第 九 回 | 安士照被刺归阴 |
|---|---|
| | 缪彩翘观灯受辱 ········· 65 |
| 第 十 回 | 知府当差真无脸面 |
| | 佳人结拜各有衷肠 ········· 74 |
| 第 十 一 回 | 遇侠女重逢侠女 |
| | 控瘟官再值瘟官 ········· 83 |
| 第 十 二 回 | 斩城守二美逃生 |
| | 劫法场双娃求救 ········· 92 |
| 第 十 三 回 | 劫法场小施手段 |
| | 杀贪官大快人心 ········· 101 |
| 第 十 四 回 | 御强俄康熙召侠士 |
| | 逢妖道胜英救书生 ········· 110 |
| 第 十 五 回 | 放蝶全贞高山见志 |
| | 斩蛟除寇大侠驰名 ········· 119 |
| 第 十 六 回 | 独登楼英雄惊艳 |
| | 双比武侠义联婚 ········· 128 |
| 第 十 七 回 | 草莽英雄神离貌合 |
| | 患难夫妇意远情牵 ········· 137 |
| 第 十 八 回 | 叙离情山中欣缱绻 |
| | 施妖法寺内弄玄虚 ········· 145 |
| 第 十 九 回 | 朱浦怀寺内诛妖 |
| | 林世佩山中得趣 ········· 154 |
| 第 二 十 回 | 净慈寺偶结香火缘 |
| | 杭州城大兴文字狱 ········· 162 |
| 第二十一回 | 艾道爷钱塘救遗孤 |
| | 康熙帝海疆收隐侠 ········· 170 |

第二十二回　奇哨官海上访奇人
　　　　　　侠云霞烟台行侠事 …………………… 178
第二十三回　捉月洞中救彦娥
　　　　　　打虎山下遗孝子 …………………… 186
第二十四回　虎爪一枚引起鼠牙雀角
　　　　　　鱼腹尺素完成儿女英雄 …………… 194

# 刘　序

徐君哲身，余老友也。长夏无事，偶访于养花轩中。见其科头跣足，据案著书。姬人亚英，侧坐案隅，沉李净瓜，以佐清兴，真有调水雪藕之乐。

余为之艳羡不置，因扰之云："才子佳人，兴殊不浅哉！"

哲身一笑，掷笔而起，延余入座。

余就案，视所著书为《清朝三侠剑》，方成十余回，读之已见一斑。所述为康熙间事，言之历历，镕经铸史，有本有源，能使廉贪立懦、震聋发聩，非其他侠义小说纯为飞檐走壁强盗式之著述可比。

哲身原天才敏捷、思想新颖，况胸有成竹，事非子虚，以柱史之笔，作稗官之言，有不尽善尽美。在乎此书一出，行见不胫而走矣。

今秋书成，问序于余。

余谓哲身："夏间余已言之。"

即以畴昔之谈，暑之篇首。

哲身今又作《宦海春秋》一书，自清光绪间叙至民国止，滑稽、突梯、诙谐，极形容尽致之能事。此书仅撰述泰半，与所著之侠义艳情各说部另是一种笔墨，所可谓有五色笔在手矣。因序本集，牵连记之。

# 自　　序

　　一个人在社会上做事，总要有一份负重致远的心思、排难解纷的力量，才可以不负社会、不负自己。在武装同志一方说，背一杆曼利夏，握一支勃朗宁，要拣那些有害社会的杀人放火、抢家劫舍的匪徒，轰然一声，放倒一个，把一班匪徒一个一个放倒，那么社会平安，这才是保国卫家的责任，不可激于私念，便自相残杀起来；在文的一方说，一天到晚，握一支秃笔，伏案疾书，要做几篇讽人醒世、有关社会人心的文字，劝劝一班人们，不可造作是非、颠倒黑白，更不可淫词绮语、弄月吟风，去提倡肉欲的色相的一般社会。这些话，都是我们应该知道的，不用去多费一番话。

　　于今且说古来几个剑侠，无非都具有一份负重致远的心思、排难解纷的力量，在社会上做出些济弱扶倾事迹，留传下来，给后人看看。

　　到了清朝康雍时代的，那些负一技之士，为满人作伥、摧残同类、惨杀骨肉的，虽自命为剑侠，实不过是些浪人。当时虽亦有几个抱奇才异能大侠，他还想铲除异族、光复神州，哪里肯为满人所用？他只在那荒山深邃、大海苍茫之间，和几个同志隐遁了起来，有时也游戏于社会，做些惩恶锄奸的事情，借抒胸臆，不求人知的，就是本书所叙的三侠，如艾道爷，如胜英，如云霞道姑，只是独行其志，造就出几个同志，隐居待时。

　　作者藏海有年，闭门无俚，自从做了《昆仑剑侠》一书，出版后，社会还算欢迎。可见人心向善疾恶，尚未泯灭，还可以提起人们的一份负重致远的心思、排难解纷的力量。作者自幸还不算虚掷光阴、空耗笔墨，本想续成《峨眉飞侠》一书，写昆仑老人未竟之志。因为何君赓声想要先将本书付印，所以再说几句话，就当作序。

# 第一回

## 康熙帝御窑嫖贵妓
## 神镖将山寨劝强徒

满清入关，据有中国天下，头一代的真命天子叫作什么顺治。顺治虽然骄悍狠毒，总算是个创业之主，不能不假仁假义买服人心，除了董小宛之外，倒还没有什么强抢民女的事情。

降及康熙，他是得的乃父现成遗产，既不知创业艰难，又是一个色中饿鬼，平日所行所为，自然像富贵人家的纨绔子弟一般。于是对于满洲后妃玩得腻了的时候，就要换换新鲜口味，可怜那些什么南朝金粉，什么北地胭脂，正好拿来消他肉欲。况且顺治在日，本有为了亡姬，情愿出家的把戏。康熙身居青宫，早经看得烂熟，三年无改于父之道，他竟居然能够明白，作者赏他一个跨灶之子的名号，并不刻薄。

当时幸有三位剑侠，凭他们的全身本领、满腔义气，随时随地做些拯困扶危、奖善罚恶的事情，虽于万恶政府无所补救，究于一家一人无告的小民，总也有点儿益处。借此解嘲，未为不可。作者不肯埋没他们的好处，因此做出这部《清朝三侠剑》的小说出来，阅者拿它当作游侠传看也可，拿它当作满清罪史看也可，我都不问。

现在单说康熙即位以后，朝廷政事，文的有相，武的有将，与他无关，每天的只在宫中像饿煞雄狗的一般，不是和这个婕妤陶情，便是和那个嫔嫱作乐。

1

一天，有位达木苏王进宫，有所陈奏。康熙随便答上几句，算为商量军国大事。等得达木苏王将要退出的时候，他忽然笑着把手一指，命他站住道："朕问你可知道我们祖宗的成法？"

达木苏王见康熙这样的一问，急忙恭恭敬敬地奏道："奴才虽是不肖子孙，祖宗成法，怎敢不知？"

康熙听了，又微微地一笑道："咱们不得娶那拉氏为妃，这是什么道理？"

达木苏王道："咱们和那拉氏向有世仇，那拉氏为咱们祖上所灭的时候，曾经有过一句遗嘱，他说，他们国家虽亡，只要尚有一粒种子，也要使咱们亡国而后已。咱们祖上记着这句毒话，便有世世子孙不得娶那拉氏为妃的成法。这件事情，也无非防微杜渐的意思。"

康熙道："这么咱们和汉人没仇，朕要娶几个汉女玩玩儿，你看大家有闲话吗？"

达木苏王听了道："据理而论，咱们占了汉人天下，他们岂有不来报复之理？唯陛下洪福齐天，自有百神附助，大可不必顾忌这些情节。陛下倘真欢喜民间女子，奴才马上下去，派人出京采选美女，献进宫来就是。"

康熙道："太后知道怎样？"

达木苏王听了，忙又站近几步，轻轻地道："先帝既可纳姓董的女子，弄得遁迹空门，太后似乎也不好禁止陛下。"

康熙连连点首道："对了，你说得很是，你下去就去办理。朕知道中国美女很多，不必问她有夫无夫，只以美丽为断。"

达木苏王听了，一连答应几声是，赶忙出宫照办。

原来达木苏王本非亲王，因为素有拍马功夫、吹牛手段，康熙渐加信任，由不入八分公，一跃而为亲王。大权在握，无恶不作，当时的威权，真与他们那位末代子孙、光绪时代的庆王大同小异，甚至还在庆王之上。他平常所做的事情本来都是逢君之恶的行为，此时既是御口亲谕，怎敢不去作孽？不到几时，各省的美貌妇女，

2

当然个个遭殃,眼看得一块一块的无瑕白璧,尽被那位风流天子作为玩物了。上等的呢,统统封作贵人、美人;次等的呢,都把她们放在御窑子内。御窑子的名目倒也并非康熙一个人做出来的。

从前宋朝有位徽宗皇帝,他因爱上了那个名妓李师师,就将李师师的妆阁改为御窑,于是朝朝寒食,夜夜元宵,竟把国家大事统付奸相秦桧之手,害得武穆含冤,弄得自身被掳。若非宗泽等人尽忠保国,宋室江山早已到了金人手里去了。谁知宋徽宗只玩儿了一个李师师,已是国破身亡。清康熙闹了无数的御妓,依然一无损伤,这也是他的时运亨通,不必多说。

当时北京城内有一位民女,因为她的芳名极守秘密,外间没人知道,大家只称她为苏氏女。苏氏女上无父母,下无兄妹,虽然是一个孤苦伶仃的闺女,却生得才堪咏絮,貌可羞花。年仅及笄,幼年已许与同城赵有仁为室,只因有仁是位书呆,非要中了状元才肯娶亲,所以苏氏女只得一个人住在母家。哪知命不逢辰,达木苏王派人拣选良家妇女的时候,不幸也罹此祸。

进宫之日,康熙第一个就看中她,当下却笑嘻嘻地召她至前,和颜悦色地问她道:"你这女子,姓甚名谁?家住何处?细细奏来,朕可给你一个封号。"

苏氏女那时已经俯伏在地,一听康熙开了金口,急把胆子放大,抬起头来,轻轻地将她双膝挪前几步,朗声奏道:"民女苏氏,籍隶顺天,自幼已由亡亲做主,许与本城赵有仁为妻,有夫之女,不敢亵渎圣躬。"说罢,又忙叩上几个响头,还把她那一双水汪汪的眼珠子望着康熙,望他发放。

康熙听毕苏氏女的言语,还未开口,心内先暗忖道:"此女样样可人,朕所以第一个问她,此时听她的口气,很不愿意事朕。世间怎有这般不贪富贵的痴女子呢?"

康熙一面在想,一面劝苏氏女道:"尔说业已字人,并不隐瞒,朕听了,更加嘉尔诚实,而且尔尚未曾过门,原是一个处子,这有何碍？现在朕封尔为贵人，快快谢恩吧！"

苏氏女听了一吓道："万岁是位有道明君，天下不少美女，何必夺人之妻？还求万岁放还民女出宫。"

康熙听了，顿时微现怒容道："你这女子，怎么如此不识抬举？"说完，便吩咐内侍，快把这个女子幽禁深宫，让她自己悔过再讲。

苏氏女听了，本想立时死节，以报有仁，后又转念一想，暂且从缓，等得万无希望的时候，再死不迟。

不讲苏氏女打入深宫受苦，且来另表一位女剑侠。这位女剑侠人称云霞道姑，她自从炼成剑术以后，也曾做过不少除暴安良的事情。这天正在山中静坐，忽觉心血来潮，赶忙向空一望，只见北京皇宫里面透出一股正气，直冲九霄。他们剑侠本分内功、外功两项，内功是修炼剑术，精益求精；外功是除恶奖善，替天行道。大凡未成剑术的，以内功为重，已成剑术的，以外功为重。

云霞道姑，她本来已具八九玄功，一见人民有难，当然要到尘世一走。云霞道姑出得山来，直向北京宫中走去。那时已是深夜，宫里侍卫个个都在安睡，就是那班值夜的官儿也在那儿闭目养神。因此云霞道姑已经飞进苏氏女住的那座深宫，一班守夜官儿可说毫未觉着。云霞道姑闪进宫门，就见有一个二八佳人，冷冷清清一个人坐在灯下垂泪，她便走近苏氏女身旁。

苏氏女陡见一位道姑模样的人物深夜进宫，心里虽觉有些诧异，但是她早将死生置诸度外，倒也并不害怕，便问来人道："道姑深夜至此，有何见教？"

云霞道姑道："小姐毋须问我来历，请将身世见告，贫尼或可相助一臂之力。"

苏氏女听了大喜，急将姓名、籍贯，以及如何进宫、如何被逼、如何不愿受封等事，全行告知云霞道姑。

云霞道姑听毕道："原来如此，怪不得空中现出一股正气，引着贫尼下山。一则是吉人天相，二则小姐也与贫尼有缘。"说完，即把苏氏女负在背上，飞身上屋，出了皇宫。来到一所僻静之处，始将苏氏女放下。

苏氏女慌忙谢过云霞道姑的救命恩典，方问道："仙姑既把难女救出，我想仙姑具此本领，手刃那个昏君，并不繁难，何故饶他？乞道其详。"

云霞道姑听了道："小姐只知其一，不知其二。小姐不忘故剑，令人可敬，因此上天假手于我，来救小姐。至于康熙，他的气数正旺，我辈也不好逆天行事。即如近日绿林中有一个叫作秦天豹的，他明明在那儿冒充侠客，盗用劫富济贫的名头，以图私利。贫尼本想前去惩戒他一番，同时又望他力改前非，变为好人，所以不忍遽去伤他。据此而论，小姐就明白我们剑侠的为人，无时无地不存上天好生之心的了。"

苏氏女听毕，方始恍然大悟，忙又问云霞道姑的名号，俾得回家，设立长生禄位，供奉报恩。

云霞道姑听了微笑道："贫尼救人很多，素不留名，小姐不必言报。小姐既已许配赵姓，且让贫尼相送小姐回府，小姐快办于归之事，倒是正理。"

苏氏女道："仙姑教训，自当遵办，但恐朝廷追究起来，岂非连累姓赵的吗？"

云霞道姑道："皇宫所多的是女子，少了一位小姐，真同牡牛身上拔了一根毫毛。贫尼知道他们决不追究，小姐放心可也。"说完，果把苏氏女伴送至家之后，一转瞬间，云霞道姑已失所在，隐形回山去了。

苏氏女只得望空拜了几拜，即托原媒，示意赵有仁速来迎娶。

有仁本在愁得苏氏女进宫，必定抗节亡身，但是没法可想。正在惶急，一听媒人之言，苏氏女已经安然归家，一喜之下，哪里还敢再待考中状元始去迎亲？当下满口答应，择吉成婚。

苏氏女索性劝有仁不必赴试，防生枝节，就此一夫一妻，安稳度日了事。有仁亦以为然。苏、赵二人之事，后不再提。

云霞道姑所说的那个秦天豹其人，到底是一个怎样的坏人呢？

其实秦天豹尚非元凶巨恶，不过没有得着良好的教育，再加有些武艺，他便以为天下无敌，任性妄为起来，果真是杀无可赦的东西，云霞道姑哪里肯放他过门呢？

话虽如此，天下的事情，善有善报，恶有恶报，冥冥之中，丝毫不爽。秦天豹虽为云霞道姑所原，后因行为不正，依然不得好死，可知一个人做人，乐得做个好人的好。

秦天豹，妻尤氏。子名秦尤，体态魁梧，富有膂力，因他性情粗鲁，秦天豹平日责他几句，尤氏便要拼命地助子抑夫。天豹处此家庭，也无趣味，便一个人出了家门，去到太行山上落了草，自称该山寨主。他的本领本来不弱，打劫过路客商的财物，当然不难。

日子一久，寨中粗具规模，各处盗贼都来归附。内中要算名叫欧阳天佐的最为出色，比较天豹，仅差一等而已。但是欧阳天佐的性情又与天豹不同，天豹是好色爱财，天佐是贪杯使气，所好虽然有别，同流合污，胡行妄为，倒是对儿难兄难弟。

有一天，天豹、天佐两个又带了一班小喽啰下山行劫，正在杀人越货的当口，忽然来了一位劲敌，你道此人是谁？原来就是大名鼎鼎、四方侠士的首领，人称神镖将的胜英便是。

胜英本是艾道爷的得力门徒，学成之后，奉了师命，下山专做外功，一混数年，搭救的人已不在少数。一则是他本领超群，二则是他立志正大，因此之故，凡遇敌人，每次总占上风。虽然没有长胜将军的绰号，却有长胜将军的实在。

这天路经太行山下，看见对面站着一伙强人，他便走上前去，向为首的一个把手一拱道："壮士请了，在下身无别物，无劳搜检，让我过去可好？"

天豹听了，哪里肯把胜英放在眼内？顿时冷笑一声道："尔在讲些什么写意说话？老子在山靠山，在水吃水，不问皇亲国戚，不管孤客平民，只要经过此地，总得留下买路钱来。"

胜英听了，还不动气，又好言相劝道："我看壮士长得十分英武，将来飞黄腾达，正好替国家大做一番事业。此等剪径把戏，乃是小毛贼的行为，壮士未免失了身份吧！"

天豹听了大怒，急忙趋前几步，用手指指着胜英喝道："呸，你才是个小毛贼！老子问你，你有多大本领，竟敢出口伤人，教训起你的老子来了？"说着，就乘胜英的不备，便把手里的那柄钢刀用了一个毒龙取水势，飞快地就向胜英前胸戳了过来。

胜英一见来势凶猛，也把手中的宝刀用那划桨分潮势，一面格开天豹的钢刀，一面飞起一腿，便想结果天豹的性命。天豹慌忙将身一侧，避过腿风，他们二人顿时大战起来。一直战了两三个时辰，连天豹手下的一班小喽啰也会看得咋舌不已。

胜英一想，如此恋战，终非久计，只得拿出他的绝技，一连几路刀法，直把天豹杀得只有招架之功，并无还手之力，一个失手，已为胜英所败。幸而胜英爱他正在壮年，武艺却也了得，当下非但不肯伤他性命，而且力劝归正，情愿订为结义弟兄。

天豹要顾性命，只好依从，便邀胜英上山，好叙衷曲。胜英情不可却，点头应允。

正要上山的当口，看见前面忽又奔来一大群手执棍棒的人物，内中还夹着一个娇滴滴的美貌女子，边哭边闹，狂呼求援。胜英一见，便知为首的那一个必是强抢民女的恶人，急问天豹，可认识此徒。

天豹点头道："此人姓吴名长庆，就是本地父母官的公子。专喜强抢民女，无恶不作，此间老百姓惧他威势，只好敢怒而不敢言。"边说边把一双色眼暗暗地偷看那个女子。

胜英心地光明，并未留心，否则就要当场责备天豹。

当下胜英听了天豹这样一讲，知道吴长庆的父亲官声尚佳，不愿绝他后嗣。又对天豹说道："吴公祖总算是个好官，出此不肖子孙，已属家门不幸。我们似乎不可伤害吴长庆的性命。现在且上山去，等到夜间，你我只要救出这个女子罢了，余事不用管它。"

天豹道："兄长吩咐，敢不遵命！"说完，二人携手上山。

来至寨内，天豹又命天佐见过胜英，一壁大排酒筵，替胜英洗尘，一壁各叙家世。胜英至此，方才知道天豹家中尚有妻子，约日再去拜访。天豹谦虚几句。胜英又在席间讲些仁义道德的故事，规劝天豹，天豹耳朵里虽然听不进去，面子上却装出已经归正的样儿。胜英自然不知天豹口是心非，当场很是欢乐。

及至席散，天已黑暗，胜、秦二人稍事休息，急又下山。来至吴长庆府前，二人飞身上屋。

站定之后，天豹问胜英道："兄长既说单救这个被劫的女子，我们只要寻着这个女子，带她出去。"说着，边在侧头细听，边又续说道："兄长，你听见哭声没有？据小弟意见，日间的这个女子，此时必在哭泣，我们只要寻着哭声，就知她的人住在何处了。"

胜英道："贤弟所说甚是，但是为兄两耳颇聪，何以此刻毫未闻着哭声呢？莫非那个女子已被姓吴的伤害了不成？此女果有什么三长两短，这就要怪为兄好人做坏了呢！"

天豹正想回答，忽见胜英似有所闻，又见他轻轻地向他把手一招，叫他跟着就走。天豹复也用出轻身之术，随着胜英从屋上来至西厢屋上。

又见胜英对他说道："此屋似有轻微的笑声，为兄拟从这个笑声之中探出日间那个女子所在的地方出来。"说完，急把屋瓦揭开两块，朝下一看，岂知胜英不看犹可，这一看，几乎把他气得大叫起来。正是：

　　侠士未曾伸正义，淫娃早在叙幽情。

不知胜英究竟所见何事，且俟下回分解。

第二回

## 野草闲花逢人献媚
## 豪情义举替鬼申冤

却说神镖将胜英站在吴长庆的西厢屋面，揭开瓦片，朝下一看，不禁气得几乎出声。你道为何？

说也可笑，原来看见白天被劫的那个女子，不但不在那儿哭泣，竟在那里对于吴长庆这人反而争妍献媚起来。看她那种满心欢喜的笑声，令人见了又气又恨，连来救她也是多事。你想想看，胜英乃是一位正人君子，平生耳不闻淫声，目不视邪色，一旦见了这样无耻的腔调，自然要气得怒从心头起，恶向胆边生了。

当下胜英因为已经有言在先，单救女子，不伤长庆，只好急唤天豹也来瞧看。

天豹见了之下，顿时就把眉毛一竖，眼睛一凸，大有立时要结果长庆和这个女子的表示。还是胜英向他摇摇手，复轻轻地说道："这个女子既是自己作践，我们何必管她？贤弟虽然疾恶如仇，但是这等小事，杀鸡焉用牛刀呢？"说着，便将天豹拖了就走。

正要下屋的当口，忽闻后边小屋之中隐隐似有悲泣的声音。胜英忙又同天豹两个跟着这个泣声走去，伏在屋面，揭去两块瓦片一看，始知另有一个少女，大约也被长庆劫来的。见她一种凄惨惶恐的情形，便知她必是一个贞女，和方才所见那个无耻的女子，一好一歹，恰恰成了一个反例。

胜英一见房内并无第二个人，急和天豹两个蹿下屋去，向那女子问道："你是此间的什么人，何故在此哭泣？"

只见那个少女抬起头来，细细地将他们两个望了一望，方始答道："小女子并非这府里的人，名唤宋宝兰。家父宋世隆，向在这城内教读营生。前几天，小女子单身出城扫墓，不图撞着这个吴公子，不问情由，将小女子强抢进府，硬欲纳作妾媵。小女子处境虽寒，也是书香人家，自然不肯顺从。谁知吴公子说奴不知好歹，当场把奴狠狠地责打一顿，又把奴锁在这间房里。每天总有一个妇人前来游说恐吓，逼奴要如公子之愿，奴的不肯寻死，并非贪生怕死，要想苟延人世，实因家贫亲老，没人奉事。二位壮士既从屋上下来，谅非府中人物，倘肯大发慈悲，援救小女子出去，公侯万代，没齿不忘大德。"说完，似要下跪的样子。

天豹听了，尚未开口，胜英先接嘴道："我们弟兄二人本是前来搭救另外一个女子的，宋小姐既是名门闺秀，现在入了虎口，我们断无不救之理。"说完，即令天豹将宋宝兰驮在背上，一同飞身上屋，出了吴府。

先把宝兰送交乃父，然后回到山寨。时已天明，大家也不再睡。

秦天豹笑对胜英道："兄长，你看天下的事情稀奇不稀奇？我们二人原意是到吴家去救昨天白天被劫的那一个女子的，谁知仿佛鬼使神差地救了这位宋宝兰小姐……"

胜英听了，不待天豹说完，便接口答道："这就叫作祸福无门，唯人自召。这位宋小姐倘若也像起先那个女子一样，我们何至救她？只因她不肯失节，现在居然父女团圆。贤弟呀！可见一个人总要做好人，绝不至于吃亏的呢！"

天豹听了道："兄长话中有话，无非规劝小弟弃恶向善。小弟自今以后，一定痛改前非便了。"

胜英听了，连连地跺足赞许道："着着着，如此才不枉我与贤弟结义一场。"

过了几天，胜英便想辞别下山。天豹苦苦相留，胜英只得再住几时。

有一天，胜英复特地将天豹请来向他说道："愚兄承贤弟以手足相待，心里很是高兴。但贤弟正在壮年，血气未定，似可以为善，也可以为恶。愚兄若能和贤弟常在一起，遇事商量，贤弟有此武艺，将来麟阁图名，真是容易。无如愚兄云游惯了，静居幽处，反觉不适。因此特与贤弟说明，愚兄今天真要与贤弟暂别几时，下山去了。"

天豹听了道："小弟蒙兄长时时教诲，胸中渐开茅塞。兄长出外闲游，也非要事，还望兄长再住一年半载，小弟方始肯让兄长下山。"

胜英听毕，见天豹留他确出至诚，自己左右没事，便对天豹笑道："贤弟不肯让愚兄出去闲游，愚兄再住几时，本来也无不可。不过再过旬日，乃是弊师艾道爷的寿诞，要么愚兄前往祝寿之后再来。"

天豹道："兄长的师父就是小弟的师父，前去祝寿，乃是正事，小弟何敢阻止？只望兄长速去速来，小弟决无二语。"

胜英听了，也就点头允诺。于是一面收拾行装，一面吩咐天豹和欧阳天佐两个："以后必须同心协力，保全名誉。寨中若缺粮草，下山走走，未为不可，但以劫富济贫，不得玉石不分，一网打尽。况而天下有本事的人物随处皆有，事事退让，才不失败。"胜英吩咐既毕，方才放心下山而去。

一天，到了其师艾道爷那里，师徒久别重逢，当然格外快乐。

等到艾道爷的寿辰那天，四方豪杰不约而同地都来拜寿。席间有人谈起，离开不远的所在，有一条极大的蟒蛇作怪，祸害人民，为日已久。因为此怪厉害无比，无人敢去碰它。

艾道爷听明，马上暗中捏指一算，知道胜英该得宝物。当下便对胜英说道："此蟒非尔不敌，尔可前往收拾了它。"

胜英听了，肃然答道："师父吩咐，小徒明日就去。但不知此蟒究竟如何凶恶？还求师父训诲。"

艾道人听了，口称："善哉善哉！"边说边命童儿取过一柄神剑，赐予胜英道："此剑就是战国时代的干将剑，本是稀世之珍，又经为师用三昧真火炼过数百年，于是更比尔那腹内之剑还要胜过十倍。尔须宝而藏之，不得疏忽。"

胜英谢过师父，藏了干将剑，次日大早，就向那条蟒蛇出没的所在行去。

一日，到了那儿，初时未有所见，正拟四处搜寻的时候，陡觉一阵腥风由远而近，呼呼地在地上乱卷。就在这阵腥风之中，看见有一条十余丈长的巨蟒，口喷毒烟，恶狠狠地朝他扑来。胜英一看来势厉害，急用他师父赐他的那柄干将剑，一壁护着他的脑海，一壁口吐飞剑，忙向那蟒斫去。说也奇怪，那蟒一经剑击，顿时砰訇的一声巨响，宛如山崩地陷的一般，倒在地下。胜英慌忙蹲身近前，正待将它一剑两段，忽见那条死蟒的身体，不知何时缩小，业已变作一根龙头杆棒。胜英见此奇事，不禁又惊又喜，取至手中，觉得轻似细枝，复又向空打出一试，又觉沉重非凡，真有泰山压顶之势。此时心中知为宝物，携了回山，重告师父。

艾道爷听了，哈哈大笑道："从前岳飞得了一支神枪，金兀术被他杀得狼狈而逃，尔今得了这根神棒，天下妖魔也要安静不少了。"

胜英小住几时，别过师父，不肯失信于秦天豹，果回太行山寨。岂知胜英真的就此云游四海，不回山上，不见天豹，倒也罢了。他这一回山，虽怪天豹自己不好，但是手足之情，从此断绝。

原来天豹为人真被胜英一口道着，为善为恶，并没宗旨。他自从胜英下山，俨如没了笼头的野马一般，每天去到山下，不是抢劫客商，便是奸淫妇女。一天，据小喽啰报称，说是吴长庆父子携了眷属，迁官他处，现在正在山下打尖。天豹一听之下，不禁狂喜，因他久知长庆为人，既贪财，又好色，行装丰富，美妾娇妻不在少数。兼之那个美而且淫的女子也在其中，他就带领喽啰，一马下山，奔近长庆面前，手起刀落，早将长庆的脑袋劈为两片。长庆的老子率领妻媳伏地求饶，情愿献出金银，乞留全家性命，于愿已足。

天豹总算不为已甚，笑纳了金银财物不算外，并将那个既艳且骚的女子抢到寨中，连夜受用。好事既毕，方知那个女子的家世、姓名，原来此女也是本地人氏，姓边，芳名唤作秋香，素负美人之誉。家中父已经去世，乃兄务德，也是一个坏蛋，只因贫无立锥，不能养活妹子，平时明知秋香不肯耐穷，常常地出去勾引俊俏少年，好在决不会白陪人家睡觉的。务德只要有钱进门，做个似是而非的乌龟，倒也并不怎样。

这天，秋香又往外面闲逛，便被吴长庆拦路劫了回府。在路上的当口，秋香还道遇着真正强盗，所以狂呼救命。及至到了吴府，始知长庆是位公子，复见他举动风流，行为知趣，当下一想，像这样的王孙公子，要我做妻，正是我求之不得的事情。于是不用长庆威吓，早已欣然乐就。

当时胜英在屋面听见的那个满意笑声，正是秋香和长庆定情的把戏。胜英恶她秽亵，丢了就走。天豹却爱她生得风情动人，心痒难搔，因为胜英在前，不敢荒唐。现既如他之愿，自然朝朝寒食，夜夜元宵起来，便连下山打劫的事情几乎忘个干净。他心里所怕的，只有胜英回山的时候，一经查出，不肯放他过门，但又没法可想，唯有把边秋香藏在一个秘密所在，瞒过这位结义的老兄罢了。

哪知胜英一回山来，那个欧阳天佐偏去讨好，所谓灶司菩萨直奏，尽将天豹的所行所为密告胜英。胜英听了，当然十分大怒，即把天豹唤至面前，责他不应藏匿姓边的女子。天豹起初倒还空言谢罪，嗣见胜英定要迫他撵走秋香，一时恼羞成怒起来，略有不逊之言。胜英听了，虽然不与计较，但在暗中思忖："此女留在山寨，终是祸祟，不如结果她的性命，好使天豹归正。"这样一想，便丢下天豹，气哄哄地自去搜寻秋香。

这时候的天豹，正把秋香视作活宝，岂肯让胜英去伤他这位爱姬，哪里还顾什么结义之情？拔出腰刀，恶狠狠地就向胜英刺去。胜英自卫起见，便也还刀抵御。哪知天豹这几天既被色欲掏空身体，他的本领又非胜英的对手。胜英一个大意，天豹顿时中镖而死。

胜英一见天豹死于非命，始悔自己孟浪，当场大哭一场，厚殓之下，亲身送柩还乡，以尽友谊。

一天到了秦家，天豹的妻子尤氏一见其夫忽被胜英杀死，定欲报仇雪恨，同时又知自己武艺不敌胜英，儿子秦尤尚未长成，只得暂时隐忍。胜英早已揣知尤氏之意，抚衷自问，也觉有负这位弟妇，无颜久住，遄回家中，即把所有财物尽行分赠贫民，云游四方，借此远避。

一日，经过祥符县中，闻得人说，县官沈国清倚仗上宪和他素有渊源，贪财枉法，草菅人命。抵任不到半载，他的罪恶已是罄竹难书。再加上新纳一个宠妾，就是害得胜英误伤秦天豹的那个边秋香淫妇。胜英既知仇人就在眼前，便在此地耽搁下来。

适有一位罢官名叫马有义的，他有一个要好朋友，姓张名凤池，携着妻子一同还乡，因有历年所积的古玩字画等物，就在市上开起一所古董铺来。继因夫妻二人时常患病，照顾不到，复托友人介绍，将那爿古董铺子租与边秋香的乃兄边务德开设，言明每年租金三百两。凤池旋即病故，张妻持据去向务德索取租金，以做亡夫丧葬之费。不料边务德欺她是个寡鹄，非但将应给的租金托故迁延不付，而且别有一种阴谋。他的毒计是：只要张妻能够从他，人财便可两得。

这天，知道张妻必来索讨租金，他先办了一桌盛筵，等得张妻到来，他却向她说道："我与张兄情同手足，府上既有不幸的事件发生，不要说应给的租金自当首先交付嫂嫂，还想赠此薄仪。此刻已经饬人赴庄取款，不久即到。备有水酒，嫂嫂且请宽用起来。"

张妻究属是个女流，哪知务德的奸计？一听说得很像一个有交情的朋友，自然信以为真，当下便答道："边家叔叔，请你快把租金给我，使我好去办理大事。至于赙仪盛席，俱可不必。"

务德道："嫂嫂何必客气？我的银子业已去取，不过回来尚需时刻。嫂嫂数杯之后，等得银子一到，再走不晚。"

张妻情不可却，只得坐了下来道："这么奴且在此地守候，实因亡夫尸骨未寒，未亡人尚在素食，并非不领叔叔的盛情。"

务德没法，忙又另想一计道："嫂嫂既然不肯吃酒，且待我去取盏茶来。"说罢，匆匆入内而去。

过了许久，方才捧出一盏香茗，送至张妻面前。张妻见务德这般殷勤，只得接茶在手，呷了几口。岂知这盏茶内，务德早已摆了媚药，呷下未久，张妻陡然四肢无力起来，同时又觉心旌摇摇不定，大有思春之意。

务德一见张妻已经入彀，索性走近她的身边，笑眯眯地问道："嫂嫂，我看你此刻神思疲倦，何不到我榻上，假寐一歇？"

张妻向来极守妇道，对于什么媚药春方，非但没有看见过，而且没有听见过。此刻身虽中毒，可怜她依然丝毫未知，仅认为一时偶有不适，又因要等款项到来，方才好走，便点头答道："不瞒叔叔说，奴此刻真的有些头昏眼花，不能支持，只好略躺一刻。银子一到，叔叔唤奴便了。"说完，真的走入务德的卧室，就向榻上一横。此时，张妻所服下的媚药，药性大发，身软如棉，心慌无主。她早懒洋洋地打上一个哈欠，翻身朝里，沉沉睡熟。

务德一见火候已到，时不可失，一面急把房门关上，一面悄悄爬上床去。正想施以兽行的当口，幸而张妻已被务德惊醒，抵死不从，并且破口大喊大骂。务德恐怕被人听见，索性一不做，二不休，急去取过一根绳索，顿时便把张妻活活地勒死。张妻阴魂不散，一灵飘飘荡荡地来到马有义家中，恳他代为申冤。马有义和张凤池夫妇的交情本来很深，前见凤池一病身亡，已是惨痛万般，今见张妻为边务德谋害，阴魂入梦哭诉，惊醒转来，立时亲赴张宅，要见张妻。及据张仆答称，主妇张氏昨往边务德家中讨取租金，尚未回来。

马有义至此，方知张妻果为务德所害。当时也顾不得细向张仆说明情节，急急忙忙奔回家里，写上一张状子，亲赴祥苻县中告发。

县官沈国清接过状子，细细一看，不觉大惊失色，忙把原状携回内衙，一面递给爱妾边秋香阅看，一面皱着眉头说道："令兄如此胡为，我也没法子帮他。"

秋香看过状子之后，便撒娇装痴地向沈国清说道："老爷怎么这般没有胆量，奴和我们哥哥自从生出娘胎以来，从未见他做过谋财害命之事。马有义本是一个劣绅，哪好听他胡诌？即使真有其事，老爷也该念奴夜夜陪伴老爷，多少总有些微劳。况且常言说得好，一夜夫妻百日恩，老爷真能忍心眼看我的哥哥身首异处不成？"

沈国清听了，摸着胡子说道："爱姬不用要挟，我要准马有义的状子，早把令兄拿下了。不过案关人命，我这里自然批斥不准。你们令兄那边，也须自行布置妥帖。你要晓得，我不过一个小小的知县，一层层的上司衙门多呢！"

秋香一听沈国清这般在说，知道他来卖个人情给她的，自然也去摸着国清的胡须，跟着加送一个俏眼道："老爷成全我们哥哥，奴当……"

秋香说至这句，又向国清咬上几句耳朵。咬完之后，复又嫣然一笑道："奴家夜间，好好地补偿老爷便了。"

国清听了，骨头一酥，也就很满意地答还秋香一笑。这样一来，马有义的状子当然没有批准的希望了。正是：

　　虽然为妇忘天理，难免旁人抱不平。

不知张妻的冤枉，谁来替她申冤，且俟下回分解。

第三回

## 报父仇结识良朋
## 为亲事要求权贵

却说沈国清因卖爱姬边秋香的人情，反说马有义诬告边务德，本要反坐，姑念是个缙绅，斥逐出衙了事。

幸而这件冤枉案子已被神镖将胜英探出底蕴，便去走访有义，叫他再投府署上控，又说务德之侄边小璠，此人酒醉糊涂，若令他在府署质对，案情不难水落石出等语。

有义听了大喜，真的又向府衙击鼓鸣冤。岂知府尊传讯之下，并不细问边小璠，反而官官相护，竟把有义办了反坐的罪名。有义至此，唯有等死而已。

胜英一见这个府尊更是断案没有天理，马有义的受屈仿佛是自己害他的一般，不禁气得咬牙跺足，自言自语道："我胜英本是一个顶天立地的大丈夫，这桩案子，不能救人，反去害了好人。我若不把这些赃官、淫妇统统杀个净尽，誓不甘休。"胜英一个人说罢，顿时拔脚奔至府署，先将公堂打得落花流水，然后方把一个个的赃官杀死，救出有义。且至祥苻县的上房，一把抓住边秋香那个淫妇，指着她的鼻子痛骂道："我问你这没有天理的狠毒淫妇，你到底还是吃饭穿衣的人呢，还是披毛长角的畜牲！你被那个吴长庆拦路劫夺的时候，我还约了我那义弟天豹前去救你，岂知你竟不顾父母的遗体、不知人世的羞耻，一见姓吴的有财有势，马上向他献媚，情愿事那恶人！可怜我那天豹义弟，也是为了你这贱人不幸亡身。你若稍有人心，大该替他戴孝服丧，以尽妾妇之道，方是正理。你却如此忘恩负义，天豹尸骨未寒，你又腆颜来嫁这个姓沈的狗官，你还要仗着你的狐媚手段，迫着这个狗官不准姓马的状子，要使姓张的妻子含冤不白，做那永不瞑目之鬼！"

胜英说至此地，急把他的牙齿咬得怪响几声，手起一刀，这个淫妇早已分为两段。

胜英出了衙门，复将务德也结果了，方才离开祥符县境，又往他处。现在暂且搁下。

再讲秦天豹的妻子尤氏，她自从丈夫被胜英误杀之后，既不知胜英相待天豹的好处，自然天天地只思报仇。当时只因她的儿子秦尤年纪尚小，虽然不便叫他马上就去寻着胜英，以报父仇，平日影只形单、痛夫情切的时候，每对秦尤道："汝父为人所害，像这样不共戴天的血海冤仇，汝怎样置诸度外，绝口不提？"

谁知尤氏虽在这般地提醒秦尤，无奈秦尤尚未成年，只知玩耍，并不把父仇当作一件正经事体。尤氏没有法子，只得日夜地以泪洗面，暗暗伤心。好容易这年秦尤已届弱冠年华了，尤氏复把天豹如何被胜英伤害，自己如何苦守多年，从头至尾地告知秦尤。秦尤听了，方始哭得晕了过去。尤氏一见儿子伤感得如此模样，更加引动她那念夫之情，一面唤醒秦尤，一面就把这件大事交付秦尤负责办理。

秦尤当场口虽答应，回至自己卧室，却又暗忖道："我父死在神镖将胜英之手，为子的岂有不去报复？但是胜英本事厉害，我父尚且非其敌手，我若前往，必无生理。倘我一死，这件大事更加没人承担了。最好让我结识几个武艺精通的好汉，只要人多手众，那就不惧那个胜英。"

秦尤想至此处，他又自问自答道："这么我去找谁呢？"他复寻思一阵，陡然之间，被他想着两个人出来，你道二人是谁？原来一个姓崔名通，一个姓柳名遇春，二人少年气盛，却也有些本事。若与别个前去厮杀，倒也未必不占优胜，唯独去与胜英争胜，那就没有把握。但是二人素与秦尤称为莫逆，秦尤有事，宛如他们二人之事，不管力之能及与否，决不道个"不"字，因此秦尤想到他们身上。

当下秦尤便去拜访崔、柳，崔、柳两个当然一口允诺。他们三个人正在商酌进行，尚未成行的时候，又知天豹在日，本有一位名叫张德寿的刎颈交，后赴吴恩处学习道法，多年不通信息，不知现在何处，无从寻访。近因有人传说，张德寿仍在吴恩山中修炼，正想前去相访，忽接张德寿来书，说明亦欲为天豹复仇，且蒙吴师父恩，已允加入帮助。又恐秦尤武艺不够，要他先上山去，学成武功之后，方好动手云云。

秦尤自然大喜过望，于是一面辞别母亲，一面约了崔、柳二人，一同上山。相见之下，悲喜交集，张德寿率领秦、崔、柳三人，见过他那师父吴恩，每日便教三人的武艺。学了许久，张德寿看看三个人的功夫已经可用，又去联络他的友人名叫林世佩的。

林世佩这人，原是北方绿林中的健将，啸聚山林，自称寨主。他有一个妹子，名唤素梅，非但技术出众，品貌超群，兼之宅心甚觉仁慈，当时极负盛誉。素梅既是一个好人，她见乃兄附从吴恩，要与神镖将胜英为难，心里大不为然。起初还防世佩，虽有其议，未必真个实行，后见他们鬼鬼祟祟，终日聚在一起，不是作法逞能，便是比武较胜，始知不是空谈。

有一天晚上，特地等得张德寿走后，世佩一个人在他自己房内的时候，忙去问世佩道："妹子闻得哥哥听了张德寿的撺掇，要从吴恩等人去与神镖将寻事。这桩事情，不知可是真的吗？"

世佩听了道："胜英前与秦天豹有八拜之交，后又自恃镖法出色，竟将天豹击毙。如此忘恩负义之徒，若不除去，我们枉在绿林，势必至于被天下英雄所笑。为兄已经允了吴恩之约，不日便要起程。

妹妹忽然问及这事，莫非有兴要想同去走走吗？"

素梅听了，慌忙连连地摇头道："非也，妹子知道神镖将乃是第一等剑侠，天下断无剑侠肯伤好人之理。况且秦天豹奸淫掳掠，无恶不为，人尽皆知。神镖将的把他杀死，正是为民除害。据理而论，哥哥怎么帮着歹人去害好人？就算神镖将不应杀死义弟，但他具有剑术，近来又得了一根蟒蛇所化的龙头杆棒，如虎添翼，哥哥也非他的敌手。吴恩纵有法术，邪不胜正，岂可作为长城之靠？妹子和哥哥情同手足，既有所见，哪敢不言？还望哥哥听了妹子之劝，赶紧谢绝吴、张、秦、崔、柳等人为妙。"

世佩听毕，气得急把桌子一拍道："你是闺中女子，晓得什么？你还口口声声说，和为兄是一母所生，此刻听你的说话，分明句句在长他人志气，灭自己威风，我不要你来多管，且等我与吴法师师徒等人杀了胜英那个贼人之后，看你从此以后，还敢小觑我吗？"

素梅一见乃兄动了真气，反把她的好言当作恶意，便不再劝，自回绣阁。她又一个人思忖一会儿，明知乃兄此次之事，必无良好结果，她这个人倘若仍住寨中，恐怕祸要及己，她就在当夜，携了随身要紧物件，弃兄远出。

翌日，世佩知道其事，也不追究，只待吴、张那边布置妥帖，就好起程。

又过几日，张德寿亲来对世佩说道："师父昨夕业已卜过文王大卦，明日出发，大吉大利。故我特来通知，请兄准备一切，不可误事。"

世佩道："小弟明晨准率所部同行就是。"

德寿听了，大喜而去。

次日，由吴恩为首，约同众人，以及大队人马，浩浩荡荡，杀奔太行山下。及至到达，始知胜英云游四方，尚未返寨。

吴、张、林、秦、崔、柳等人会议之下，因为扑了一个空，大家很为不悦。

秦尤发言道："小子承诸公不弃，仗义相助，初意以为胜英这人必能手到擒拿，以报亡父之仇。谁料胜贼闻风逃逸，不敢回山，不知是否有人通信？"

张德寿道："这倒未必，我们的人马个个都是心腹，绝不至于走漏消息，秦贤弟毋庸懊丧。胜贼迟早总要被我们捉着的，看他能够多活几时？"

秦尤没法，只得要求大众先将胜英的山寨放火烧了，稍泄胸头之愤。大众当然依他办理，因为这座山寨本是秦天豹在日逐年修造，方始有此规模。天豹既被胜英误伤去世，胜英送柩还乡，欧阳天佐便也另投他处，所以边秋香得以逃出寨中。寨中其他的一班小喽啰不愿解散，推出一人为首，维持山寨现状，且俟胜英回山再说。哪知胜英倒未回来，此次无端地罹了无妄之灾，烧死的烧死，逃散的逃散，这座数年聚集的精华，至此遂成灰烬。

秦尤直待烧毕，方才同了众人回山，每日仍是忧形于色，几至生病。

崔、柳二人劝他道："伯父既已去世，断难复生，此行虽然白劳，这也是件无法之事。吴、张、林三位现既帮忙于前，决不致袖手于后。且俟机会，必有复仇的一天。秦兄倘若愁坏身体，将来岂非自误大事？"

秦尤听了道："二兄所说，自然不差，但是亡父死在九原，当然以早报仇一天，使他好早闭目一天。况且家母时常来信，命我不报父仇，不准回家。想我秦尤，也是一个七尺昂藏的奇男子，弄得局促此间，真是有些对不起父母。"

崔、柳二人复又百般地劝解一番，秦尤只索耐心守候。

三人闲谈之际，秦尤又说起他来投奔吴、张的时候，曾于中途遇见表兄尤少卿，当时也请他相助，他虽应允，只因有事在身，约期后会。至今尚未到来，不知何故。

崔、柳二人道："令表兄既说来此，自然不至失信，或者所事未了，亦未可知。"

秦尤道："我那少卿表兄，他却不像我的这般粗莽，他真长得有潘安仁之貌、曹子建之才，满腹经纶，异日必是国家的栋梁，倘能早日来此，和他切磋切磋，也好使我们减去五斗俗尘。"

崔、柳二人道："令表兄确是当今才子，我们也曾会过数面，可惜他的萍踪莫定，不能修书给他，否则请他快快来此，我们也可长些学问。"

秦尤说过，也就丢开。现在先将秦尤这边之事，暂且搁下，先讲尤少卿那边。

原来尤少卿自从别了秦尤，来至距离北京不远的通州访友，谁知那友已经过世，少卿悲痛之余，就在那里耽搁下来。州中有一家富翁，姓孙名玉亭，曾经做过一任天津海关道。这个海关道本是前清首屈一指的肥缺，慈禧太后与太监李连英上下交征利的时候，此缺竟卖到五十万两银子的价格，其中利益之厚，可以不言而喻。孙玉亭能够一做三年，当然是成了一位面团团的富翁了。膝下二子，长子名唤美成，次子名唤美全。美成长得十分恶劣，他虽既驼且拐，五体不全，但平时立誓，必欲娶他一房美貌妻室，享受享受。玉亭因为家中有的是钱，便托媒人四处地打听出色闺秀，无如良家女子，谁肯嫁这个十不全的郎君？数年来一无成就。

有一天，美成带着家丁出外游玩，看见一家绅士门口有人在那儿唱猴儿戏，美成也就站了下来观看。等得猴戏收场，忽见那家绅士的大门楼上有一美女，倚窗闲眺。美成一见之下，不觉乐得手舞足蹈起来，一种见色猴急的样子，真比刚才那只猴子还要猴急十倍。那家门楼上的小姐无意之中陡见美成这般的态度，也会忍俊不禁起来，不禁扑哧地一笑。美成看见这位美人儿朝他在笑，便认为此人爱他长得俊俏风流，似乎有情于他，这一来，便不好了。这位美成公子真正地连性命也不要了，只将他的那一双令人欲呕的色眼盯着这位小姐呆看，一丝一毫不肯放松。

这位小姐本来对于美成并没成见，因为他的样儿好笑，故而偶然一笑。及见美成拿出勾引手段，自然吓得满脸羞容地逃了进去。

美成直等这位小姐走后许久，方才回过神来，急问家丁道："你们可知这家人家姓甚名谁，官居何职？这位小姐有无人家？大爷今天见了这位小姐，真个曾经沧海难为水，除却巫山不是云了呢！"

当下就有一个家丁凑趣道："大爷真的不认识这位小姐吗？"

美成即用手上的那柄纨扇急向那个家丁头上轻轻地敲了一下，又笑骂道："秃秃秃，你这狗才，明知大爷不认识此女，竟敢反来问我，岂不该打！"

那个家丁方始憨笑了一笑说道："大爷既是真的不知，且让家丁前来禀告。这家人家姓钱名敞，曾任一任知府。这位小姐就是钱敞的膝下掌珠，名叫佩兰，今年一十八岁。她的相貌，俨如月窟嫦娥、瑶池仙女，大爷已经目睹，毋庸小的再说。这位钱小姐非但生得才貌双全，而且性情和婉，女子之中真是一个三从四德的佳人。大爷倘若看中，何不马上回府，禀知老爷太太，唤到媒婆，前往作伐。"

美成听毕，自然像个烂泥菩萨掉在汤罐里一般，一身骨头酥得无法捞摸，顿时奔回府中。见了双亲，急把欲娶钱小姐的事情期期艾艾地说了半天。

玉亭夫妇舐犊情深，听见有此美女，焉有不允之理？立刻把媒婆唤到，命她速往钱府说亲。媒婆奉命，来至钱家，适值钱敞夫妇以及佩兰小姐，正在后堂闲话。钱太太认得媒婆，便问她前来何事。

媒婆笑着道："小妇人将来讨杯喜酒吃吃。"

钱太太问她所说的是哪一家的郎君。

媒婆道："就是本城孙百万的美成大公子。"

钱太太听了，知道美成是个十不全，一气之下，便含怒责骂媒婆道："你莫非痴了不成？我久闻孙家的那个大儿子是个十不全人物，你难道要想断送我们这个女儿不成？"

此时佩兰小姐坐在一旁，她的芳龄本已及笄，情窦早开，自己终身之事，自然暗暗留心。今听她娘说出孙美成是个十不全，一位闺女虽然不好当着父母之面直说不愿，但是不爱再见这个媒婆，于是托故先归绣房。

钱老爷看见女儿这般表示，更怪媒婆不应如此冒昧，前来提亲。立命家丁速将这个媒婆撵出府门，下次不准再来走动。

媒婆碰了一鼻子的灰，只得回至孙府，据实告知。玉亭夫妇听了，倒还罢了，以为钱家既是不允这头亲事，世间岂少美女？缓缓托人寻访不迟。谁知这位美成公子，他都娇惯性成，说到哪里就要做到哪里。况且钱小姐真也长得出色，他见媒事不成，便迁怒媒婆身上，顿时扑地站了起来，一跷一拐地奔至媒婆面前，一时拳脚交下，把这媒婆打得口鼻歪斜，衣衫破碎，方才稍舒心中的气愤。等得媒婆走后，他又寻死觅活，强逼双亲，必要娶定钱小姐为妻。

孙玉亭没法可想，只好叫他这个宝贝儿子静候机会，且容慢慢地进行。

倒是孙太太忽然想起一人，忙对玉亭说道："达木苏王，他曾收过我家重礼，此事只要他肯出场，不怕姓钱的不将他的女儿双手奉送过来。"

玉亭听了大喜道："着着着！不是太太提起，我几几乎忘了这位王爷，此事非去托他老人家不可。"说定，马上办了一副重礼，亲自去拜达木苏王，求他成全这头亲事。

达木苏王本来炙手可热，朝中大小官吏，哪个敢不听他吩咐？况与孙玉亭原有深交，当下便一口应允。正是：

　　　　成全姻娅原佳话，强迫婵娟大不该。

不知达木苏王如何办理此事，且俟下回分解。

## 第四回

### 乔装兼作哑易堕术中
### 谋命又诬奸难逃法外

却说达木苏王既允孙玉亭硬作媒人,即命他身边的一个亲信太监,再向钱家去替美成公子执柯。

太监奉谕,亲去见了钱敞道:"咱家奉了我们王爷意旨,他说孙玉亭的大公子才貌双全,宅心仁厚,正与府上这位佩兰小姐是一对儿美满良缘,特遣咱家代表前来作伐。钱老先生,你自然一定答应的。"

钱敞听了一吓道:"王爷之命,哪敢不遵?不过小女曾与舍亲指腹为婚,似乎不便更改。况且孙公子如此才貌,寒舍也觉高攀不起。"

太监听了,微微地冷笑一声道:"钱老先生,你也做过官的,咱们的王爷既然做到男媒,不要说府上这位千金,就是当今的康熙佛爷的公主、娘娘,她的这位叔太爷,既是出来做主,恐怕也不好拒绝吧!咱家奉劝你,乐得放得漂亮些,不要使王爷动了气,那就大家都有不是。"说完,硬叫钱敞答应。

钱敞无法,只好勉强允诺。送走太监,忙把此事告知夫人。夫人当下一听这位奸王出头,此事若不答应,便有大祸临头,只得将她女儿唤出,叫她保全父母,牺牲自己,答应下来。

佩兰一听要嫁这个十不全的夫婿,此时也顾不得害臊,便哭着对她的母亲说道:"女儿情愿一世守在家中,决计不愿嫁到孙家去的。母亲倘若真的要女儿依允,女儿唯直死而已。"

太太听了,也一边拭泪,一边又劝女儿道:"我的心肝乖乖,这也是我的命运不好,方有这场乱子出来。现在只好委屈一点儿吧!"

佩兰生性柔顺,为了父母,只有掩面回房,这场不如意的亲事就此成功。

没有几时,孙府已来迎娶。喜期那天,因为媒人是达木苏王,朝中文武百官谁敢不来道贺?因此之故,自然万分热闹。等得拜过天地,在结缡的当口,这位美成公子又闹出无数的笑柄。佩兰小姐当场虽有红巾遮住她的那双凤眼,但听满堂哄起的那种笑声,心知她的新郎定在出丑,暗暗地叫了一声苦,更加不乐。

及至送入洞房,佩兰的从嫁婢女文艳不肯离开她这位好小姐的左右,美成急与文艳大做手势,要她暂出房去。文艳口虽应诺,身不出房。禁不住美成硬逼她走,只好退出。

美成一见文艳已走,方才大胆去揭佩兰头上所覆的那块红巾。刚刚揭下,忽听房中发出一阵微微的笑声,慌忙抬头一看,始知文艳去而复来,不知何时站在她那小姐背后。一时情急起来,也不管房里有没有人,强拖新娘上床,成其好事。

次日,孙玉亭夫妇看见他的这位新媳妇非但娇艳绝伦,而且举动有节,心下自然万般乐意。

过了几天,又见新妇侍奉他们二老事事如意,颇尽妇道,暗中也知儿子太觉蛮蠢,叫一位佳人日与鹿豕为位,委实有些过意不去,一时代佩兰可惜起来。因此出资替二子捐官,一则既壮门楣,二则使新妇得做夫人,借此杀杀水气。上任之日,美成、美全因官同地,当然偕行。佩兰身边带的是文艳,美全身边带的是一个书童叫作庆童。

到任未久,初尚相安无事,后来竟出一件飞来横祸。你道为何?原来都是尤少卿一人闹出来的。少卿本是一个风流倜傥的人物,才子佳人，又是天生成最容易结合的。少卿自从看见钱佩兰以后，宛如张生见着崔莺莺一般，兼之旅店孤栖，格外岑寂，于是百计探访，始悉佩兰业已于归孙美成了。同时又知佩兰这场婚事屈于威势，心非所愿，他便趁此弱点，追至任所，要想达他那个偷香的目的。所以秦尤老在山上等他，自然像个断了线的风筝一般了。

那时佩兰虽已做了夫人，但是对于这位蠢劣如猪的夫婿，花晨月夕，未免仍有几分怨望。再加美成这人五体尽管不全，好色贪花的把戏倒是一位行家，因见他妻子身边的这个美婢文艳，又如苍蝇见着血的一样，朝思夕想，几至发狂，忍耐不住，只得老实对佩兰说，请她大发慈悲，准将文艳赏他做妾。佩兰本在恶美成麻烦，一听美成看中文艳，便即一口应允。俾得腾出她的身子，另作别图。

谁料这个文艳，出身低微，毫无资格，一旦做了美成的新妾以后，顿时摆出那个如夫人的样子，不但呼奴使婢，忙个不亦乐乎。奴辈若有错处，佩兰倒能宽恕，文艳却要大施主婢之威，害得全家童仆，个个敢怨不敢言，背后自然恨之入骨。

书童庆童总算是美全的心腹，连美成也另眼相待，哪知文艳曾经和庆童在家共过事的，现在一旦高升了，岂肯把他放在眼里？又因美成、美全越加看重庆童，她却越加恼怒庆童。庆童一时不肯服气，偶尔顶撞文艳几句的时候，也是有的。文艳此时恨不得宠擅专房，她的权力甚至要驾乎她的小姐之上，试问一个小小的书童，对她如此，她怎肯甘休的呢？从此以后，便与庆童天天地作对，有时美成听了她的谗言，责罚庆童一顿，文艳倒还罢了；有时美成一个不留意，听了文艳的说话，并不责罚庆童，文艳就要撒娇装痴，闹得鬼哭神号，一塌糊涂。

佩兰看不过去，间或规劝她几声，那就不得了，她却有题目可做了，不是强辩自己有理，便是硬派佩兰多事，甚至隐隐约约竟说佩兰和庆童有私。美成对于他的妻、妾二人都是一般溺爱，只有两面敷衍，不敢做左右袒。后来又因文艳对他曲意承奉，佩兰未免冷淡，于是佩兰这边渐渐地少来宿歇。佩兰正中下怀，不过孤眠独宿，有时心动的当口，自然有些没味。

可巧尤少卿已经思得一计，乔装哑婢，投身孙衙。佩兰一见这个哑婢长得十分俏皮，复因文艳已被美成收房，身边没人服侍，时感不便，便与美成说明，准留哑婢侍她。美成本来不知这个哑婢乃是男扮女装的，当然一口允诺。从此以后，尤少卿时时得近芳泽了。

有一夜，佩兰忽涉遐思，不能成寐，姑令哑婢与之同榻，虽然不能谈心解闷，伴伴寂寞，有何不可？哪知少卿原是借婢进身的，连日无机可乘，正没法想法，今见夫人要他陪同睡觉，这一喜，还当了得？上床之后，用出种种媚术，诱动佩兰的春心。佩兰本是一个怨女，哪里禁得起少卿的这般挑逗？一时情动起来，自然堕了少卿的彀中。那时一个是才子班头，一个是佳人领袖，一夜欢娱，早已如胶似漆，恩情海样深了。

翌日起来，只要瞒了众人眼睛，闺房之内，真个甚于画眉的事情，无不干出。可怜孙美成和佩兰结缡以来，何曾尝过这般销魂的滋味呢？岂知好事多磨，嘉景难久。

有一天晚上，美成适因文艳吃得烂醉如泥，业已入了黑甜乡中，就是唤她醒来，似乎也难鱼水之欢。不如来至佩兰房里，旧梦重温，或有特殊趣味儿，美成这样一个转念，便向佩兰这面而来。谁知不来犹可，这一来，便闯出滔天大祸来了。

原来佩兰近日竟将少卿当作美成的代表，一来既爱少卿长得标致，面子上虽然佯装哑子，房里没人的时候，自会巧语花言；二来又因美成久宿文艳房中，决不料他会做不速之客起来。所以佩兰和少卿正在情话喁喁的当口，早被美成瞥见。美成一怒之下，即欲命人将少卿逐出，由他亲自坐堂严惩。当下少卿一见自己的命在须臾，只好铤而走险，急与佩兰两个当场就把美成谋死。

美成既死，文艳酒醉未醒，毫不知晓。少卿要想脱罪，忙与佩兰商酌，打算嫁祸在书童庆童身上。佩兰此时无计可施，自然赞成少卿之说。少卿便把那柄凶刀悄悄地藏于庆童被褥下面，以做铁证，又值庆童可巧亲送参汤去与文艳，经过佩兰房门，黑暗中足踏尸上，绊倒在地，弄得血染衣襟，自己制成一个凶手模样。同时佩兰大喊有贼，美全闻声赶至，问贼何在，佩兰假装痛哭道："汝兄刚刚入房，即为一人杀害，此人是谁，奴因惊慌惶急，未曾认清他的面目……"

美全不待佩兰说完，忙把美成尸身一看，抚之早已气绝。

此时家中上下人等都已闻声奔集，各觅凶手不得，旋在庆童褥下搜出凶刀一柄。佩兰此时又一口咬定凶手就是庆童，美全初尚不敢遽信，后来禁不起佩兰边哭边说，她说，庆童必与文艳有私，二人恐怕泄露秘密，或者已为美成窥破，不得不下此毒手。又说，庆童倘非凶手，何得满身血污，凶刀怎会在他褥下？美全听了，方才相信，便将庆童、文艳二人送官究办。文艳在途，尚思申辩，美全既有佩兰先入之言，再加证据确凿，哪肯容她抵赖？

等得到了县衙，问过一堂，文艳、庆童二人绝口呼冤。县官暂把他们主仆下狱，再事调查。

没有几时，旧官他调，新官莅任。你道新官是谁？却是那位仗义曾替张凤池妻子鸣冤的马有义。这么马有义，又怎么忽然会做起这里的县官起来呢？后文自有交代，此刻且不细表。

单讲他接印之日，便吩咐亲信随员林振、马横二人，四处探访民间冤抑，以便审案的时候有所根据。林振、马横二人奉了新官之命，改扮平民装束，或在一起，或分两处，终日在城乡的茶楼酒馆之中，明查暗访。林、马二人既为马有义所遣，所谓强将手下无弱兵，倒也规行矩步，不敢妄为，一连探出几桩案件，报告马有义。马有义听了，还不敢遽信为真，复又将各件案子细细地复核一番，始知林、马二人尚属可用，事事都是实在，因此就把各案平反。

及讯文艳、庆童一案，二人当然同声称冤。马有义因见庆童所犯有证有据，起初倒也认定他是凶手，至于文艳与庆童恋奸情热，共同谋害家主，像这等的案子，他的手内本也经过不少，照他的初意，文艳、庆童便要大辟了。谁知马有义到底是位清官，问案不厌烦琐，稍有一丝一毫疑虑之处，他即不肯马上定罪。

有一天，马有义一个人在签押房里翻阅文艳、庆童二人的口供，他想此案的枢纽先要查明文艳与庆童有没有奸情，如有奸情，自无疑义，倘若没有奸情，难免没有冤屈。马有义想至此处，他又自言自语道："文艳的口供似乎很与庆童有仇，既然有仇，何至遽去通奸？既不通奸，文艳何至去做帮凶？既然不是帮凶，谋害之事，顶多是庆童一个人做的。照此揣测，必须再派林、马二人仔细探访，方能定谳。"马有义想罢，即将林、马二人唤至，吩咐速去办理。

林、马刚才去后，美全已来拜谒，寒暄既毕，美全道："家兄乃与尊官先后寅僚，现在不幸死于非命，这件案子，不比寻常，淫妇奸夫既在监中，尊官何以搁置不办？"

马有义听了，答道："孙兄见责，本也不错，但是案关人命，不能不慎。况且凶手另有其人，因此不敢贸然判断，恐有冤屈，失入失出，大清律例，条款分明，下官何敢疏忽？"

美全听毕，不以为然道："尊君对于证据确凿的凶手，竟置不问，反要另去缉凶，这事未免办得荒谬了。"

马有义道："孙兄不必性急，下官业已派遣亲信随员前去访查，七天之内，定见分晓。"

美全听了道："倘若七天拿不到另外的凶手呢？"

马有义道："下官敢与孙兄打赌，若是逾限，准由孙兄揭参列宪便了。"

美全听得马有义说得这般口硬，只好暂时告别。哪知林、马二人一连六天，实在访不出底蕴，深恐误恨，急来请求展期。

马有义因与美全打赌，不好失信，正在万分焦急的当口，忽然来了一位救命星君。这位星君就是专喜扶危救困的那个神镖将胜英。

胜英自从在祥苻县里大闹公堂之后，一直云游四方，沿途所打抱不平之事，随时皆有，此时毋庸细述，所以秦尤和吴恩、张德寿、林世佩、崔通、柳遇春诸人火焚那太行山寨的事情，他却一毫未知。

一日，行至北京，就在一家客店寓下，因爱首都的风景，便在各处任意游玩，甚至什么庵堂寺观，什么古迹名区，凡是脍炙人口的胜景，无不细细玩到。

有一天，他爱便宜坊的烧鸭好吃，独自一个在那儿大嚼特嚼，吃得兴致淋漓的时候，便把堂倌唤到跟前，问他都中可有破天荒的新闻。

那个堂倌因为顾客见问，不便不讲，当下笑答道："你这位客官，既然问到这话，大概尚是第一次来京，京中的新闻虽说天天都有，其实是也没有什么真正稀奇的事情……"

那个堂倌讲至此处，看见胜英的酒已将罄，先去添上热酒，然后又侧头一想，忽然想着一件新闻起来，于是一面打开喉咙，一面慢慢地说道："现在的这位康熙爷，他本是位满洲人，他的父皇就是顺治爷……"

胜英听到这里，忙拦着这个堂倌的话头道："我叫你讲说新闻，你怎么背起皇上的家谱来了呢？这种历史，我也略知一二，不劳见告。"

那个堂倌听了，忙又扮着鬼脸一笑道："客官，老人家可莫性急，我讲的这桩新闻，非得从这样的讲起。不然，你老人家听了，就没有头脑。顺治爷自被吴三桂借兵入关，其时明朝的崇祯爷早已自缢煤山。那个闯贼同他的军师牛金星一闻满洲的大队人马到了，心知满洲的兵将个个有万夫不当之勇，骁勇善战，世界驰名，一想自己所有的队伍本是乌合之众，小鸡儿敌不过老鹰，这是不能拿性命做儿戏的。

"那个闯贼就趁满洲兵尚没入京的时候，早已卷了金银宝物，一溜烟地逃之夭夭了。满洲兵于是如入无人之境，现成得了天下，头一代皇帝，叫作顺治佛爷，顺治佛爷虽然不是马上得来的天下，可是弓马娴熟，武艺高强，因想他们子孙世世代代要坐中国的锦绣江山，因此立下一种什么成法，说是后世子孙必须练习弓马，方是万世之基。谁知大凡一经做了皇帝的人，虽然学会弓马，其实一无用处，他们只好想出一种打围的玩意儿出来。每次打围，自然是御驾亲征，所有扈从大臣，无非皇亲国戚，我们汉人，十回之中，听说倒有九回挤不进去的。

"前几天，打围的地方忽然出了一只斑斓猛虎，其凶无比，被虎所吃的大小人物已经不计其数。康熙佛爷知道此事，他老人家便要一试身手，为民除害，业已派定达木苏王随驾，大概就在明后日，便要实行了，客官不妨悄悄地预先躲到山上去偷看。像这样从来未有的新闻，客官，你老人家听了，也该多饮几杯吧！"

胜英听毕，果然大为称赞道："堂倌，这件事情确是一件大大的新闻中的新闻。"

当下胜英独自又吃了几杯，付钞之后，回到客寓。刚刚进门，就听得寓中的一班旅客也在那里谈说这件御驾打虎的事情，胜英始知那个堂倌并非胡诌瞎说。

一宵易过，胜英特地起了一个大早，携了那根龙头杆棒，悄悄地预先来至打围的那座山上，藏身在一所岩洞里面。可巧康熙佛爷正是这天前来打围。正是：

　　　　新闻不从堂倌口，特典何来侠士身。

不知康熙爷打围，究竟遇见那虎没有，且俟下回分解。

# 第五回

## 大堂上谱上点鸳鸯
## 小楼中梦中寻蝴蝶

却说康熙爷于这天坐朝之后,即命达木苏王扈从,并率领侍卫多人,携着雕弓御箭,来至煤山一带,顿时打起围来。

那时遍山上的各种野兽,一闻人声马嘶,无不惊醒乱窜,有的向深林古洞之中奔去,有的反向人丛之前冲出。一班侍卫谁不想在圣驾面前露点儿头角?于是梆响齐发,火器交施,一时烟雾弥漫。那些野兽飞禽也算遭着一场大劫。

正在这个时候,康熙爷忽见有一只小鹿如箭地奔过他的马前,他就把缰绳向他的前胸一提,纵马追了上去。岂知他那匹御马也算来得快了,这一只小鹿更加比他还要来得快,好容易追了半天,看看将要追上了,瞥见这只小鹿却向一个岩洞里面钻了进去。康熙爷的马大人高,无法追入,他便扑的一声,跳下御马,正想追踪而入的当口,猛然间呼呼地吹来一阵腥风,就在这阵腥风之中,陡见那个岩洞上面,无端地跳下一只斑斓猛虎。此虎大如牯牛,口似血盆,眼像铜铃,来势异常凶猛,一见康熙爷单身一个人站在那儿,它却大吼一声,急把它的后股朝后一坐,双爪向前一进,就向康熙爷的身上扑来。幸而康熙爷还算一位行家,急把身子往后一滚,又接连急急忙忙地连滚带跳地逃在一座林旁,方始脱了虎口之险。

原来老虎追人,只向直扑,倘若人向左右两边逃避,等得那虎转身来追，这人早已逃往别处去了。有些人不知这个法门，只向前逃，所谓直头的老虎一扑就有四五丈远，任你这人如何逃得快法，总得被它追着，当了点心果腹。

那时的康熙爷，既向旁边逃走，及至这虎掉转身来再追的时候，康熙爷离开它所在的地方已远，赶忙抽出神箭，架上雕弓，说时迟，那时快，对着那只老虎的头上就是一箭。谁知康熙爷过于惊慌失度，扳着弓弦的那一只手略觉一震，发出之前便落了空。康熙爷一见这一箭射不中虎头，当然更加着忙起来，哪里还有平时的镇定功夫能够鼓勇再射第二箭？除了拔脚飞奔逃走之外，并无第二个法子。

那虎本来想吃康熙爷的肉的，一见康熙爷射了它一箭，就此飞逃，不禁大发虎威，又连连地狂吼几声，接着一纵数丈远地追蹿上来。康熙爷此时早已吓得勇气全无，心慌气喘，只有闷声不响，拼命地往前飞奔。所有扈从保驾的侍卫离得又远，竟没一人追上救驾。

康熙爷此时又吓又急，看看后面的那虎顷刻就要追着他了，可怜他的双腿忽又酸溜溜地软了下来。正在上天无路、入地无门的当口，忽见一个岩洞里面复又跳出一只虎来。康熙爷一见之下，几乎晕倒在地，急又定了一定神，依然不顾性命，慌慌张张地向前再逃，口里还连连地边逃边喊道："朕命休矣！朕命休矣！"同时仍又回头再看，方知那个岩洞里面跳出来的，却是一个武士打扮的人，并不是虎。又见那人已在和虎恶斗。

康熙爷因见此人既在与虎相斗，暗中一想，此人定有无上本领，否则焉敢和虎去斗的呢？这样一想，胆子便觉似乎有些大了起来了。当下又见那人已将那虎的领毛揪住，看他一连狠重地几拳，那虎竟被击得乱蹦乱跳，没有多大时候，便仅存奄奄一息。跟着又听得那虎惨吼一声，似已死在地上。

此时随从的侍卫，以及达木苏王等人也已纷纷赶了上来，一见圣驾独自在此，大家慌忙不迭地一齐跪在地上，口称："万岁受惊了，奴才等一见圣驾不知去向，各人四处地分头找寻，不图在此追着万岁……"

康熙爷不待众人说毕，便遥指那只死虎之旁的一个武士，向大众说道："朕因追赶一鹿，致与汝等失散，岂知碰见这虎，死死活活地追着要想吃朕。若非这位武士把虎打死……"说着，忙又把头连连地边摇边续说道："朕几乎不能与汝等相见了。"

众人听毕，复又叩头谢罪。

康熙爷道："汝等起来，这是朕自己冒昧，也不好怪汝等的。"说完，便命快把那位武士召来。

一时召至，朝拜已毕，康熙爷道："朕非壮士相救，此时必已入了虎口，壮士之功不小，壮士且起来，可将姓甚名谁，家住哪里，如何会在此处，无意中保了朕的性命，详细奏来。"

胜英听了，便将他的姓名、籍贯，以及略知剑术，并听了堂倌之言，要想瞻仰圣容的事情一一奏明。

康熙听了，就命左右速取黄马褂来，一面叫胜英穿上，一面又问道："壮士既是一位剑侠，平日做过除暴安良的事情，想也不在少数。壮士且讲几件与朕听听。"

胜英听了，就将生平经过之事，从头至尾，一句不瞒、一事不遗地又奏知了康熙爷，并又奏道："臣在祥符县下，杀了赃官、淫妇，虽属替天行道，究于国法不容……"

康熙爷未及听毕，便说道："此事尚未据外省督抚奏报，或者他们自知督率无方，销了此案，也未可知。壮士现既救驾有功，朕可赦壮士无罪。"

胜英听了，谢过康熙的天恩，复又奏道："马有义立身既正，见义勇为，前虽告老还乡，其实尚在强仕之年，陛下爱民如子，像这等好官，似乎未便让他遽尔高蹈。"

康熙爷道："壮士所陈甚是，朕当起用马有义便了。"说完，似有要留胜英在京保驾之意。

胜英又奏道："臣乃山野匹夫，不惯拘束，但愿周游四海，做些惩恶奖善之事，在朝在野，都是替国家出力，还求万岁放臣出都，感激圣恩，当图报称。"

康熙爷听了，知不可留，方始准如所请。

胜英当时跪送御驾还宫，在京无多耽搁，便即出都，任脚行去。这且不表。

再说康熙爷回宫之后，倒也言而有信，次日坐朝，面谕内阁从速起用马有义。内阁奉了谕旨，自然立刻把谕旨转知那省督抚，该管督抚接到廷谕，便把马有义放了和孙美成、美全同地的县官。

马有义本在家中纳他的清福，一日接到委札，自然不知是胜英保举他的。胜英的保奏马有义，原为百姓起见，故而并不通知有义，有义也不能因为未知来历，不去到任。

到任之初，首先就办了几桩平反冤狱的案子。及至审到文艳、庆童一案，因与美全打赌，嗣因限期已展，凶手尚未获得，正在愁急之际，忽见胜英到来，这一喜，非同小可，忙把胜英请至后衙，先叙契阔，然后方把文艳、庆童的案子告诉胜英，求他帮同缉凶。胜英听了，也将别后入都，如何打虎，如何赏穿黄马褂，如何保举有义，如何不肯留京保驾，统统说与有义听了。

有义至是，才知他的复官，乃是胜英之力。当下谢过，仍以缉凶为请。胜英一口答应，别了有义，就在这天晚上，等得更深人静，秘密飞入孙府，来至钱佩兰的窗外。那时月明如镜，佩兰房中即不点灯，已经照彻得毫发可鉴，况且房内正在灯红酒绿的时候。

当下只听得佩兰对尤少卿说道："奴知新任县官马有义本是一位硬头官儿，现在已经另行缉凶，他那随员林、马二人，虽然不敢邃入我们衙内，但是奴总觉得文艳、庆童两个一天不死，奴与公子便一天不能安稳。奴知公子多才多艺，何不再想一个别法，最好是只要姓马的不在此地，便无后患。"

佩兰说完，又听得尤少卿说道："夫人家中所多的是钱，夫人大可连夜预备金银，我当即日上省，办到马有义撤任，也不繁难。"

又听得佩兰说道:"花几个钱有何要紧?奴只盼望文艳、庆童的案子一结,奴与公子便好做长久夫妻了。"说着,忙将手中一只玉杯斟满了美酒,亲送至少卿的嘴边道:"公子且饮这杯,就当它是明天的送行酒吃。"

胜英听到这里,早已奔进房去,一手一个,先把佩兰、少卿二人抓住,方始气哄哄地大喝一声道:"我把你们这两个没有天良的淫妇、奸夫,恨不得此刻就碎尸万段,只因要留你们两个狗男女的活口去正国法,只好姑且让你们两个多活几天。"说着,就把佩兰、少卿二人捉到衙门,并将方才亲目所见、亲耳所闻的事情据实告知有义。

有义立刻坐堂,佩兰、少卿二人因为人证在前,双双俯首无辞。此案既已水落石出,有义便把佩兰、少卿二人定了死罪,下在狱中。一面申详上司,只待钉封一到,便要处决,一面提出文艳、庆童两个,省释无罪。又因孙美成已死,文艳这人无所归宿,庆童无端受此奇冤,本也可怜,他与文艳二人年龄却又相当,当堂即把文艳配与庆童为妻。文艳此时业经久尝铁窗风味,似乎已将平时的那种骄傲势利脾气消磨殆尽,毫不反对,情情愿愿地随着庆童回家,成为夫妇。

美全也因兄仇已报,文艳本来是个婢女,庆童本来是个书童,当然仍留府中执役,姑且搁下。

再说少卿入监之后,自知他和佩兰二人的罪名都是死罪,事不宜迟,唯有飞速通信与他表弟秦尤,速来劫狱,并把这个姓马的处死,既可保全性命,又可消了胸中之气。少卿打定主意,立时悄悄地写好了信,命人送给秦尤,秦尤接信看后,立刻将信呈与吴恩、张德寿两个。

张德寿一听又是胜英破坏,气得拍桌大骂胜英道:"胜英呀胜贼,我们与你何仇何怨,你偏要死死活活地总和我们这边的人作对!我姓张的这次若不将你捉住抽筋剥皮,我就誓不为人了。"边骂边就答应秦尤。

次日便纠集了手下的羽党,同了秦尤,浩浩荡荡地杀奔县城,一面反狱,一面劫官。城里官兵既少,哪里能与张、秦等人对敌?自然如愿以偿,得胜回山。走已数里,胜英始悉其事,慌忙一个人追赶上来,看看已将追近,正在千钧一发之际,不料追至一座山中,前面有一道数丈高的石桥。胜英奔上桥去,说时迟,那时快,他的耳中陡然之间,听得一声山崩地缺的巨响,那道石桥忽然折断。胜英又在只顾追赶前面的人马,一个不留心,早已跌入乱石堆中去了。

原来此次张德寿、秦尤二人前来劫狱,吴恩未曾同行,等得张、秦走后,吴恩一想,胜英剑术厉害,恐怕张、秦有失,因此一个人追踪赶至,潜藏石桥之下。及见胜英追到,走在桥上的时候,他却出其不意,作起法来,折断桥梁,要将胜英活活地跌死。哪里晓得胜英这人已有八九玄功,起初只顾追人,并未留心脚下的事情。及至随着断桥跌下,他于身子未曾着地之先,早已用出轻身的技能,将他手上的那一根龙头杆棒向地一拄,如此一经借力,他的身体落下的时候,就不致受伤。

此时吴恩躲在桥下,分明看得清楚,早又一个马步蹿至胜英背后,趁胜英尚未转身的当口,举起他的那把见血封喉的板刀,飞风似的便朝胜英脑袋之上劈去。胜英究是一个行家,一听背后有人暗算,又觉脑门上面似有一股刀风扑下,他便急忙把头一低,避过刀风,跟着就朝后面飞起一腿,反跌出去。吴恩眼快,当场也已避过,于是二人并不打话,各人用出生平绝技,战了起来。一连数十个回合,吴恩一见战不下胜英,急在口内念动咒语。说也奇怪,他的那把板刀居然会变动物。

原来吴恩本有一种邪术,单是那把板刀,刀面刻有一只虎形,只要把咒一念,那虎便会从刀面上跳下,扑了出去,去吃敌人。这刀叫作卧虎刀,倒也是件宝物。当下那虎力向胜英扑去,这虎的凶猛便不像胜英在北京所击毙的那虎无甚能耐了。

此时胜英也知此虎厉害,正拟用力迎击的当口,不料他手中的那根龙头杆棒早已化为巨蟒,就与那虎恶斗起来。谁知吴恩的那虎究是邪物,只好吃那常人,胜英的这条巨蟒它已修炼千年,只因不守正道,专事伤人,上天本要命雷火神击毙它的,后又姑念它修炼已久,可成正果,因此罚它变为杆棒,给予胜英当作军器。胜英既可借它之力替天行道,这条巨蟒也可借此将功折罪,将来仍得上天。这条巨蟒,既有这般来历,岂是吴恩那把刀上之虎可敌的呢?

当下斗不多时,那虎已为巨蟒所败,急现原形,仍变吴恩手中之刀。那条巨蟒初次上阵,就有功劳,便也欣然仍化杆棒。吴恩既是武艺、法术均非胜英对手,又见张、秦那队人马业已走远,他也不敢再事恋战,顿时逃归山中去了。

胜英一见吴恩在逃,知他必回巢穴,哪肯放他过门?自然追赶上去,又因天已昏暮,胜英只好在途暂宿一宵,次日再走。哪知客寓之中已有人满之患,此外又无第二家寓所,胜英仅望随便度过一夜,不问何处,决不嫌憎。

客店主人想了半天,仍在踌躇。胜英问他道:"店主东有何为难,不妨说明,大家商酌就是。"

店主听了,方才说道:"小店实无隙地能够容留客官,后面虽有一间小楼,平时又有鬼怪出现。"

胜英听了,不待店主说完,忙接口说道:"小可生平不知鬼怪为何物,倒要看看它的厉害。店主东快快领我前去,小可果为鬼怪所伤,决不怨你便了。"说完,也不问店主允诺与否,拖了店主,就此走上楼去。

店主把锁开开,同入房内。胜英一见房内的器具完全,布置齐整,笑问店主道:"这个鬼怪,住在此楼,倒是它的福气。"

店主轻轻地答道:"此怪是只蝶精,专会迷人,小店每日虔心供奉,因此未曾伤害我们。"店主刚刚说到这句,顿时停了话头,即现惊惧之色,单对胜英说道:"客官且请休息,我要下去照料他客了。"

胜英听了，明知店主已有所见，借了照料他客这个题目，好下楼去，便点点头答道："店主东尽管请便，小可若有事情，自会呼唤。"

店主听了，匆匆下楼而去。

胜英此时也不饥饿，一心只待所说的鬼怪出来便好拿它。谁知等了许久，时已二鼓，毫没什么动静。胜英此刻反疑店主说的假话，或者别有用意，或者要想高抬房金，均未可知。想到这里，忽然自己失笑起来。正拟上床安睡，忽见东北壁间尚有一道小门，门上蛛网尘封，似乎长久没有开的样子，便也不去睬它。上床之后，不久即已沉沉睡去。

方在入梦之际，忽听床前似有一种声响，急忙睁眼一看，却见一只极大的五彩蝴蝶，只在空中盘旋飞舞，扑扑有声。胜英因为从来没有看见过如此大蝴蝶，便知必是蝶精，忙下床来，想去捉它。岂知一个转瞬之间，那只蝴蝶已失所在。胜英一想，此时楼上的窗槛门户统已关闭，这只大蝶无从飞出，必是蝶精无疑。复在四处一寻，却又不见，只好乘兴而来，兴尽而返地上床重睡。不料忽被寒鸡惊醒，方知刚才做了一场春梦。回忆梦境，那只巨大五彩蝴蝶实在令人可爱，无奈是梦，无法可施，耳边又听得街上的柝声正敲三下，因思明天还有大事，鬼怪之说，未必可靠，乐得安睡。他便一面好笑，一面仍又安睡。正是：

不是店家谈鬼怪，如何侠士救妖魔。

不知胜英做了此梦，究属看见鬼怪与否，且俟下回分解。

第六回

## 携丹数粒有意赠妖精
## 裂帛三声无心逢缢鬼

却说胜英刚才头着枕上,便入睡乡,忽然之间,又被有人将他推醒,跟着鼻内复闻着一种粉腻花香的气味。忙又睁眼一看,只见他的床沿上面,坐着一个身披五彩衣裳的绝色女子,见他醒了,就把一双媚眼边注着他的脸上,边含笑说道:"奴家久知神镖将是位侠士,最肯救人危难的。今夜一见,果然名不虚传。"

胜英听了,也忙一面坐了起来,一面看这女子,倒是满脸正气。他且不先答语,单叫女子离开床沿,让他下床再讲。

那个女子慌忙站起,退至窗前,口里又说道:"奴家先已来过一次,因惧侠士的神目阳光太重,原想在梦中禀告所苦。后来仍旧没有这般胆量,只好躲了开去。无奈女子被人逼迫做妾,已有多日,既犯天条,复丧名节,为了想成正果,索性大了胆子,来求侠士援救。奴家心念一正,就觉不甚畏惧侠士的阳光了。"说完这话,她便轻摆柳腰,稳移莲步,走至胜英面前,端庄而雍容地双膝跪在地上,俯首无辞。

些时,胜英已知她是蝶精,因思上天好生,大凡对于能够修炼的精怪,无不收容。现听此女所言,尚知修道的奥旨,她既相求,姑且问了她的根蒂再说。胜英想罢,先命此女起来,然后问她道:"汝既承认是个精怪,我已念汝诚实,汝为何人所逼,快快简单地说来。"

只见那个女子听了，起身站定，朗声说道："小女子本是一只业已修炼数百年的蝶精，向在峨眉山中居住。一日，无端来了一狮怪，强迫奸占，日夕蹂躏，只因小女子道力不深，无法抵敌。某日，狮精出外访友，小女子乘隙逃出躲到此地楼中，岂知狮怪跟踪追至，本要吃我，因恋小女子姿色，不咎既往，就在此地同住下来。它因算出今年秋天必有一位十分美貌的女子姓林名唤素梅的路经此处，它又想摄她回山做妾，所以耽搁下来，复又时时伤害过客。这里店主供奉尚虔，幸未遭害。狮精又于日前外出，明天一定回来，务求侠士援救，成全小女子数百年的修行。"

胜英听完道："狮怪有何本领，汝可告我。它既能够算出姓林的女子移来要住此间，怎么又算不出我今天来此呢？汝的说话，莫非其中有诈不成！"

那个女子道："侠士此问，问得有理。小女子立志修行，何敢欺骗侠士？至于狮怪，它也算到侠士今天一定住此，它还口出狂言，要想伤害侠士。嗣因另外去劫一个命妇，时间关系，只好舍了侠士，去顾那位命妇。濒行当口，还责成小女子迷惑侠士，候它明日回来，好吃侠士之肉。小女子一见侠士满面道气，又有神剑以及龙头杆棒，一定可以置它死地。小女子句句属实，侠士见理又明，似乎应该相信小女子这番言语是真的了。"

胜英听毕，又指着那扇蛛网尘封的小门，问那女子道："此门既未常启，汝等是否即住这间房内呢？"

那个女子点头道："小女子与狮精正是住的此房。"说着，也指指那扇小门道："那间房里，因有一具纯阳祖师的画像挂在那里，所以不敢进去。"

胜英道："既是如此，汝就等在此地，狮怪一来，汝速告我。"说着，便不再睡。

因要守候狮怪，又不能漏夜起程，只好问问女子修炼的程度，好挨时刻。那个女子有问必答，倒是研究的炼气，并未学那左道旁门之术，不然，有此数百年的功夫，就不致被那狮精所窘辱了。

此时天尚未明，月已西堕，楼中一点儿灯光渐渐黯淡无焰起来。窗外黝黑似漆，所谓伸手不见五指，正是这个景象。

胜英又问那个女子道："汝究竟知道狮怪何时可回？"

女子听了，并不搭腔，只把她的那双眼睛时时偷视窗外。胜英一见这个样子，已知狮怪或已躲在窗外，忙将那柄干将剑以及龙头杆棒，左右分执两手，等候狮怪进来。

原来狮怪果在窗外窃听胜英的说话，这么为什么不就此进来的呢？只因它已看见胜英的剑、棒都很厉害，知非所敌，要想乘胜英的不备，突然闯入，用那偷营劫寨之法。谁知胜英步步留心，狮怪忽又等得不耐烦起来，又见此女双目明注窗外，口虽不言，似在那儿暗中通知胜英。狮怪一气之下，打算与胜英拼个你死我活，顿时大吼一声，一壁口吐毒焰，一壁由窗外跳入，奔至胜英面前，想用毒焰伤他。

胜英一见窗外陡然跳入一个狮面人身的怪物进来，急把那根龙头杆棒劈头劈脑地向那狮怪打去。哪知龙头杆棒尚未来得及现化原形，他的那柄干将剑早已在他手内跃跃欲试。胜英一见此剑能识人意，急将杆棒收转，改用干将剑去斩狮怪。狮怪此时的恨胜英还在其次，它的毒恨此女无情，反加胜英百倍，当下一面避过剑风，一面去抓女子。说时迟，那时快，此女早为狮怪威力所慑服惯的，可怜她连逃也不敢逃避，已被狮怪立时抓到手内去了。

胜英恐怕狮怪伤了此女，慌忙上前去拿，岂知此时那根龙头杆棒扑的一声，早已化为巨蟒，奔至狮怪身后，张开血盆大嘴，一口已把狮怪的巨首咬住不放。狮怪既已受创，手中一松，此女方始脱险，便急急忙忙地躲到胜英的身后。狮怪也已修炼有年，不能不说它有些厉害，它一见它的巨首已被巨蟒咬住，它还能够接二连三地喷了毒焰，连这巨蟒竟会不敢连那毒焰一齐吞下。

一蟒一狮，正在支撑的当口，胜英又怕巨蟒受伤，急将他的口一张，倏地跃出一把他所炼就的飞剑，早将狮怪的一个巨首砍了下来。狮怪的身子当然站立不定，砰訇一声，倒在地上，归天去了。

胜英看见怪已毙，巨蟒和那飞剑双双回转他的手中以及口中，胜英回头再去看那女子，可怜她已痛得晕在地上。胜英赶忙走近一看，只见此女花容惨白，血染衣襟，一时不知她的伤在何处。究有男女之嫌，不好揭衣细看，急忙先把她唤醒，回过气来，方才问她怎样。此女边泪流满面地边答道："侠士已斩狮怪，出了小女子的怨毒，感恩匪浅。本想容图后报，无奈小女子身上已受重伤，数百年的修行顿归泡影。侠士倘能再发慈悲，小女子死后定现原形，务求把小女子的体质送回峨眉山中，小女子尚有一妹，她是白蝴蝶出身，修炼也有二三百年，因她貌不及小女子，幸而未被狮怪所污。小女子的体质交她之后，叫她善为保护，小女子那就瞑目了。"

胜英听至这句，也会落下几点英雄之泪，心想："此女来意，无非望我救她。现在狮怪虽死，她仍不能生存，岂非和我不斩狮怪一般，甚至狮怪爱她美貌，未必伤她性命，也在意中。"胜英想到这里，更加不忍，又问此女道："汝的伤处，究在何地？我有百宝金丹带在身边，不是我夸口，这丹真有起死回生的功效。我说这等大事，自然用得着那句守经行权的说话了。如可把伤处给我一看，我当替汝敷药如何？"

此女起初一听胜英带有百宝金丹，她知金丹乃剑侠的秘宝，尘世之间本是不易碰见的，倒也高兴起来。及至听见胜英要她把身上的伤处给他看过，并代敷药，复又满脸绯红，顿时羞得无地自容起来。

原来此女受伤的地方，正在不可告人之处。她虽是一个蝶精，却能深知廉耻，平心而论，叫她如何答应下来呢？自然只好通红其脸了事。幸而胜英已知她的意思，便不再问，急将所带的金丹取出，一面交她自己敷在伤上，一面背过脸去，以避嫌疑。此女接丹在手，悄悄褪去小衣，赶忙敷上之后，说也奇怪，药甫敷上，不但痛已立止，而且精神如旧。此女这一喜，还当了得？马上走至胜英面前，伏地叩谢道："小女子蒙侠士一再相救，如何答报？"

胜英一见此女用药之后，宛如好人一样，不觉也替她欢喜。当下便一面含笑请她起来，一面答道："汝已修炼至此程度，我的相助，乃是我行我素，断无望报之理。老实说一声，我的惩恶奖善，也已做了半世了，倘若人人都来报我，那就报不胜报起来。现在汝的目的已达，这个狮怪的尸体，劳汝办理，我要去救马县官，不便再事耽搁。"

此女道："狮怪害奴如此，它的尸体，小女子尚待报复，报复以后，小女子便回山去。不过此去，何日得再瞻仰道貌？此事未免有些耿耿于心耳！"

胜英听了道："后会有期，此刻毋庸说它。不过我也还有两桩心事，一桩尚可稍缓，一桩急若燃眉，我又分身不开，如何是好？"

此女道："小女子蒙侠士搭救，如有差遣，无论赴汤蹈火，决不推辞。"

胜英听毕大喜道："那就好了，此事也用不着什么赴汤蹈火，只要细细寻找，就能如愿。汝昨夕不是说过狮怪又去劫一位命妇吗？这位命妇，汝当速去救她，至于狮怪所说的那个姓林的女子，我却知道她的历史，我正在访她不着的当口，汝能先去救了那个命妇，暂不回山，替我守在此间，等到秋季那个姓林的女子来宿此店，叫她千万在此等我，我有要事和她商量。"

此女听了忙答道："这两桩事情并不繁难，小女子回山，本来不必限定时刻的，侠士尽管去办正事，这两件事情一准交与小女子承办便了。"

胜英道："如此，我便放心了。"说完，匆匆付过旅资，就大踏步地奔往吴恩那个山中去了。

不久，已至山下，胜英一个人先在打算道："现在我只单枪匹马，讲到吴、张诸人的本领呢，我自然不会怕他，所怕的是我一经和他们战斗起来，无人保护马县官，万一有个长短，这不是我反白来一趟吗？"胜英想至这里，沉思一阵，忽又自语道："有了，我何不先把马县官悄悄地偷了回去，再来剿灭他们，也不为迟。至于少卿、佩兰二人，更不怕他们逃到哪儿去的。"胜英想定主意之后，顿时用出他那飞檐走壁的绝技，由后山而入。

原来大凡劫人这件事情，往往总在夜深人静的时候，自然便当得多。胜英能在白天单身劫人，他的本事真个不弱。当下胜英纵上屋面，隐着身子，把他一对如电光的眼睛飞快地向四面一望，这也是马有义为人正直应该有救，你道为何？原来胜英一眼望去，可巧看见马有义被几个打手蜂拥至一间小屋的里面，那班打手将门反锁，也不派人监视，便去销差去了。

胜英一等众人走后，他就飞身下屋，四处一看，并无人迹，他急轻轻地走近那间小屋的窗前，隔窗叫着马有义的名字道："马县官，胜英前来救你！"说了这声，随手扭断那锁，奔进屋内，也不及再与有义细谈，立刻将他驮在背上，反身出屋，纵上屋去，从屋上绕至后面，复又纵下，便向原路而回。谁知正遇那个林世佩率领他的喽啰前来拜访张德寿，一见胜英背负一人，捷若猿猴，轻如鸟雀，似飞的一般，急向山下奔去。不禁大吃一惊，知道马有义已被胜英劫去，急得一面饬人报知吴、张、秦等人，一面自去追赶。

胜英一见林世佩追了上来，恐怕伤及马有义，不好回身迎战，唯有加紧脚步，仍向前奔。哪知吴恩这座山中，四处既设陷坑，山脚复装地雷，倘若换上一个外行，早已随路可以死于非命。胜英是位侠客，自然边走边在脚下留心，所以安然没事。话虽如此，可是已经危险极了。

那时看看林世佩将要赶上，横路里又冲出一支人马，为首之人正是吴恩、张德寿、秦尤三个，拦住去路，顿时厮杀起来。

原来吴恩素知邪法，对于他的这座山中早防官兵要来征剿，因此造得路路可通，处处可置敌人死命。他们三个那时刚把马有义提出，审问了一阵，命人把他仍旧关锁起来，正待商酌一个毒法，使他死得既惨且酷的当口，忽据林世佩的喽啰报告，马有义已被胜英劫下山去。他们三个一听此言，立刻执了兵器，率了打手，急从横路上迎了上去，果见胜英驮着一人，如飞而至，自然把他围着厮杀。照胜英的本领呢，不要说吴、张、秦三个，哪里放在他的心上，就是再加上十个百个，也非其敌。只因身上驮着一个文官，打起仗来的时候，非但没有好处，真的大有坏处。

那时林世佩又已追到，前后左右统统都是敌人。胜英不敢恋战，正想乘隙跳出圈子，赶紧逃走的当口，忽见吴恩已在口中念念有词，心知他在施展邪法，急忙先发制人，祭起那根杆棒。那根杆棒真通灵性，顿时现出原形，张开血盆大口，先向秦尤面前扑去。秦尤虽有小小武艺，如何能与巨蟒对敌？一吓之下，顿时倒在地上。吴恩、张德寿、林世佩三个深怕秦尤被巨蟒所吞，只好大家不要性命地各执军器，先来敌住巨蟒。

胜英一见有了机会，急忙越出重围，离开险地，直向前奔。看看距离那山已远，方始将他的脚步慢了下来。心中暗忖："这位马县官总算死里逃生，有了命了。所愁的我那一根龙头杆棒，未必能够物归原主。"哪知胜英正在惦记之际，忽见空中有一条大蛇，蜿蜒而至，近到他的身边，扑地落将下来，慌忙一看，不是他的龙头杆棒是什么呢？

胜英当下自然喜之不尽，连那驮在背上吓得昏迷不醒的马有义，也会勉强打起精神称奇道："这根杆棒真是仙家法宝了，胜侠士有这东西，还愁什么人不能够降服呢？"

胜英边走边答道："天下英雄甚多，世间宝物尽有，我得了这根杆棒，自然于我有益。倘若自恃有了此物，就算天下无敌手起来，那就不对。"说着，天已昏黑。

胜英一见四面没有村落，远远望去，仅有一座破庙，此时他自己力乏腿酸，尚在其次，知道马有义乃是一位五十开外的人物，起先又吓又急，此刻又饿又倦，万万不能支持。胜英忙又紧走几步，到了庙中，先把有义放下，然后始把双臂次第向外伸展了一会儿，才觉身上舒徐如旧，一面请有义暂且坐在一个破蒲团上，一面自己入内，去寻食物。岂知胜英尚未出来，马有义的眼内偏又看见一件怪事。

原来有义虽在暗中，陡见庙外有一个少年乡妇匆匆而入，他起初还当她是人，自然不怕，后见此妇却向左边一道小门进去，良久尚未出来。有义一时好奇兴起，赶忙站了起来，悄悄地走到左边那道小门外面，朝里看去。只见里面并无什么房间可住那个少妇，而且那个少妇业已失其所在。他又索性一不做，二不休，老实走了进去，正在四处去寻那个少妇的时候，忽听哗啦啦的一声鬼叫，早把他吓得根根的毫毛竖了起来，急想出逃那道小门，不料跟着又是两声，可怜他此时双腿早已吓得发软，哪里还会走动寸步？但又心里急忙一想："我既寸步难行，只有暂且钻入这座神桌底下，停刻胜英自会进来找我。"于是连跌带爬地躲到神桌之下，好容易刚刚躲好，陡见方才那个少妇不知遇着什么东西，似乎也吓得披头散发地从内如飞地逃了出来。有义忙又朝她脸上细细一看，始知此妇并非什么少妇，却是一个七窍流红、舌长数寸的缢死鬼。正是：

方从险地逃生出，又见阴魂怪叫来。

不知此鬼是否看见有义这人，且俟下回分解。

第七回

## 古庙助商人当仁不让
## 深岩昇命妇见义勇为

却说马有义躲在神桌底下,一见那个少年乡妇陡变缢鬼,自然吓得缩作一团。但他心里虽望胜英前来找他,便好出险。同时又因眼睛前头的这个缢鬼似乎并未见他,有此一层缘故,一时好奇兴起,还想看这缢鬼来到庙中,究做何事。

当下只见这个缢鬼朝着那座破碎神像耸肩扑地地连拜几拜,拜罢起身,匆匆出庙而去。不到三分钟的时候,复见那个缢鬼戴着一张很失望的鬼脸,缓步走回庙来,又朝神像大拜特拜,口中似乎还在那儿祝祷的样子。祝祷既已,仍复走出庙去。最好笑的是,这鬼一去就来,一来就拜,一拜就走,一走又来,看它一连几次三番都是如此,有义此时越看越奇,对于害怕的心理,反而忘其所以。

及至看到这个缢鬼最后进来的那一次,却不止它单独一个人了。它的身后已经跟着一个短衣中年的男子进来,再去留心看那男子,见那男子似乎一无所见的样子,仅不过一进门来之后,就一屁股坐在廊下的石阶上面。他的脸上既满罩着一种极懊丧的忧容,他的喉中又在唉唉地叹气。跟着又把他的那个尊头痴痴地仰天傻望,一双呆滞无光的眼珠子定着又不转动。见他这样地出神了好半天,方才长叹了一声,自言自语地说道:"我王老九,背井离乡,抛妻别母地好容易出外营谋了这几年,担辛受苦,省吃俭用,仅仅乎积蓄着百十两银子，总算巴望到可以回家，见那倚闾相望的老母，代子侍奉的妻子。偏无缘无故地遇见几个拦路打劫的狗强盗，倒说把我这百十两银子一句客气话也没有抢了就走，留下我这一条性命，还说便宜了我，却不管我姓王的银子就是性命，性命就是银子。银子既已失去，叫我怎样去回家乡去见爷娘？这样地使我为难，试问留下这条性命，要它何用？倒不如在此地寻个自尽，省得活在世上多受苦恼。"这个男子说到这里，便将他的眼珠子四面望了一望，似乎在寻自尽的所在。

　　此时又见那个缢鬼早已站在这个男子的身旁，一听这个男子要寻短见，只快活得连连把它那一双肩胛乱耸，一对淌血的眼珠子凸得愈大，一条四五寸的舌头拖得愈长，那种恶劣不堪的形状，恐那吴道子复生，也未必画得出来。跟着又见它忙把它的嘴巴凑近那个男子的耳朵旁边，不知说了一阵什么，那个男子似乎已经被它所迷，即将眼睛尽管在打量那根廊柱，复又现出很是得计的神情道："对的，对的，就在这根廊柱上面，一索子吊死，岂不干净？"

　　这个男子这般一说，又见那个缢鬼忙朝那个男子很高兴地拜上几拜，一面边拜边乐，一面又向那个男子用手朝他那根裤带乱指，似乎叫他立刻解了下来，好去上吊。谁知那个男子虽未看见这个缢鬼的举动，忽又无端地变起卦来道："这样就死，我想也不好。我王老九尚在壮年，上不欠皇粮，下不负私债，就是失去的百十两银子，也是我自己赚来的，又没有人来向我讨还的。我家中的一位老母、一个少妻，倘我一死，又叫她们去靠何人呢……"这个男子话犹未完，又见那个缢鬼只把它急得双脚乱蹦，复把一双血眼珠子拼命地盯着那个男子瞪了几下，似在恨他言而无信的样儿。

　　这鬼盯了那个男子一会儿，又去向他耳朵说上几句。说完之后，仍向那个男子拜个不休。那个男子又被这鬼既说且拜，似乎又未便却情，于是方才下了一个决心，朗声说道："为人在世，迟早无非一死，我此刻倘不寻死，一到家里，我那老母、少妻还肯让我再去寻死吗？"这个男子边说边将他的裤带解了下来，捏在手内，打上一个死结，扑的一声，站了起来，飞快地把那裤带一头系在柱上，复又一壁淌下几点眼泪，一壁把头摇上几摇，就将他的脑袋使劲地向那死结中一钻。

马有义本是一个血性男子，岂有眼看人家上吊，不出来相救之理？因此也不顾那个缢鬼尚在那个男子的身旁，飞快地从神桌底下扑地钻了出来，奔到这个上吊男子的面前，口里边在大喊："胜侠士，快来救命，快来救命！"边又忙想把那个男子解了下来。

谁知胜英尚未到来，有义已被那个缢鬼一声怪叫，顿时向他身上扑来。有义起初不过凭他那一股仗义救人的勇气，不顾鬼的凶恶，来救这个王老九。此刻既被这鬼一扑，早又吓死过去，砰訇一声，跌在地上。幸而胜英可巧端着一样东西刚由里面出来，一听旁边那道门内一声巨响，慌忙放下手上所端的东西，两脚三步地跟着响声奔进那道小门，一眼看见廊柱上面高高地吊着一人，却不认识，躺在地上的一个，正是那位马县官，都在其次，最奇怪的是，只见有个女鬼站在廊柱旁边，两眼望着高吊的那一个人，不知在干什么。

胜英见了，大喝一声，一个箭步蹿至女鬼面前，飞起一腿，就向女鬼身上踢去。不料鬼的这样东西，虽是有形无质，也会被胜英这一腿吓得大叫数声，不知去向。胜英见鬼已去，他忙暗忖道："这个上吊的，喉管中有绳勒住，若是时候大了，便无救理。马县官不过是被鬼吓得晕了过去，稍迟一刻，尚无大碍。"他一面这样地转念，一面早把那个男子解了下来，急急向他喉管及骨节之间用那点穴的法子点上几点，顿时只见那个男子已经回过气来。复又将他暂且放在地上，再去点那马县官的穴道。

马县官原是晕去，自然更易苏醒。胜英且不让他起来，仍叫他躺在地上，单问他道："马公祖你此刻已经无碍，胆子放大些，我要问你说话。"

马有义听了，果觉自己不甚怎样，便答胜英道："胜侠士，下官此时真已如旧，还是请侠士先去照管那位姓王的吧！"

胜英道："此人我已把他救活，只要略事静养半刻，就会复原。请你且把你怎么会被这个女鬼吓晕过去的缘由说与我听。"

马有义听毕，未曾答言，先又把他的眼睛急在四处一望道："那个女鬼呢？是否已被侠士撵走了吗？"

胜英道："马公祖，那鬼早被我的一脚跌得不知去向，你莫怕，此刻有我在此，包你万无一失。"

马有义听了，复又抬头一看，只见皓月当空，照得犹如白昼一般。方才那个女鬼无论它隐身在什么地方，总会看见，不致为它所乘。况且又有胜英在侧，方始大着胆子说道："胜侠士，天底下怎么有这样活鬼的呢？"说着，便把刚才目睹的事情，从头至尾地告诉了胜英。

胜英听了道："此鬼真也大胆，方才它明明瞧见我已经进来，它还不肯逃走。"胜英讲到这里，忽又边笑边接续说道："我知道那鬼的意思了，大概做鬼异常苦恼，讨个替代，也非容易之事。"说着，又指指王老九道："这位王兄，已是那鬼的到口馒头，它自然只好舍不得丢了逃，它还以为它的怪样也能把我吓退，哪知遇着我这一个不怕鬼的硬头子，这也是它十七八代的晦气。"

胜英说完，又对王老九说道："你这位王兄，照我讲来，百十两银子，无论如何看重，究竟不是拿性命去拼的事情。况兄家中上有白头的老母，下有绿鬓的妻房，倘若真的寻了短见，又叫她们怎样呢？"

王老九此刻神志已经清楚，一听胜英责备得很是，倒也无言可答。

胜英见他这个样子，便不再说，即在身畔摸出几粒瓜子金来，一面递给王老九，一面又对他说道："这几粒瓜子金，与兄所失的银子数目相差有限，请兄携了回去，乐叙天伦吧！"

王老九听了，边接金子在手，边答道："恩公救了小人的性命，还要赠我金子，如何说得过去？"

胜英道："四海之内，都是朋友，王兄不必拘执。"

王老九听了，只好叩头道谢，又问胜英、有义二人的姓名，以便日后图报。

胜英道："区区小数，何必言报？我们与王兄，今夜难在此庙聚首，明日即别东西，大可不必留此痕迹。"

有义此时也已大愈，便从地上爬了起来，对王老九微笑道："兄弟倒有一件事情，要问尊兄，方才那个女鬼领兄进来，后来又朝尊兄既说且拜，难道尊兄真的毫无所见不成？"

王老九道："小人真个并未瞧见那鬼，果然瞧见，我王老九生平从不扯谎，一定吓得要死，哪里还敢上吊呢……"

王老九这句话尚没有说完，早把胜英、有义两个一时忍不住大家都笑了起来。笑了一阵，有义又问胜英道："胜侠士一进庙来，就向里面前去搜寻食物，何以去了这久？"

胜英道："马公祖说起食物，我却饿得不得了了，就是这位王兄，想来不见得不饿。我已在里面园里胡乱拔了些瓜豆等物，已经烧熟，现在摆在外面，我们三个何不出去边吃边说呢？"

有义听了，便拉了王老九，跟着胜英来至大殿。果见那张石头神桌上面摆着热腾腾的瓜豆等物，于是他们三个站在地上，用手抓着，吃了起来。吃完之后，三个人都已倦极，随便打上几个瞌睡，天就微明。

胜英先劝王老九趁早回去，王老九自然照办不提。然后始偕马有义回至县城。

有义既从盗窟回衙，他知胜英是位剑侠，当然不必虚套言报，唯与胜英商量道："这班贼人，胆敢劫官抢犯，这还了得？我想马上八角通详，请了大兵来县，再由侠士率领征剿。"

胜英道："事不宜迟，就请公祖通详出去。说到那班强人，虽然不会逃避，夜长梦多，以速为妙。"

有义慌忙一面办好公文出去，一面又与胜英说那被劫上山之事。

胜英听毕，也把前日如何追赶强徒，如何石桥折断，如何与吴恩斗法，如何夜入客店，如何梦见蝴蝶，如何杀死狮怪救了蝶精，全盘讲与有义听了。

有义听完，当然惊骇不已道："天下竟有这等精怪吗？如此说来，昨晚我所见的那个缢鬼便不稀奇了。"

胜英道："公祖是只在笔杆上做功夫的，未免有些少见多怪。像在下既以除暴安良、替天行道为宗旨，哪怕龙潭虎穴，哪怕鬼怪妖精，生平所见，真可说无奇不有的了。说到这个蝶精，它也有数百年的道行，尚被那个狮怪糟蹋得九死一生，逃了出来，仍旧被那狮怪寻着。若非无意之中遇见了我，不知要如何吃苦呢！我现在托它救一命妇，以及守候那位林素梅小姐，料它决不误事。"

胜英说到这里，还想往下再讲，不料陡然一阵腹痛，万难熬忍。有义一看胜英的脸上忽变怪白之色，身上汗下如雨，吓得连问道："侠士怎样了？侠士怎样了？"

胜英摇头不语。有义已知胜英这场毛病不是寻常，急把他扶入内堂，延医诊治。医生说："此病久经风霜，身体已是小有亏损，再加上受了一种极厉害的毒气，幸而胜老先生是位剑侠，尚无大碍，换了别一个人，当场就会化为脓血，哪能等到此刻？"

有义听了，很是着急，因为大兵即日可到，到了不用，未便久留。下次若要再向省中请兵，便没这样爽快了。但是病是大事，无法可想，除了重重拜托医生认真医治，病好得快，就可前去征剿。否则只有打发大兵回省，将来再说。岂知胜英的毛病虽有名医良药，人仍昏迷不醒。

不佞编到这里，且趁胜英在此生病，先要叙那蝶精这边的事情。

这个蝶精，自从那夜为胜英所救，又当场应允胜英去寻那位命妇，幸它到底是个精怪出身，寻人自较常人容易一筹。它于当日，行经一座深山，忽见对面走来一个樵夫，它便向那樵夫有意无意地问了一声:"日来山中,可有什么被妖怪所迷的妇女?"

那个樵夫听它这一问,急把一双眼珠子盯着看了这个蝶精道:"咦!这倒稀奇,你这位小姐,不在绣阁之中描鸾刺凤,来到这座深山,似乎已出情理之外。还要劈头就问我,日来可有什么被妖所迷的妇女。"

这个樵夫说至此处,又朝蝶精笑了一笑道:"我更奇怪的是,这座山里居然被你一猜便着,果有一个被妖怪迷过的妇女。但不过尚是前一两天的事情,此刻是否已经性命不保,我却不得而知的。"

蝶精一听樵夫的说话,不禁心里大喜,认为只要寻着这位命妇,对于胜英面上,就有交代。虽说不能因此就算报他救命之恩,既已受人之托,理该忠人之事。蝶精想罢,急问樵夫道:"你这位老人家,快请领我前去看她,我也是受人托付。并不相瞒,此妇我却认不得她。"

那个樵夫听了,也无说话,就把蝶精领到一个岩洞之中,指着一位年约二十余岁的病妇道:"我前天在此砍柴,忽闻有一阵妇人的悲哭之声,赶忙奔至此地看她。那时她虽身体受伤,犹能讲话,她对我说,她乃现任扬州知府的夫人,随夫上任,忽被一个狮首人身的精怪把她摄至此洞,任意蹂躏。事了之后,据那狮怪说,去去再来。她对我说的意思,无非要想我把她救出洞去。我当时一听是个狮怪,我还想吃两年饭呢,怎敢与狮怪吃斗?所以一口谢绝。"说完,又向蝶精道:"你看她这种沉迷不醒的样子,恐怕凶多吉少,你这位小姐,既要救她,第一要先将她挪出洞去,不然,那个狮怪一来,恐怕连你也没有性命了呢!"

蝶精道:"你这位老人家说得很对,我想就与你再去叫一个人来,将她抬下山去,从重酬报就是。"

樵夫听了道:"小姐既肯救人,我也可以帮忙。"说完,匆匆而去。

不到一刻,已同一个少年走来。蝶精便命他们把病人抬着,跟它来至那家客店楼上。那家店主本当这个蝶精是妖怪,不过未知其中的曲折罢了,只要它不去伤害他们,于愿已足。至于搬来个把病人,毫没二话。

蝶精打发樵夫走后,先用自己的涎沫哺了这位命妇半天,这位命妇方始渐渐地苏醒转来。一看她的身体卧在一家小楼中,此时还以为是狮怪把她摄至此楼的,忙问蝶精道:"你这位小姐,莫非也被那个狮怪摄来的吗?承你哺我涎沫,使我苏醒,固是可感。不过小姐既肯替狮怪办事,小姐呀,你怎么这般情愿呢?"

蝶精被她说得把脸一红道:"夫人不知就里,自然摸不着头脑。那个狮怪早为神镖将胜英所斩,我是奉了胜侠士的命令,特来搭救夫人的。夫人现在觉着可能行动?可要由我专人前往通知你那老爷?"

那位命妇道:"拙夫现下大概尚在距此数十里一家名叫大春旅店的那儿守我,他本是一位文官,对于妖怪,自然没有办法。我既又承那位胜侠士与小姐相救,且俟拙夫来此,再议重酬。"

蝶精听了,忙亲自去找那位扬州知府,岂知那位知府乃是达木苏王的得意门生,为人贪财好色,自命风流,生平糟蹋的女子不计其数。此次他的夫人竟被狮怪所污,正是:

奸人妻女应遭报,知府夫人也被迷。

不知这位知府姓甚名谁,且俟下回分解。

# 第八回

## 计划有灵爷娘可卖
## 针锋相对兄妹开谈

话说这位扬州知府，姓廖名芳，少年科第，很有才干，无奈误于躁进一层，拜了达木苏王做他老师。达木苏王门下本多鸡鸣狗盗的人物，现在廖芳既愿做他的爪牙，倒也像那淮阴侯韩信的将兵一般，多多益善。

那时廖芳尚是一个翰林院检讨，依照前清的例子，必要六年截取之后，始能府道并放。廖芳因要走这捷径，才拜达木苏王之门。达木苏王既认他为高足；自然允他姑俟机会。正在这个时候，廖芳因为尚未娶亲，朋友替他执柯的虽然不少，可是没有一位佳人能对他的眼光，因此未能如愿。

有一天，廖芳又到达木苏王邸内吹吹他的牛皮，拍拍老师的马屁，算尽弟子之职。当时吏部尚书缪恒中，也来邸中闲谈，一见廖芳乃是王爷的得意门生，不觉另眼相看，与他长谈，言辞之间，当然把廖芳恭维得才如子建、貌若潘安，并且当场约他一同到府晚餐。

廖芳本知缪尚书的爱女缪彩翘素负艳名，思慕已久，只因自己究是一个新进，一时不敢高攀。原想再过几时，等得脚步站稳的时候，就要求他老师作伐的，此时缪尚书既然亲口约他至府，岂有不喜出望外之理？当下慌忙诺诺连声地答道："老大人现为朝廷柱石，除了我的敝老师一人外，勋位德望，本要轮到老大人了。既承不弃小草，唤到府居训诲，敢不如命？"

缪尚书听了，爱他出言得体、谦抑为怀，更加高兴。当时也不去禀明王爷，即与廖芳同车回府，一面命设小宴，一面复与廖芳谈了时事，说说诗文。好在廖芳本是一个翰林，口才又是了得，自然有问必答，有答必详，有时略抒政见，既是句句中肯，复又事事可行，竟把这位缪尚书骗得真心佩服，绝口称许不置。这么缪尚书既然这般看中廖芳，什么缘故不肯略示其意，好使廖芳托人前来求亲的呢？内中却有一层道理，且让不佞讲来，自会明白。

原来缪恒中的为人，也是一位热衷人物，现在年未知命，已经做到吏部大堂，他却还不知足，平时常常对他的夫人说："老夫幼时，曾经遇见一个极准的相士，据他说，老夫只要四十岁一出头，便有燮理阴阳、调和鼎鼐之分，如今年已半百，还是一个尚书。老夫生平又未做过什么恶事，何故不能如我之愿？"

他的夫人听了，忙笑答道："本朝的宰相，统统名之曰大学士，但是同是一个大学士，只有文华、武英两殿的大学士，方像汉时的左右丞相。可知这两个位分，非是等闲人能够希望得到的。说到老爷的学优东箭、品重南金，当然要算如今第一流的人物了。"夫人说到这句，一看左右无人，方始又接着说道："可惜在朝为官，稍嫌孤立。莫如再去联络个把亲王，常在皇上面前吹嘘一二，这个相位，那才有些希望。"

当下缪尚书一听他那夫人如此说法，心里虽然大大地钦佩，但他口中还不服软，后经他的夫人又切切实实地譬解一番，方才答应前去巴结那班亲王。其时，最有权力的亲王自然是这位达木苏王，除他以外，无非都二等资格，在康熙爷面前，并没什么力量。无奈缪尚书他虽常常地想去亲近达木苏王，可是达木苏王对他仍旧有些冷淡。幸亏缪尚书一看风头不对，赶紧另寻门路，没有几时，居然被他结识上一个名叫安坤的掌印太监。

这个安坤，虽是一个阉人，他却极有能耐，他又羡慕刘瑾、魏忠贤两个为人，事事仿办，不久，康熙爷便相信他起来。他一见他的权力渐渐地已与达木苏王相等，索性想把达木苏王推倒，要做一个一人之下、万人之上的红人。他有一个嫡亲侄子，名唤安士照，品貌虽然恶劣，胸中却有几分歪才，对于他的这位乃叔，平日无不奉命唯谨。安坤也因他能孝顺，很为溺爱。

缪恒中既要巴结这个安坤太监，便在有意无意之中，时时露出他有一个爱女，似乎可以配与士照为妻。士照虽也听说缪彩翘长得不错，只因没有亲眼看见过，一时还不肯托人执柯。缪恒中与安氏既有这桩将成未成的亲事在那儿，所以对于廖芳这人，并不再作东床之选。廖芳既然不知此事，他自然要竭力进行。

这天席散，廖芳辞别回家，即与他的门客何成秘密商量之后，便托翰林院祭酒柳如雪冒冒昧昧地就向缪尚书提亲。缪尚书和柳祭酒本还莫逆，倒也不说假话，老老实实将他的心事直告柳祭酒，不过后头还拖着一句说话。什么说话呢？他说，如果安士照万一看不中他的爱女，再来许与廖芳不迟。

廖芳听了这个回话，哪能满意？他又去与何成斟酌，硬要何成替他设一妙策。何成想了半天，忽然很得意地附着廖芳耳朵，如此如此，这般这般地说上一阵。

何成说罢，直把廖芳喜得手舞足蹈地大赞道："你这妙计，恐怕诸葛复生，也要自愧不如呢！"

何成听了，耸肩拍掌地答道："只要东家事成之后，不将我何成置诸脑后，我敢说那位缪小姐一过门来，包你就养下一个肥胖儿子。"

廖芳听了，忽把何成的嘴巴轻轻地打着一下，又笑骂道："狗头，你说缪小姐一过门来就养儿子，这不是明明挖苦我娶了一个带肚子的老婆来家吗？"

何成连连告饶道："东家不必动怒，这话怪我说得太带连刀块了。"

廖芳听了，又笑道："你既认错，那就罢了，不然，杀了你的头，还要充军呢！"

第二天，廖芳便备着几样重礼，来到缪府，一见了缪尚书，立刻扑的一声跪下，边磕其头，边说道："义父在上，且受孩儿一拜。"说着，早已拜毕。等得缪尚书要去阻止，廖芳口里义父义父地，至少地说，可也叫了一二十声了。缪尚书此时既是爱这重礼，复又受了几拜，暗暗一想："廖芳这人，做我义子，并不辱没我的门楣。"想罢，只好命廖芳起来道："老夫少时，曾与你那过世的尊翁总算是个神交，你就称我一声世伯就是，何必拘于父子的名义呢？现既如此，我也未便推辞。"

廖芳听了道："儿子少不更事，孤身在都，没人教训，久慕义父年高有德，若是预先说明，义父必不肯收我这个劣子，冒昧之处，还求义父恕儿子的诚心吧！"

缪尚书听毕，微笑道："老夫门生倒是不少，义子却是破题儿第一遭呢！现在不必多说了，汝且随我去到后堂，见过汝的义母，与你那个义妹。"

廖芳听了，心里早已暗喜，脸上却装出一种极诚恳的样子，慌忙上去扶着他这义父，来至内堂。

缪尚书一见他的夫人，先哈哈大笑一阵，然后一壁命廖芳快快见过他的义母，一壁复对夫人笑道："我今儿新收一个义子，你快看他人物如何？"

夫人刚据快嘴丫鬟报告，已知其事，此时一听她的老爷这般说法，便也一面受了廖芳两礼，一面笑答缪尚书道："我们夫妇二人，膝下本没子息，芳少爷既是自己情愿，我们两老只好生受的了。"边说边又细细地看了廖芳几眼，又向缪尚书道："芳少爷真与我们彩儿长得一模一样，倒也有些稀奇。"说完，便吩咐随身使女道："你们可把小姐请出，见见她的这位哥哥。"

使女听了，奉命去后，廖芳忙向缪夫人说道："儿子初来，理该上楼去见妹妹。"

缪夫人听了微笑道："你似乎大你妹妹两三岁，既是哥哥，自然她来见你！"

缪尚书也笑道："现在既是一家人了，倒也不必专讲虚文……"

话犹未完，彩翘小姐早已扶着丫鬟，袅袅婷婷，轻移莲步，慢慢地走近廖芳的面前，微红其面，道了一个万福。廖芳一见这位天仙般的妹子朝他行礼，一时神经错乱，几至大失其仪。幸而已有知趣的使女正在摆上酒席，缪尚书又在和夫人说话，彩翘小姐含羞低首，因此都未看出破绽。

四人入座，缪夫人先微微地一笑，方对她的女儿说道："我儿不必拘束，你以后称他一声芳哥哥就是。你本知书识字，你们芳哥哥又是一位名翰林，往后兄妹二人常常谈些学问，我们二老更是欢喜。"

廖芳听了，慌忙接口向缪夫人说道："妹妹的咏絮清才，孩儿早已如雷贯耳，妹妹若是不吝珠玉，指教一二，孩儿的学业或者更有进功。"

缪夫人听了，又微笑道："芳少爷为什么对于你这妹子这般谦虚？你们义父方才不是曾说过，不必客套的吗？"

廖芳听了，赶忙肃然答道："孩儿倒是实言，义父、义母既在吩咐孩儿，孩儿后不如此就是。"

缪尚书、缪夫人听了，一齐异口同声地说道："这才对了。"

廖芳此时一心只在彩翘小姐身上，他的嘴上虽在和缪氏夫妇讲话，可是他的那双色眼却在向彩翘脸上一瞟一瞟地瞟个不休。照伦常说呢，彩翘现是廖芳的妹子了，做哥哥的如何好生妹子的邪念？照伦常说呢，廖芳正在希望发展官阶的时候，如何可以有此不规举动？

谁知这位彩翘小姐，日来正在暗中怨她老子，只顾自己功名，要将爱女配与一个其貌不扬的女婿。今天忽然来了这位人才出众、举动风流的哥哥，早已一往情深地将她的那一颗芳心不知不觉地倾在这位哥哥身上去了。况且她既具文君之色，又有文姬之才，平时深闺独处，或于月下花前，见那所绣的一对对的鸳鸯，在飞的一双双的蛱蝶，恨不得早和它们一样，马上配个如意郎君才好。此刻更被廖芳引动了情，便也淡淡地报了廖芳几个眼风。

廖芳原是偷香老手，一见对方已经心心相印，他的心愿定可如意。此刻反怕被人瞧破机关，不要弄得闹出乱子，便没补救。又见彩翘小姐对于吊膀手段没有他的老练，赶忙示之以目，叫她留神。不料彩翘小姐情之所发，已不能禁，明知廖芳怕闯大祸，一时不敢兜搭，她却依然目有所视，视那廖芳，心有所注，注那廖芳，竟弄得神魂颠倒，也和廖芳刚才一见了她要失仪的一般。廖芳心中虽是十二万分的感激，面子上只得假酒三分醉地推说一时不谨，业已过量，不能支持，暂且告别，迟日再来还席。

缪尚书和他夫人自然认作真事，不肯让他回去。缪夫人还太息道："今日虽是乐叙天伦，芳少爷既然量浅，此时回去，如何禁得起冷风一吹的呢？还是到书房之中去安宿一宵吧！"

廖芳听了，更是正中下怀，只好再装着似要呕吐的样儿道："孩儿此时，一刻不能支撑一刻，只好遵命的了。"说着，便有使女把他搀至内书房里，服侍躺下，什么醒酒汤呀，什么消化药呀，大家接二连三地巴结这位新来的少爷不已。

廖芳本是听了何成的计划，先以义子入门，然后好和妹子勾搭。现既马到成功，对于这班使女，也须竭力笼络，便命一个最玲珑的使女，叫她在他衣袋之中取出百十两银票，分赏众人。钱的这样东西，能够使得鬼推其磨，何况乎人？何况乎一班无资格的小人？当下自然将廖芳这人恭维得天上难寻，地下少有的了。廖芳又于次日，假装病愈沉重，要求缪尚书夫妇，拟在他们府上多住几天。

其时，缪夫人已被那班心腹用人将廖芳这人早已说得天花乱坠，她的心里本要留廖芳在府长住，真的当他亲生儿子看待，一听廖芳要在她的府中养病，忙亲自来至内书房，先问廖芳病体如何，次即谈及本要留他在府长住之事。又说廖芳单身住在翰林院中，诸多不便，现既做了母子，这个家里，就是廖芳之家，何必再分彼此。一俟彩翘将来出阁之后，还要与廖芳娶房亲事，晚年也好有人侍奉等语。

廖芳听了，知道缪尚书夫妇二人已入他的彀中，心里自然喜之不尽，嘴上还连连答道："义母吩咐，敢不遵命。不过儿子幼年早失怙恃，对于定省之礼，恐有不周之处，尚求义父、义母训诲。"

缪夫人听了，微微地笑答道："芳少爷不必客气。"说着，又指着廖芳向一班使女说道："少爷既是我的儿子了，我要打要骂都可以的，果有不好的地方，我们二老自然会得管教。"

那班使女听了，顿时异口同声地凑趣道："夫人说得很是，不过少爷是位翰苑人才，十载寒窗，满腹经纶，读书人没有一个不是孝子……"

这个使女话未讲完，又有一个使女插嘴道："婢子说，少爷既是夫人亲生的一般了，兄妹之间似乎也该亲热一点儿，不必避什么嫌疑。现在少爷卧病在床，我们小姐应该下楼看视看视，始尽做妹子之礼。"

缪夫人听毕道："此话倒也不错。"说完，即命随身丫头："快把小姐请来，说我在此。"

丫头去后，廖芳假装阻止道："义母去请妹妹来此，儿子已把房里糟蹋得不像样儿，妹妹到来，未免简亵。"

缪夫人听了道："这是什么说话？阿兄有病，妹子如何可以不来看看？'简亵'二字，只能用于外人面上，自己妹子，以后不应如此。"

廖芳听了，急又赶忙认错。缪夫人方始欢喜。

一时彩翘小姐到来，缪夫人先向她笑道："你的哥哥有病，你为什么躲在楼上？尊卑长幼的礼节，哪好随便忽略？"

彩翘小姐听了，便把她的那张嫩脸微微地一红道："哥哥若在上房，女儿早已前来看他了。女儿因他睡在此地，如果未曾禀知母亲，就此冒昧出来，似乎有些不像样子。"

缪夫人听至此处，忽然失笑起来道："你能够懂得内外，做娘的也不好说你。不过哥哥又与外人有别，你这孩子，到底不懂什么。"缪夫人说毕，便站了起来，又对彩翘小姐道："我要去有事，你可在此地照料你的哥哥之病。"边说边向上房，真的去了。

彩翘等得缪夫人走远，方对廖芳说道："哥哥现在怎样？可想吃些什么？"

廖芳听了，慌忙含笑答道："为兄此刻并不想吃什么，只是心中烦闷。"

彩翘听了，皱着眉头道："这又如何是好呢？"说着，便借了几桩事情，故意把使女等人一个一个地差了开去。房里只剩着他们兄妹两个，方把所坐的那张椅子向床面前挪近几步，话未启齿，她的粉脸又红起来。

廖芳本是装病，今见房内没人，彩翘又是这般娇艳，顿时心猿意马起来。复又微咳一声，有意念着《西厢》曲上一句词句道："我是多愁多病身……"念到这里，便又停住，却把一双眼睛注视彩翘。

彩翘见廖芳这般举动，也就轻轻地微唔了一声道："哥哥现有贵恙在身，千万珍重要紧，忧能伤身，哥哥是位明白人，难道还要妹子多说吗？"

廖芳听了急答道："为兄的愁闷，连自己也不知道如何而来，又叫它如何而去呢？"

彩翘紧接一句道："只要有消愁解闷的法子，似乎也不怎么繁难。母亲方才对妹子的说话，哥哥谅必已听见，哥哥赶快医病，且俟病愈，去到妹子楼中谈谈。倘若谈得投机，心里必会不期然而然地开怀起来。"正是：

房中既有禽和兽，世上已无正与邪。

不知廖芳所答何话，且听下回分解。

## 第九回

## 安士照被刺归阴
## 缪彩翘观灯受辱

却说廖芳一听彩翘叫他上楼，忙正色答道："妹妹呀，为兄的心事，此刻万不能不讲了。为兄这次来拜令尊、令堂做义父、义母，本是为的妹妹这人。昨夜晚的生病留府，也是为的妹妹这人……"

廖芳刚刚说到这里，还要往下再讲的当口，忽被彩翘拦阻道："哥哥的心事，妹子已经知道，此地要防属垣有耳，人言可畏，且俟哥哥贵恙痊可，去到妹子楼上细细地再说未晚。"说着，丫鬟、使女等人果已次第进来。彩翘又当着大众，和廖芳说了几句没关紧要的闲话，便告辞上楼去了。

廖芳等得彩翘走后，只好再病一日，方始一个人来至彩翘楼上。彩翘因为身边的那个丫鬟是她心腹，无须避忌，便老实对廖芳说道："哥哥之意，做妹子的早经明白一二。妹子又知哥哥择配甚苛，至今尚在物色人才，妹子蒲柳之姿，既蒙哥哥认可，妹子私怀，当然也认哥哥是一位终身佳侣。妹子的这方面，好说不生问题。说到妹子的堂上二老，膝下仅有妹子一人，本是素常溺爱的，凡是妹子所喜的事情，从来不来反对。独有这桩婚姻问题，却在例外，为什么道理呢？只因爹爹为人，最是热衷，他的要想拜相，也不止一天了，现在正在想将妹子的终身许与安太监的侄子安士照。安士照这人，他自己的容貌长得十分恶劣，他倒不说，反说还要看过妹子，方肯下聘。"

彩翘讲到这里，忽又把脸一红道："妹子现在只望那个姓安的看不中妹子，倘若被他一旦看中……"彩翘说至此处，便把她的眼睛懒洋洋地望着地上，跟着又微喟一声，就把她的话头停住，默然无声了。

廖芳听毕，却喜得心花怒放地向彩翘说道："妹妹果能不嫌为兄粗陋，肯允这件婚事，其外的一切纠纷，为兄自有手段，将它一扫而空。"

彩翘听到这句，复又抬起她的眼皮，望了廖芳的脸上一眼道："哥哥这句说话，妹子似乎不甚信托。"

廖芳急问道："妹妹何以见得的呢？"

彩翘道："天下的事情，每每有出人意料的，即如那个姓安的而论，妹子自然只愁他采及葑菲，妹子倘若与哥哥无缘起来，或者竟会被那个姓安的怪物看中，也未可知。"

廖芳听了，微微地冷笑了一声，又摆一种放心自在的样子道："为兄虽然没有什么才具，但是想出个把法子，倒也不让人家，此其一；为兄家中还有一个胜于诸葛孔明的何成在那里，只要叫他略动脑筋，姓安的不看中妹妹更好，即使真的看中妹妹，为兄自有妙法对付，此其二。"

彩翘听了，不禁一喜道："哥哥，你此话真的吗？"

廖芳听了，急得跺脚道："为兄难道好欺妹妹不成？"

彩翘道："妹子方才的说话，并非不信哥哥的为人，但怕哥哥和那位姓何的一时未必想得出十拿九稳的法子罢了。哥哥既能如此，妹子岂不情愿？"

廖芳听了，且不搭腔，尽把他的一双色眼盯着彩翘，呆呆出神。彩翘见廖芳这般的浪形，不禁扑哧一笑，边笑着，边又将她的朱唇慌忙用了一块手帕掩住。

廖芳此时早已色胆如天，房中既没外人，彩翘又已心许，他急递了一个眼色,给那站在彩翘身边,名叫小红的丫鬟,要她快快避开,以便行事。小红见了,倒也识趣,便即托故真的躲入后房。

廖芳先将房门关上,然后走近彩翘面前,扑的一声,双膝向彩翘跪下哀求道:"好妹妹,快快地救为兄一救吧!"

彩翘一见廖芳如此猴急,一个大人直挺挺地跪在她的面前,顿时不知所措,弄得拒绝又不好,应允又不好,心里慌乱了一阵,不知怎么被她迸出一句十分可笑的说话出来道:"青天白日,哥哥怎么这般乱来?"

照彩翘的意思,她是责备廖芳,不应在青天白日地向她下跪。哪知廖芳一听这话,就抓着了一个大大的漏洞,急问彩翘道:"这桩事情,妹妹难道真要夜间方肯应允为兄吗?"

彩翘一听廖芳误会了她的说话,一时羞得无地自容地发急道:"哥哥,你疯了不成?"

廖芳听了,虽在口里答复道:"为兄此时真的只好疯它一疯!"可是他的双手早乘彩翘的一个不防,已将彩翘这人飞快地抱入帏中,好半天没有声息。大概他们二人未饮合卺之酒,先开并蒂之花的了。

当下二人出得帏来,彩翘复又含羞带嗔地向廖芳微瞪了一眼道:"如今你已如了心愿,我的这条性命只好交给与你的了。你若有良心,除了赶快去办姓安的那桩事情之外,别无他法。"

廖芳听毕,微微一笑道:"妹妹但请放心。"说完这句,廖芳下楼而去。

彩翘等得廖芳下楼之后,忙把她那心腹丫鬟唤了出来,红了脸问她道:"小红,我做小姐的,平日待你怎样?"

小红答道:"视如姊妹,还有何说!"

彩翘道:"既是如此,我与他的事情,你却不可半句走漏风声。"

小红听了,慌忙设上一个凶誓道:"小红若去走漏风声,异日一定不得好死。"

彩翘听了,赶忙阻止道:"这也不必赌这血咒,只要凭你的良心，我也决不亏负你的。"

小红、彩翘二人都各认为满意。

现且不说彩翘小姐专候廖芳去办安士照那方面的事情。再说士照，自从听见缪尚书要将爱女配他为妻之后，便向安太监表示，要去看过缪彩翘小姐的容貌，方能下定。

安太监听了道："缪小姐乃是一位尚书的千金，平时不出闺门寸步，你又有什么法子看得她见呢？"

士照道："侄儿自有法子，毋庸叔父操心。"

安太监本是康熙爷顷刻不能离开的人，他又志在操纵政权，生怕达木苏王侵着他的权柄，自己已觉忙个不了，哪里还有工夫来管这样小事？当下便把头点上一点，只叫士照自去办理。

士照退到自己室内，便把一个谋士请至，和他商量计策。那个谋士低头想了一会儿，忽然笑答道："晚生想出一个法儿来了，不过要公子稍许破费些钱财。"

士照听了道："只要有法子，使我能够看见那位缪小姐，花费些银钱，倒是小事。"

那个谋士道："现在已是腊月将尽，离开正月元宵为日无多，元宵那晚上，各家府中无不别出心裁，巧制花灯，这是各大臣仰体皇上与民同乐意思。我们府中，何不赶快聘请巧匠，更加多制奇奇怪怪、出类拔萃的灯式，挂在我们府门外面？晚生敢说，包你公子，那天晚上缪小姐一定移樽就教，亲自把她的那一张花容月貌情情愿愿地送来给与公子观看。"

士照听了大喜道："这倒对的，我也相信缪小姐准来看灯。因为那天晚上的看灯，差不多可以说是奉旨的。"

那个谋士道："公子那天晚上如果看中缪小姐，那就更好；如果看不中缪小姐，那天晚上，恐怕连那月窟嫦娥、瑶池仙子，也要下凡开开眼界。至于什么闺阁千金，什么小家碧玉，无不结队成群而至。"

那个谋士说到这两句的当口，顿时向士照扮着一个鬼脸，大笑道："公子，那时请你老人家可要拿出十二分的眼光来，不要箩里拣花，越拣越花，错过机缘，不是玩儿的呢！"

士照听了，当然很是高兴，即命那个谋士速速照办。又说，有的是钱，那天的灯总以出色为妙。那个谋士献了此策之后，非但可得公子的欢心，而且可大大地捞摸几文。

没有几时，这天已是正月十五的白天，那个谋士又来向士照献策道："今天晚上，我们府中的花灯自然是人间少有、天上无双的了，前来看灯的妇女不用愁她，那位缪尚书的爱女，当然也在其中，不过我要请问公子，公子可曾认识这位小姐？不然觌面不识，岂非白花了一笔巨款，犹是小事，错过良缘，岂不可惜吗？"

士照听了，便笑骂那个谋士道："你这狗头，这句说话，问得真要该打！我公子若是认识那位缪府小姐，我又何必再要看她呢？正因为未知她的相貌如何，方才用你的这个诡计的呀！"

那个谋士听了道："到底被晚生料着，公子现在速派几名又是心腹，又是伶俐的家丁，去到缪府门前守候，一见他家小姐出府，飞速地先来禀报。否则不要弄得缪小姐已经走来过了，晚生和公子二人尚未知道，岂不是个千古寻不出来的笑话吗？"

士照听了，连连点头赞成，一面夸这谋士细心，一面即派心腹家丁照办，事成重赏。

到了晚上，安府门前早已挂出预制的奇巧花灯，无须细细申叙。

单讲那时人山人海，携老扶幼地，已是塞满了通衢，幸而安府门前的那条街上，头一天已由安太监派出御林军一队，把守两面街头，不准闲人啰唣。那个谋士复又暗暗吩咐御林军，只准女子进来，不许男子混入。这样一来，这座安府门前，除了都是粉白黛绿的佳人美女之外，那班臭男子只好怪他们的爷娘养他出来的时候，腹下多长了一点儿东西，如此，竟弄得不能恭逢其盛了。

当时安士照公子同着那位谋士并坐在门楼之上，面前设上一座华筵，喝喝美酒，看看娇娘，只见肥的不亚杨妃，瘦的胜过飞燕，好丑妍媸，却也不在少数。在那谋士眼中看来呢，已觉馋涎流出三尺，没有一个不是美的，无如士照眼中，非但一个不取，而且看着几乎生气。

不料就在这个人头拥挤、人声嘈杂的时候，忽见几个家丁飞马奔来禀报道："缪小姐带了几个丫鬟，坐着一乘红围绿幔，极考究地自备骡车，已向我们府中而来……"

家丁尚未说完，士照急命快快前去暗中保护，不要挤坏了这位小姐。

家丁领命去后，士照忙将杯箸放下，同了那个谋士，特地走至楼前，凭栏而待。不到半夜，果见一乘红帷绿幔的骡车已经分开群众，嘚嘚地到了府门，同时又见坐在车内的那位缪小姐的一张多情有趣的面庞真个可以闭月，可以羞花，可以沉鱼，可以落雁，一时把这位安士照看得心痒难搔、四肢发软起来，连连地笑对那个谋士说道："这位缪小姐真的出色，真的超群，正对我的胃口，一定娶她，一定娶她！"边说边又在那个谋士的肩上拍上一下道："我公子从重有赏，再等我娶了这位满心如意的妻房之后，还要给你一个官儿做做。"

谁知总算承安士照的情，居然看中了缪彩翘，可是这位缪彩翘，非但看不中他，而且已经成了一个破窑里的货色了。

当下那个谋士道："公子栽培晚生，自然感铭五内。现在大功尚未告成之秋，先办正事要紧，明天晚生就去作伐。今天晚上，公子可要命人送些点心去给缪小姐？也是示好感于这位将来的新夫人的意思。"

士照听了一笑道："这倒可以不必，我是一位惯知妇人心理的人物，大凡妇女们，她对于她的未婚夫，最是怕羞。"

那个谋士听了，接口道："这么公子何不下去，再行仔细复核复核？"

士照听了，即同那位谋士来至楼下，出了府门，却不便老实走近缪小姐的车子面前饱览芳容，只好隐在人丛之中，他能够看见缪小姐、缪小姐不能够看见他的地方，真的细细赏鉴一番，不禁颠头播脑地大乐道："妙呀，我安士照得此妻房，真所谓是一机二命三风水，四积阴功五读书的了……"哪知安士照的"的了"二字甫经出口，只听得他哎哟地大叫一声，早已砰訇的一下，倒在地上去了。站在他旁边的那个谋士一听得安公子大叫一声，倒在地上，吓得慌忙伏地去看，谁知不看犹可，这一看，又把这个谋士也是大叫哎哟一声，和安公子一式一样地跌在地上。

当时公子随身的卫士们急把安公子的衣服解开，细细一看，方知安公子的腰间有一个致命之处，已是戳着一柄尖刀，刀入腰间，虽不知多少深，但见刀柄已将及肉。可想而知，这一刀戳得很深，摸摸胸前，业已没气。再去看那谋士，却无伤痕，大概是受惊过度，晕了过去的。大家顿时慌乱起来，一面飞报安太监，一面闭着两面的栅门，恐防逃了凶手。哪知安太监那时正陪康熙爷在宫门口看灯，一时不能赶回。幸得这位谋士已由家丁救醒转来，他的为人倒也忠心，此刻不顾自己身体尚在昏昏沉沉之中，只命所有的家丁卫士立刻在街上不问是否皇亲国戚，不问是否闺阁名媛，非得从严搜查，若是真正没有形迹可疑的人，始能放走。

可怜这位缪彩翘小姐，她这晚上的来此观灯，既不知道安公子暗中调排之事，复不晓得被人行刺的就是她所深恶的那个安士照，一见人人乱奔，方知闹出乱子，只吓得她花容失色、粉靥绯红，急命车夫快快加鞭回府。可曾知道，那个谋士业已下了命令，连她也在搜检之列的呢！

那班御林军，他们都是天天见着皇帝老子的，又加再是满洲人对待汉人，仿佛已是他们的奴隶一般，此时安太监的侄公子被人刺毙，那还了得？于是把那天晚上来看花灯的太太、小姐们，为公呢，搜检凶器，为私呢，乐得借此寻寻开心，明知这位缪彩翘小姐乃是现任吏部尚书的女儿，他们也拿"皇亲犯法，庶人同罪"那八个字的大题目来做调戏妇女的招牌，当然这个也来向彩翘小姐身上摸摸，那个也来向彩翘小姐脚上捏捏。彩翘小姐到了此时，也只有任其所为，不能摆她尚书千金的架子出来了。好容易被他们搜而又搜，检而又检，摸而又摸，委实毫无嫌疑，方才喝声去吧。

彩翘吃了这场大亏，一回家里，自然一头倒在她娘的怀内，哭诉一番，似乎还要她爹娘替她出气的样儿。

缪夫人听毕，摇头道："这班都是御林军，百事要让满洲人三分。我儿此亏，只有白吃的了。"

彩翘听了不依道："我们爹爹也是当朝一品大员，难道就此罢了不成？大不了奏明皇上，女儿想来，皇上也要讲理的呢！"

缪夫人听了，更加把头摇得厉害道："安太监现在谁敢碰他？况且他只有这个宝贝侄子，一旦死于非命，正在火气头上，不要再去惹出祸来。"

彩翘一听死的就是她那七世冤家、八世对头的安士照，反而心花怒放，连将翻本的事情也乐得忘记了。当时回到绣房，只见廖芳早已候在那儿，一脸的得意样子，一望而知，安士照的这场乱子，必是他与何成两个干的。

彩翘先开口问道："这件事情，莫非真是你们干的不成？你得小心一点儿，我现在并不把你当作哥哥，我却真真心心地当你是我丈夫看待的呢！"

廖芳听了，微微地一笑道："要么不干，干了决不致弄得自己身上来的。否则你还被人搜检的，怎么我倒安然早比你来家了呢？"

彩翘听了，还不放心，逼着廖芳快把这事始末细细地讲与她听。

廖芳听了道："你急什么？且让我休息一下，停刻到床上去，我自会讲给你听的。"

彩翘听了，不便再去催他。稍停，便和廖芳上床同睡。

原来彩翘生性风流，既为廖芳所惑，誓死必嫁廖芳，心里所怕的只有那一个安士照。后因廖芳负了全责，又担任去办安士照之事，彩翘一想，我这个人终究要姓廖家的姓的，于是和小红丫鬟打通一气，老实不客气地做个先行交易，择吉开张的把戏。至于她是尚书小姐，此刻还管什么身份？只要廖芳能够爱她，她就心满意足的了。正是：

　　花开连理娘无眼，木已成舟父点头。

不知廖芳睡在床上，所说何话，且俟下回分解。

## 第十回

# 知府当差真无脸面
# 佳人结拜各有衷肠

却说廖芳携了彩翘，上床之后，共枕卧下，先用一只臂膊垫在彩翘的颈项底下，让她做了枕头，方始开口说道："那个姓安的死鬼，他是你我两个的对头，若不除去，我和你婚事便没指望。我与何成两个商酌之后，就知今儿晚上，安家门前定用御林军守卫，我便同了何成，预先买通一个名叫赛拉苏的御林军，叫他乘机刺死安士照。这个赛拉苏，居然一口答应，不过谢礼讨得贵些罢了，钱的事情是小事，不必管它。今天我和何成二人特地在外早吃晚饭，就在栅门外边的那家南纸店门口隐身站定，等候那个赛拉苏行事。你坐了车子，拉进栅门去的时候，我还看见你把一只臂膊靠在小红肩上，你那时一双眼睛只顾在望前面的那些灯，自然没有看见我。"

彩翘听到这里，接口道："我非但没有留心看见你，此刻连我的臂膊靠在小红肩上的事情，我也记不清了。"

彩翘说到这里，忽把她的那双媚眼使劲地朝廖芳脸上瞪了一瞪，跟着又似恨非恨、似怒非怒地对廖芳发话道："都是为了你，今晚上，害我出乖露丑的，被那班什么御林军遍身搜检还在其次，最可恶的一个，竟在我的下……"彩翘说到这个下字，顿时咬牙切齿，把脸挣得血红地接着说道："这件倒霉的事情，幸亏你总算已经弄死了姓安的，还好杀杀水气。不然，我面子上还总是一个闺女，这般被人家糟蹋了去，你想想看，对得起我吗？"

廖芳听完，忍不住起来，扑哧地一笑道："你的说话真是由你一个人在说了，你在别的事上怪怪我，犹可说也，怎么你去看灯，与我何干？受了委屈，也要怪起我来了呢？我起初的意思是，今晚上做了那件如你心愿之事，还以为你一定要感我大恩，在床上力图报称的，怎的无缘无故，怪在我的头上，岂不冤哉枉也的吗？"

彩翘听到这句，也会觉着错怪了人，不禁自己好笑起来。当下他们二人就在这个一笑之中，如鱼得水，恩爱非常。不到几时，早已疲倦，沉沉睡去。

谁知他们二人正在好睡的当口，忽被缪夫人上楼看见，大声喝醒道："兄妹两个同睡一床，这是什么礼节呀？"

廖芳一见事已败露，只得慌忙跳下床来，跪在缪夫人面前求饶。彩翘小姐呢？哪里还敢有脸见娘，索性把她的脑袋钻入绣被之中，借以藏拙去了。不过她这个人虽然躲在被头里面，可是她的那双耳朵狠命地竖了起来，在那儿留心听她娘如何发落廖芳。

当下只听得她娘在那里责备廖芳道："你叫名也是一个读书种子，怎么竟干出这件无法无天的事情出来？莫说兄妹不该调戏，就是平常的人，也不能够的呀！"

又听得廖芳一壁磕着响头，连声认错，一壁又说道："事已如此，木已成舟，好在姓安的又已被人刺死，万望义母成全。闹了出去，孩儿要杀要剐，自然应该。府上门楣，因此有玷，义母倒要仔细忖忖才好。"

缪夫人听毕，便摇了几摇头，又长叹了一声道："唉！我这个前世冤家，害娘的宝货，只要她愿跟你，我也只好这样的了。"

彩翘一听她娘已经松口，此时只得不顾羞耻，扑的一声从被内钻了出来，跳至地上，也跪在她娘的膝前，珠泪双流，低头无语。

缪夫人年已半百，仅此一位宝货，平时溺爱过分，也是有的。此刻一见她的爱女如此模样，早已心里不忍起来，面子上却不能不说她女儿几句，以正家规。责了几句，后来的结果，仍是缪夫人担任去向缪尚书疏通。

缪尚书既知此事，一则木已成舟，愈闹愈丑；二则安士照已死，没有指望；三则女儿不肖，不能一定怪人。这三桩倒还罢了，第四样，廖芳这人，乃是达木苏王的门生，倘若廖芳做了缪家的快婿，缪尚书便与达木苏王有了关系了，因此之故，只得将错就错，即日把廖芳入赘进门，义子变作女婿，也算是一场天大的奇闻。

又过几时，有一天，缪尚书皱着眉头对他夫人说道："安士照的被刺，廖芳很有嫌疑，我在你的面前，说说不妨，我也明知这桩把戏定是廖芳干的。他虽然有他老师达木苏王做护符，安太监那面也非弱者，以我之意，想去与达木苏王商酌一下，就把女婿放了外官，以避祸祟。"

缪夫人听了，自然十分赞成。

缪尚书便去拜谒达木苏王，陈明来意。达木苏王本已答应廖芳，且俟机会。今见他的老丈前来商量，乐得卖个顺水人情，于是便在康熙爷面前保奏一本，说得廖芳这人什么才堪大用，什么为守兼优，若放外任，足资表率等语。康熙爷自然准奏。

缪尚书本是吏部，一切放缺等事原在他的手里，可巧扬州知府出缺，缪尚书即将爱婿放了此缺。前清官场，本有一句老话，叫作一任扬州府，十万八千五。廖芳那时既得美缺，又有娇妻，当即择吉上任，至于他将安士照活活害死，安太监一时寻不着正凶，只好罢休。谁知廖芳携妻上任的时候，走在半途之中，彩翘、小红主仆二人忽被那个狮怪无端地摄到岩洞之内，大肆蹂躏了一番。小红的貌本来不及彩翘，当场就被狮怪糟蹋而死，彩翘长得较为标致，狮怪还拟长期受用，所以将她藏在岩洞里面，满望把神镖将胜英打死之后，再回岩洞，再将蝶精做妻，彩翘做妾，以及那位林素梅，也在妾媵之列。不料竟为胜英所伤，以至不能如它预算搬取彩翘。

彩翘的出身既已详叙，现在又要接续说蝶精来找扬州知府廖芳

76

的事情了。

当时廖芳一见他的妻子和小红丫鬟忽被一个妖怪攫去，他是文官，怎会奈何得那个妖怪？只得一个人，如丧考妣地痛哭一场，暂在一家客店之中守候彩翘。他的希望是，万一那个妖怪把彩翘玩腻了的时候，或者一个高兴，放她生还，也未可知。岂知彩翘这人，淫狠太过，虽然不被狮怪所害，依然有人会来收拾她的。阅者看了下文，自然知道。

此刻单说蝶精来至那家客店，见了廖芳，就把来意告知。当下廖芳一听他的爱妻已为这位女子所救，这一快活，还当了得？至他妻子曾被珍怪糟蹋，以及小红死得可惨，统统不在他的心上。当下唯有一面谢过蝶精，一面跟着蝶精急到那座楼上，来见彩翘。相见之下，夫妻两个抱头大哭一场，还是彩翘先停哭声，开口向廖芳说道："老爷不必悲伤了，好在你的妻子安然在此，虽说受了些无妄之灾，幸而未曾少去半根毫毛，这些年灾月晦，只好看破几分的了。"说着，又向蝶精说道："现在我们夫妇二人急于去到扬州上任，且俟接印下来，那时必派妥人，办了重礼，前来奉谢。"

蝶精答道："酬谢一层，这倒不必，不过贤伉俪二位此去扬州，必须经过那个吴恩等人的山寨，贤伉俪身边现下既没兵丁护送，小女子因有要事，又不能分身同走，这倒不可不商量一下。"

廖芳听了道："恩人姊姊，最好是望你相送我们夫妇至扬，我们只要一到扬州，恩人姊姊说要什么谢礼，无不可以办到。无奈恩人姊姊自己又有贵事，当然不好勉强，要么我们夫妇二人改换平民装束，或者瞒得过那班歹人，也说不定。"

蝶精踌躇了好一会儿，仍是想不出主意，只得说道："除了改扮平民，混过吴家山寨，实无他法。"

廖芳道："下官饬赴新任的公文在身，万难再留，就此告别恩人姊姊，容图后报。"

蝶精送走廖芳夫妇，仍居楼上，守候林素梅来此。暂时又将她搁下。

先说廖芳、彩翘两个,真的扮着平民模样,付过旅费,就此登程。一路无话,次日傍晚,已近吴家山寨,他们夫妇正想偷度过去的时候,忽被憩在路旁的三五个小贩将他们唤住道:"你们二位怎么这般大胆?前面就是吴家山寨,从前一班喽啰只劫过路的大客商,或是那些官僚,近来是因防兵队前来剿灭他们,不问何人,都得劫上山去,男的要你当匪,女的……"那人说了半句,便把眼睛望了一望彩翘,又接说道:"我们同是出门人,既有所知,自然要通知你们的。"

廖芳听了,忙把他的手朝那人拱谢道:"承蒙关照,感激得很。但不过兄弟要去探访病人,不能不闯过此关,图个侥幸。你这位仁兄,以为如何?"

那人听了,便把他的尊头摇得像拨浪鼓的一般答道:"万万不能,万万不能!我们也有要事在身,倘然可以过去,老实说,早就过去了,还待等到此时吗?"

彩翘等得那人把话说完,却轻轻地将廖芳的衣袖一扯道:"我有一个主意,老……"彩翘的老字甫经出口,赶忙把那爷字缩住,又改口说道:"我们且在此地耽搁一霎,等到半夜,那班强盗难道不睡觉的吗?那时偷偷过去,就不要紧。"

廖芳听了,点点头道:"只有这样。"

他们夫妇二人商量妥当之后,即在就近随便买些吃食,索性走进路边的那座深林里头,拣上一块较为干净一点儿的石上,坐着守候。看它一时夕阳西下,看它一时皓月东升,同时又见天上的那道星河忽而被云遮断,忽而那云又被微风吹开,忽而那风大了起来,吹得那些林叶哗啦啦地乱响,犹如鬼叫一般。彩翘胆小,慌忙把她的头躲进廖芳的怀内,恨恨地说道:"我为了你这人,现在弄得败名失节,弄得吃苦茹辛。你在京里的时候,不是说我为了看灯的事情,不应该怪你的吗?此刻应该怪谁呢?"

廖芳边听彩翘在说,边用手去摸着她的面庞道:"我的夫人,我的爱妻,你为了我吃苦,我真的过意不去,只望能够闯过此关,等得到了扬州,我知道衙门里有一座极大花园,据说是一个大盐商所报效的。内中的景致,你虽是一位吏部天官的小姐,恐怕也未曾看见过。那时我与你二人在那花园里面,赏赏月、看看花、饮饮酒、赋赋诗,让你享受一世的荣华富贵,方好销去你在这座深林荒野之中吃的苦头。"

彩翘此时被廖芳一阵鬼混,不觉有些高兴起来,即把她的脑袋忙从廖芳的怀内钻了出来,抬头看看天上,此时月亮业已升到中天,宛如一面光可鉴发的明镜,似乎竟会把人心里的肮脏龌龊、不可告人的隐事都会照得纤毫毕现起来。

彩翘忽然天良发现,觉得她的行为大类披毛戴角的禽兽,不禁把脸一红,轻微微地长叹一声道:"时已不早,你也不必在此说得天花乱坠地骗我,我现在既是你们姓廖的人了,不见得再好去嫁第二个人的。我们还是快快偷过山寨,果能安然达到扬州,方始有命呢!"

廖芳听了,急同彩翘出了深林。四面一望,只见方才那班小贩早已不知去向,或是先走,或是退回,无从知道。

廖芳此时也顾不得再和闲账,赶忙搀着彩翘,就向吴家山寨的山下行来。哪知刚刚行近,陡闻一阵梆子声响,突然之间,已见山上明火执仗地奔下一群强盗,当头拦住去路。为首一人,就是张德寿,大声向廖芳、彩翘二人喝道:"快快随我上山,倘若倔强,一刀两断。"

廖芳夫妇此时方悔不应冒险来此,但又没法抵抗,只索乖乖地跟了张德寿上山。到了寨内,又见张德寿先在那张虎皮交椅上面一坐,喝问他们夫妇两个道:"汝等姓甚名谁,前往何处,快快说来,好留性命!"

廖芳听毕,吓得哪里还会说话?可怜他不知糊里糊涂地答些什么,非但坐在上面的那个张德寿莫名其妙,恐怕连廖芳自己也未必能够明白吧！倒是彩翘忽然急了几句说话出来道:"大王在上,民妇娘家姓张,夫家姓李,现随丈夫要往维扬一带投亲,身边仅有几十两盘缠,大王若不嫌少,留下就是。"说着,即在身畔摸出,双手呈了上去。

张德寿了见这个女子是他本家,人又长得标致,顿时嘻开一张血盆大嘴,边笑着边对彩翘说道:"你这姓张的女子,我就看你分儿上,不令你的丈夫吃苦。"说着,吩咐头目道:"可把这个姓李的派在我的身边当差,一切伺候的规矩,他却不懂,你等好好教他。"

头目听了,便把廖芳带下。

张德寿又对彩翘道:"我见你的姿首尚不恶劣,今天晚上,要你侍寝……"

彩翘听了,不待张德寿说完,慌忙接口答道:"大王不嫌小妇人是败柳残花,敢不如命？但有一事要求,伏乞大王容纳。"

张德寿一听这女子答应得这般爽快,顿时大喜。问彩翘道:"你有什么要求,只要有理,也可允你之请。"

彩翘道:"小妇人此次本是去到扬州探视亲戚,实难久留山寨,大王能够开恩,明天放我们夫妇下山,自是天地大恩。否则,且俟小妇人去而复来,情愿终身侍候大王。"

张德寿听了,微笑道:"此话不便马上允你,且过几时,你果能侍候得我大王称心如意,那时再说便了。"说完,即命彩翘跟他入内,共效于飞。

彩翘要活性命,只好顺从。

一宵易过,第二天,张德寿大排筵席,请了吴恩、秦尤、崔通、柳遇春、林世佩,连同尤少卿、钱佩兰等人,吃他纳宠的喜酒,大家人座。

彩翘那时早已装扮得犹如新娘一般,低头坐在末位,倒还罢了。这一来,却把那位现任扬州知府大人廖芳羞得十分局促、无地自容,唯有眼观鼻、鼻观心地不敢朝席上正视。

彩翘此时也知她的行径有些使她丈夫难堪，然而要顾各人性命，只好忍辱一时，骗得这班强盗欢心，或有生还之望。因此故意不去理睬廖芳，单在席上频频地敬酒。

张德寿原是色中饿鬼，他自从少卿、佩兰被救上山之后，本在羡慕少卿的艳福非凡。今见姓张的女子也不亚于佩兰，于是借着黄汤遮脸，要逼着彩翘当了大众之前，敬他一个皮杯。在席诸人本非好人，复又怂恿。彩翘没法，只好遵办。

等得席散，佩兰便把彩翘请到她的房内，忽要与她结拜姊妹。彩翘不知佩兰的历史，还当她也是一位女大王，正想借以联络感情，仰攀一位有力量的姊妹，于她不无益处，当下一口应承。二人的年龄却是同年，佩兰月份较大，彩翘做了妹子。几天之后，格外说得投机。

彩翘此时已经略知佩兰的梗概，又见佩兰却也真心待她，有一天，便趁没人在旁的当口，扑地跪在佩兰面前哭告道："姊姊的与姊夫结合，同是自己看中，妹子和你妹夫差不多也和姊姊相仿，但姊姊日日夜夜得与姊夫伉俪情深，妹子也是十月怀胎，父母养下来的一个人，现在张大王已以妾媵视妹子，妹子虽感其情，但是不能丢下拜过天地的丈夫，此事总要恳求姊姊，暗中搭救妹子。若能随夫平安下山，没齿不忘大德。"

佩兰边听边将彩翘扶起，一同坐下道："妹妹心事，做姊姊的早已看出，不待此刻再言。不过张大王现在如此爱你，我怎好冒昧前去进言呢？且俟机会出来，我必替你设法就是。"

彩翘听见佩兰答应替她设法，只能一面暂时忍耐，一面倾心地巴结那张德寿。德寿见她如此殷勤，自己有事的时候，反叫彩翘去到佩兰房中散心。

有天晚上，彩翘适在佩兰房内闲坐，佩兰忽被秦尤请去有事，临走的时候，还叫彩翘在她房里守她，她去了就来。彩翘等得佩兰去后,因为日夜巴结德寿,她的身子未免有些倦怠,又见房内没人,她便靠在佩兰床上,一时就沉沉地睡去了。谁知她正在香梦方酣的当口,忽被一个人进来,偷偷地采花而去。及至醒来,业已失身。正是:

　　一群禽兽情相似,两个妖狐性本同。

不知此人是谁,且俟下回分解。

第十一回

## 遇侠女重逢侠女
## 控瘟官再值瘟官

却说彩翘惊醒，见已被人所污，但不知此人是谁。一想事已至此，倘若闹了出来，一则张德寿必不答应，万一因此闯出祸来，我这个人定为众矢之目，于我大有不利；二则我夫究是一位堂堂太守，这顶绿头巾，只好让他暗暗而戴；三则此人不知何人，我正在对于张德寿这人面目可憎、语言无味，大不称我心意的当口，此人果是一位风流美少，我也可以代守秘密，决不声张。

彩翘想至此地，于是整理衣襟，坐了起来，刚要下床的时候，忽见佩兰急急忙忙地走了回来，一壁用手把她身子按住，一壁和她并排坐下道："妹妹，我方才得着你的一个好消息。"

彩翘听了，忙接口问道："姊姊，可是姓张的他肯放我们下山吗？"

佩兰摇摇头道："不是的，现在听说那个胜英病已痊愈，不日要来攻打我们山寨。此地的几个首领会议下来，叫我们夫妇和妹妹、妹夫暂时躲到别的秘密地方，免得在此碍手碍脚，反而误事。"

彩翘又问道："姊姊这句话的意思，可是叫妹子乘隙逃走吗？"

佩兰听了，复摇着头道："哪里能够逃走？不过妹妹既和妹夫同走，姓张的又不跟去，妹妹不是可以和妹夫重叙夫妻之乐了吗？"

佩兰刚刚说到这里，只见少卿笑嘻嘻地走了进来，一面招呼彩翘,一面便对佩兰说道:"我们现在又不走了。"

佩兰道:"何故不走?"

少卿道:"据说北京来召胜英,命他克日入都。胜英既要入都,此地自然不能前来,所以吴、张二位又叫我们和妹妹几个无须走了。"

佩兰听了道:"原来如此,我和你两个呢?在此地也好,到别处去也好,不生问题的。"说着,把她的眼睛看看彩翘道:"妹妹在此,终非久计。"

少卿听了,也把他的那双眼睛向彩翘一瞄道:"在我看来,妹妹在此做做压寨夫人,难道委屈了吗?"

佩兰听了,忙怪少卿道:"不要你这般乱讲,妹妹明明有妹夫的,怎好长在此地的呢!"

少卿听了,未便再说。彩翘既见佩兰在怪少卿,也只好不说什么。又过一会儿,便回张德寿那边去了。

佩兰等得彩翘走后,又恨恨地向少卿说道:"我近来冷眼看看你,似乎在转彩翘妹子的邪念。我奉劝你,快将这条心思收了吧,不要闹出大祸,那时悔之晚矣!你要知道,我们二人已是刀下之鬼,幸亏秦表弟在此间,大家才把我们救上山来。张大王既已爱中妹妹,妹妹就是张大王的夫人,你莫非还想恩将仇报不成?"

少卿听了,自然一口赖个干净。佩兰因没把柄抓着,说过也就丢开。

原来佩兰现在已认少卿是她的正式丈夫,因怕少卿看上彩翘,所以和她结拜。既是姊妹,自然亲近,由亲近而随时监视,这是佩兰的深意。彩翘呢,她的嫁廖芳,也是她自己看中的,廖芳又是裙带官儿,她是现任夫人,怎肯长被那个张德寿这般凌辱?她一上山来,以她的聪明伶俐,岂有看不出钱佩兰夫妇都与寨中首领极有感情,她的一口答应,愿与佩兰结拜姊妹,明是想借佩兰这人的力量,好使他们夫妇下山,重圆破镜,这是彩翘的希望。她与佩兰两个比较，都是淫娃荡妇，不知人世间有"廉耻"二字。但各人的环境不同，各人做出来的事情便有异了。

第二天，少卿打听得张德寿已到山下行劫去了，他的房里只剩彩翘一个人在那儿，顿时大着胆子，闯进房去，一见彩翘，扑的一声双膝跪在尘埃，自认不是道："昨儿冒犯妹妹，万望妹妹鉴我苦心，我实在看得妹妹的容貌赛过天仙一般，一时情不自禁，未得妹妹同意，已亲芳泽。现在生米既成熟饭，妹妹又和妹夫暂时难以会合……"说着，又忙回头看看门外，好在并没人进来，他始轻轻地接续说道："这位张大王一脸杀气，恐非怜香惜玉之辈，这也是我与妹妹有缘，方才能够在此相遇。妹妹能够常常地与我相叙相叙，我有权力，善视廖芳妹夫。"

彩翘一直听完，却也叹上一口气道："唉！姊夫呀，事已至此，一次失节，与百次失节，倒是一样的了。不过我总望与你妹夫早些离开此间，我们还有我们的要事在身呢！"边说边把少卿扶起道："姊夫倘能设法，搭救妹子和妹夫下山，做妹子的就是以身相报，却也对得起你那妹夫的了。"

少卿听了道："这事总有法想，但不能急。"

彩翘道："我此时一刻难挨，哪能不急？"

少卿听了，沉思了一会儿，忽然说道："我有一个妙计，不知妹妹可肯去干？只要此人答应，妹妹就可安然下山。"

彩翘急问道："此人是谁？我为着急于下山，没有一桩事情不肯干的。"

少卿道："我的表弟秦尤，他和吴、张、崔、柳、林五个人均有深交，妹妹若肯前去迷……"

少卿说到迷字，底下的一个字，便停住不说，仅将他的眼睛向着彩翘一瞄一瞄地暗暗示意。彩翘何等乖巧？便把她的粉脸红了一红，答道："既承姊夫教我脱身之计，只有做妹子不着的了。"

少卿听完，就约彩翘同进一间秘密房中，良久方始出来。彩翘自从听了少卿所教，果去引诱秦尤。

秦尤正当好色之年，如何禁得起彩翘的狐媚手段？不到几天，早与彩翘打得火热，并且赌誓发咒，一定遇机使彩翘夫妇二人下山。

有一天晚上，秦尤正与彩翘二人又在一座茅亭之内有事，一个不防，忽地闯进两个人来，一人一个，早将秦尤与彩翘两个捉住。秦尤当初倒也大吓一跳，后来仔细一看，见是崔、柳二人，便笑着央求道："你们两个，怎的这般吓人？"边说边又向崔、柳二人连连作揖道："快快出去，定刻我一定请你们吃喝就是。"

崔、柳二人，他们本是恶少行径，耳内虽然在听秦尤说话，四只眼珠都盯着彩翘身上，望个不休。彩翘一见这姓崔、姓柳的两个忽来捉奸，已是惊惶无措。此时再被崔、柳二人这般一看，更加羞得没有一个地洞可以钻下，一时情急，只有假装怪着秦尤害她，要去寻死。崔、柳两个一见彩翘要去寻死的样儿，当然吓得一面连连认错，一面溜出茅亭，逃之夭夭。

秦尤此时忙也一壁劝慰彩翘，叫她放心，崔、柳二人，自己弟兄，决不会走漏风声；一壁送她回房，让他好去责备崔、柳。哪知崔、柳二人虽被秦尤责备得不敢对辩，可是他们却认为彩翘这人已是人尽可夫，现在既有把柄捏住，哪肯给她便宜？从此日日夜夜，趁空就去与彩翘歪缠。彩翘没法，只得瞒着少卿、秦尤二人，间或应酬应酬崔、柳，图个耳中干净。

一天，她又与少卿两个有所事情，不知如何一个大意，未曾关闭房门，又被佩兰亲手捉着。这一来，乱子就闹大了。佩兰本在怕少卿看上彩翘，因为少卿这人本是她谋死了丈夫、用性命换来的，如何肯使彩翘勾搭她的男人？当下又见少卿与彩翘两个衣履未全，其形恶劣，她即拼命地一手一个，手中抓住少卿、彩翘二人，口内狂喊："大众快来捉奸！"可巧张德寿正在寻找彩翘不着，一听佩兰捉奸的声音，顿时气哄哄地奔了进来。

佩兰起初只顾吃醋，一时喊了出来。此刻一见张德寿面带杀气，气喘喘地奔至，方悔自己冒昧，急趁张德寿尚未走近少卿身边的时候，说时迟，那时快，早已一个松手，有意使他丈夫逃走。张德寿一见奸夫就是少卿，身子虽在气得发颤，究因秦尤面上，一时不便遽下辣手。唯有将少卿的罪孽统统加在彩翘头上，立刻便把彩翘的衣服剥尽，取了一根竹节短鞭，咬着牙齿，一把拖过彩翘，不记数目地一阵乱打。可怜彩翘这人，虽然生性淫贱，但她究是一位娇生惯养的尚书小姐，从前在家的时候，连蚊子咬上她一口，那班丫鬟使女就要被她的父母怪她们不小心，没有伺候小姐得周到，不是骂个不休，就是打个臭死，你想这等一位弱不禁风的佳人，如何禁得起这顿毒鞭？

张德寿把彩翘打得半死不活的不算外，还要迁怒她的丈夫，又将廖芳抓来，重打五百大板。

照前清的规矩，只要捐上一个监生，就是屁股架子，倘遇犯禁，非得革去顶戴，方能动刑。廖芳乃是一位堂堂知府大人，如今剥去小衣，挨这大板，真是做梦也防不到的。但是论到他的为人，那个安士照和他无仇无怨，不过为了彩翘这人，便下辣手，给他一命归阴。现在妻子被污，自己身受刑伤，也算老天爷爷预先给他一个警告。哪知他将来仍旧不改恶行，以后再叙。

此刻单讲张德寿当时发落了彩翘、廖芳二人之后，因为这天吴、林二人不在寨内，便吩咐小喽啰等人，且将彩翘、廖芳二人打入水牢，要俟吴、林两个次日回寨的时候，使他们二人眼看着收拾缪、廖两个的性命，始出胸头之气。哪知缪、廖二人恶贯未满，忽来一位救命星君。你道此人是谁？却是那个秦尤。

秦尤为人，本来不知什么天高地厚、世故人情，他因曾与彩翘说过，遇机必要救他们夫妇下山。今见彩翘、廖芳二人，一等吴、林回寨，就要性命不保，总算他言而有信，等到三更时分，他伙同崔通、柳遇春，偷偷来至水牢，用酒灌醉管牢喽啰，大家帮同把彩翘、廖芳的脚镣手铐除去，亲自护送下山，让他们夫妇逃生，然后各自回房安睡。

那个管牢喽啰一觉醒来，看见牢门大开，顿时大吓一跳，慌忙进去一看，彩翘、廖芳两个早已没有影踪。明知因酒误事，上了秦尤之当，但是责任所在，要怪自己贪杯不好，便也趁此没人知道的当口，赶紧逃之夭夭。及至次晨有人看见，报知张德寿，张德寿自然大怒，一定认作管牢喽啰得钱卖放，无奈已经在逃，知道追也枉然，只索罢休。

后来有人沸沸扬扬，将秦尤放走之事传入张德寿耳中，方知这场烂污，是秦尤为首拆的。一则气愤已过；二则看在已死的天豹分儿上，便也丢开不提。

再说彩翘、廖芳二人逃出吴家山寨，真如丧家之犬、漏网之鱼，急急忙忙，不顾刑伤在身，逃至扬州任所，一面飞禀缪尚书，请他出奏，责成该省督抚剿灭吴家山寨，一面在衙就医。

现在再说林世佩的妹子林素梅，她自从规劝乃兄不听，只身出去，因为长途跋涉，孤行女子，究觉不便，便改扮男装，又将自己的名字颠倒为梅素林，避人耳目。一日，行至汉阳，她想，武昌的黄鹤楼乃是古今来第一名胜，既已到了这里，不可不去瞻仰瞻仰。她便渡江来至省城，独自一个，在那黄鹤楼中凭窗远眺。只见滚滚大江，宛如一座雪山，时起时落，那派能够宽舒胸襟的气象，真是令人涤去几年俗尘。

她正在纵览之际，忽见一只米船从下流逆水而上，不知怎么一来，那船早被浪头打破，顷刻之间，船底已经朝天，犹是小事，最使人可怜的是，船中有十几个搭客，一经落水，不过冒上几冒，顿时被浪头四散地打了开去了。内中还有一位女客，在翻船的时候，紧抱怀中一个小孩儿，狂叫救命，仅不过喊了一声半声，也与波浪为伍了。

素梅本是一位侠女,自然以救人为宗旨,当时苦于远水难救近火,只得望洋兴叹,徒呼负负。谁知她口内的叹声未绝,陡见上流冲下一只小船,船中坐着一位形似道姑模样的人物,一见翻船出事,只见那位道姑不慌不忙地飞身入水,没有多时,竟把落水的男女客人一个一个地救到岸上,直把素梅这人看得呆了。

原来素梅虽具全身绝技,但都是陆地功夫,对于水里,也与常人无异。她一见这位道姑非但热心救人,而且功夫纯熟,必定有了道行。她想:"我本是一个无主之身,倘能拜了这位道姑为师,跟她到名山学道,僻地修行,倒也是件极妙之事。"哪里知道她一个人正在自问自答的当口,忽见这位道姑却不管别人,单把那个怀抱小孩儿的少妇换去湿衣,竟向黄鹤楼前的那一条路上走来。

素梅边看边又暗忖道:"难道这位道姑她也要到这黄鹤楼上来玩玩不成?倘她真的上来,我一定想离开这个尘世,去修清福的了。"

她刚刚想完,只见这位道姑和那个抱小孩儿的少妇业已走上楼来,一跨进门槛,这位道姑便含笑招呼她的真名道:"林素梅小姐,你为何不在你们寨中,一个人到此怎甚?"

素梅听了一吓道:"仙姑认得小女子的吗?何以叫得出小女子的名字?"

这位道姑复微微地一笑道:"小姐是人中鸾凤,无人不欲一见为荣。况在贫尼嘛!"

素梅听了,只得承认她的真名。又问道:"仙姑道号,肯见告否?"

这个道姑道:"小姐既说真话,贫尼怎敢不以实告?贫尼的小号就是'云霞'二字。"

素梅听了,失惊道:"仙姑莫非就是人称女剑侠的云霞道姑吗?"

这位道姑领首道:"剑侠不敢,云霞道姑即是贫尼。"

素梅听了,慌忙下拜道:"素梅因与家兄志趣不同,出去在外,今天幸遇仙姑，拜求收录。"

云霞道姑听了，急又含笑摇首道："小姐后福无穷，世上还有多少恶人，都待小姐去办，哪能就随贫尼修行？"说着，又指着那个少妇道："她是一位孝女，名叫应若花。因她父亲应德高和丈夫卜海秋现被新任扬州知府廖芳诬良为盗，已定死罪，她要前去替她父亲、丈夫申冤，不幸船翻落水。贫尼念她孝义可嘉，特地将她领来交与小姐，好在小姐左右没事，可否保护她往南京告状？也是一桩好事。"

素梅听毕，一面一口答应，一面忙问应若花道："应家嫂子打算还是先到扬州，会过他们翁、婿二人，再赴南京呢，还是由此地直到南京？"

应若花答道："家父、拙夫现在已定死罪，只待钉封一到，便要处决。我想先到南京上控，迟则恐防误了大事。素梅姊姊若肯同行，这是感恩匪浅。"

素梅道："要走就走，何必说这些感恩的空话？"

应若花犹未回答，云霞道姑接口说道："事不宜迟，自然先到南京为是。"说着，又对素梅道："小姐面带晦色，事事谨慎要紧。"

素梅听了，虽然称是，并不在意，便与应若花二人别过云霞道姑，就到汉口，坐了民船，同往金陵。

云霞道姑送走林、应二人，她又云游去了。

林、应二人在船上预先商量好，素梅算是若花的表弟，见着外人，就是这样的称呼。

一天，到达南京，即在制台衙门的左近寻了一爿寓所住下，若花自己能做状子，起稿之后，又与素梅斟酌一番，然后誊正。可巧当天正是三八衙期，若花忙把状子递了进去，回寓候批。哪知那位制台姓徐名源，却是缪尚书的同年好友，一见一个姓应的民妇控告扬州知府廖芳，便暗骂道："这个刁民，如何告起官长来了？况且廖

芳乃是达木苏王的门生,又是我那缪年兄的快婿,这种事情,哪能不严办她一下?"正是:

　　不是楼头逢侠女,如何山顶杀赃官。

不知徐制台如何严办应若花,且俟下回分解。

## 第十二回

## 斩城守二美逃生
## 劫法场双娃求救

却说徐制台，非但是缪尚书的同年，而且是他同乡，只因钻营手段高妙，得了这个两江总督兼南洋大臣的肥缺。平日的政绩，除了拼命要钱外，只有巴结权贵，是他拿手好戏。他一见应若花不过是个区区民妇，没有来头，自然要在这桩案子上面，拍拍达木苏王和吏部尚书二位马屁的了。当下亲笔拟批道，"呈悉，该民妇胆敢控告官长，必有唆讼等人借以图利，仰饬江宁府立将该民妇应若花等拘案重惩，以儆刁风"等语。

可怜应若花和林素梅二人，还在寓中守候消息，不料批示尚未寓目，早有江宁府的差役如狼似虎地奔入寓中，不问皂白，竟把应、林二人，一条铁链，锁到府衙。

江宁知府因是督宪特饬办理的要案，马上坐堂，先捉正犯应若花审讯道："你是应若花吗？"

应若花答道："是的。"

江宁府又问道："你为何越诉，控告扬州府廖大人？"

若花又答道："民妇不知道怎么叫作越诉。"

江宁府道："照例上控案子，须在臬司大人那儿审过，果再不服，才能告到督宪那里。"

若花道："民妇一则不知此例，二则为救翁、夫情切，急不暇择，自知有罪，但望能将翁、夫冤狱平反，就是要杀要剐，民妇死也瞑目。"

江宁府听了，不准若花往下再说，即把惊堂很重地一拍道："你这刁妇，不提到平反冤狱这句倒还罢了，你一提到这事，本府就要从重治你诬告官长之罪。"

若花听了，并不害怕，却又朗声说道："大人明鉴，大人尚未将扬州府廖芳传来对质，怎么就知民妇是诬告他的呢？"

江宁府听了这一驳，顿时气得满脸铁青地，急把惊堂乱拍道："好张厉嘴，你还想与廖大人对质吗……"

江宁府还待往下再说的时候，林素梅在旁早已听得不耐烦起来，便不等江宁府点到她，陡将带堂的差役一把推开，奔至公案之前，也不下跪，竖起两道柳眉，凸出一双眼珠，请问江宁府道："依照大清律例，王子犯法，与民同罪。现在姓应的既在控告那个扬州府，你为何不把廖芳传来质讯，还要在此地威吓姓应的，这是什么国法？"

素梅在说这句话的当口，早把惊堂抢到手内，也把案桌一连拍上几下。江宁府忽见这个名叫林素梅的男犯，不待传讯，便来插嘴，且敢把公堂乱拍，还当她梅疯子，急把他的眼珠子向左右站堂的差役们狠命一转道："你们管的什么？还当了得吗？"

此时那班差役一见老爷发怒，一面连声是是是地答应，一面就围上来抓素梅。素梅本是强盗出身，未识堂规，又是满身武艺，对付这一二十个烟鬼差役，哪在她的心上？于是不等这班差役近身，早已飞起一只流星腿，四面地一扫，那班差役宛似放汤团式的，一个一个滚到地上去了。

素梅此时也知闯了大祸，就趁那班差役跌在地上、尚未爬起的当口，她就驮了若花，蹿出大堂，赶忙飞身上屋，连蹿带纵地早由屋上一路逃至城根。

那时，本在白天，城门尚未关闭，又是文衙门的事情，守城兵丁并未知道凭空出了乱子，但见城上跳下一个身背少妇的男子，知有缘故，责任所在，正想上前去抓，哪知一个不及，已被素梅逃出城外。不言守城兵丁，自然飞报城守汛地等官，出城追赶。

先讲素梅背着若花，一出了城，那时也不管东南西北，见路就奔。一直奔至清凉山的脚下，回头看看，尚无追兵，方始大着胆子，且把若花这人放了下来，拣上一个土堆，一同坐下，对若花说道："这事闹大了，我也冒昧一点儿。"

若花急答道："此时不是说闲话的时候，后面追兵顷刻即到，我们先要定下藏身之处方好。不然，信步乱奔，如何是好？"

素梅听了，踌躇了一会儿，急又说道："要么先到大茅山去暂避再讲。"

若花道："这事但凭姊姊做主，不过我那小孩儿尚在客店，此刻又万万不能再回城去抱那小孩儿。姊姊可有法想？"

若花边说边已淌下泪来。

素梅道："小孩儿之事，此刻哪能管他？自然先顾大人要紧。好在小孩儿没有犯法，大不了被那班瘟官抱了去做抵押品罢了，绝无性命之忧的。"

若花听了，方才稍觉放心，又问素梅道："这么要走就走，倘若追兵到来，或是通缉公文一下之后，我们在路上便要十分麻烦了。"

素梅道："对的，不过姊姊只好跟我走路，背在背上，我虽吃力一点儿，还在其次。"

若花接口说道："被人瞧见，岂不是自己送死？我也知道。"

素梅道："这么姊姊这般脚小伶仃的，能够走路吗？"

若花道："要逃性命，哪能管它？"

素梅听毕，马上站了起来，正待再走的时候，忽听人喊马叫，只见似潮涌的兵马已经四面地围了拢来。素梅一见事已危急，万难逃出重围，她便拖着若花，奔上山去，急向四处一望，看见有座古墓，似乎可以钻进人去，便也不管三七二十一地，忙命若花躲了进去。

　　此时若花一见大队的官兵已到，早把她吓得痴痴呆呆。素梅叫她怎样，她就怎样，可怜连话也没有一句了。

　　素梅此刻也不能再顾若花，眼看她钻进古墓里面，急把随身的一柄宝剑从内衣里面拿了出来，只有去与官兵死拼的一法。幸亏康熙年间，尚无枪炮，打起仗来，全凭刀枪剑戟，所以那时最重弓马，只要在马上有百发百中的箭法，便好横行天下。

　　当下素梅先去站在一座石牌坊底下，一面使有障身之所，不致腹背受敌，一面等待城守上山，前来擒她。刚刚布置停当，已见山下果然飞上一马，骑在马上的那个武官正是城守的冠戴。城守当下一见了她，也不打话，早就一马上前，用他手里的那把大刀，对她面上虚晃一刀，知她要避刀风，必把身子左偏或是右偏，就趁她在偏身子的当口，飞快地将刀缩回，跟手拦腰就是狠命的一刀。素梅本是内行，如何不防这门刀法？她早在身子左偏的时候，忽又扑地向右偏了过去。此时城守的刀便落了空。

　　城守一见这个美貌男犯很有武艺，他就不敢恋战，一面带战带退，一面发令，即叫队伍用箭射死这个犯人。那时城守已经退到队伍之中，素梅这边一见梆声齐发，心里虽然有些着慌，因为无路可退，只有死中求活，急忙一壁用剑上下护住身体，一壁几个箭步，一直蹿到城守的马前，想用擒贼擒王之法，只要伤了城守，那班兵勇自会退去，这也是：一则，应若花这人孝义之心感动上天，若花真的遇害，那就没有天理；二则，林素梅的武艺本来不弱；三则，那个城守虽是武探花出身，因为做官已久，马上功夫早已减退几分，有此三层缘故，素梅的一柄宝剑若有神助一般，又与城守打上几个回合，那个城守略一疏忽，一个斗大般头颅早被素梅一剑劈作两半。

　　素梅一见城守已死，胆子愈加壮了起来，可怜那班兵勇，直被她杀得四散奔逃。素梅却也不敢追赶，急把若花唤出，便向大茅山的那条路上逃走。

原来大茅山的强人也是一个女子，姓凤名叫双飞，她与素梅姊妹相称，极为莫逆，平时又知素梅与乃兄世佩的脾气不合，常常劝她，到她大茅山中盘桓几时。素梅本已答应，因见吴恩、张德寿二人，为了要帮秦尤，去杀胜英，她久知道胜英是位侠客，私下很为钦服。她的暂时不肯到大茅山去，正是想劝林世佩，不可与吴、张二人同流合污，莫如各干各事，始无意外之祸。哪知世佩忠言逆耳，反怪素梅不好，素梅只得单身出去。她的初意，原想四海云游，希望遇见一位有道的剑侠，以便从他学习剑术，等得学成，再到大茅山不迟，所以她在黄鹤楼上的时候，不是说过要拜云霞道姑为师的说话吗？嗣因云霞道姑叫她保护应若花告状，以致闯出大祸。就是闯出大祸，她还有自卫之能，不甚紧要，只有应若花是位手无缚鸡之力的人物，自然以到大茅山躲过风头为妙。话虽如此，可是大茅山离开南京城甚远，不是一天半天能够走到的。素梅、若花二人又因贪赶路程，走的是小路，小路上虽然没人阻挡，但是岔路最多，原易走错。

那时林、应二人走了三两天，素梅忽然停下脚步，对若花说道："这条小路，我还是第一遭走，好在此处是个冷僻地方，我和姊姊且在路旁休憩一下，认明路径，再走未晚。"

若花听了，即与素梅坐在路旁，急对素梅说道："妹子曾经看过汉史，项羽在彭城被汉高祖杀败下来的时候，正为误听一个农夫之言，走了绝路，后来自刎乌江的。"

素梅道："姊姊此话甚是。"说着，忽见前面似有一个小贩，口里唱着山歌，缓步走来。

素梅便又对若花说道："且等前面行人走来，我们问明之后再说。"

等得来人走近，素梅本是男装，忙站了起来，向那过路小贩拱拱手问道："兄弟和家表姊要往大茅山下探亲，未知可是这样走法？"

那个小贩听毕，忙摇摇头答道："路倒不走错，前面却不能过去。"

素梅听了，明知前面必有关卡，大概已奉公文，在那儿盘查研究。当下装着不知道的神情，又问那个小贩道："难道前面有强盗阻路不成？"

小贩复摇摇头道："不是的，前两天据说南京城里逃了两个拒捕犯人，现在四处要道都在搜检行人，前面又是到大茅山去的要路，这几天断绝交通。我就是走不过去，方始转来的。"

素梅听了，恐怕多说闲话，要露破绽，忙又装出有要紧没要紧的样儿，向那小贩说道："原来如此，好在我们探亲不是非去不可的事情，等得平静一点儿再去也好。"说完，便同若花，和那个小贩，各自分道而行。

等得已经看不见小贩的影子了，方又停了下来，对着若花伸伸舌头道："好险呀，幸亏遇见这个小贩，不然，闯到前面，虽然不是一定就被他们捉住，到底多有不便。"说着，又与若花商酌道："我因为急于要到大茅山去，才走这条小路。现在既是此路不通，我们索性兜它一个大圈子，随便走到哪里，耽搁几时，且俟风头冷了下来，再往大茅山去。"

若花听了，皱着眉毛答道："那位云霞道姑既请姊姊保护妹子，妹子早经说明，一切事情，悉听姊姊主张。方才姊姊说要到别处去耽搁几时，妹子恐怕误了翁、夫之事，怎么是好？"

素梅听完，便又踌躇一会儿道："此事照妹子看来，若与那班瘟官文来，这是万万不行的了。要么，只有劫狱的一法。"

若花听了失惊道："劫狱抢犯，岂非罪上加罪了吗？"

素梅摇头答道："这话不是这样讲的。劫狱不成，岂止姊姊的翁、夫罪上加罪，倘我也被他们捉住，当然难逃法网。不过我们既要劫狱，事前自然要布置得千稳百当。我听见人说，我们家兄的朋友吴恩、张德寿、秦尤等人也曾劫过狱一次，非但没有失风，且将县官一同劫去，所以劫狱的事情，在做官的那一方看出，是一桩极大极大的犯法案件；在我们绿林中看来，无非是一种救济的办法，不算什么。现在我与姊姊两个且去寻它一个僻静所在，安下身子，由我密函大茅山的凤双飞姊姊，请她担任此事。我们绿林人物，最重义气，决不推卸的。况且扬州那里，又没什么能人，我所怕的人物，仅有一个胜英，好在他已经到了北京去了。"素梅说至此地，复叫了一声若花道："姊姊，你放心，此事我负全责就是。"

若花听完，自然喜出望外，万分感激。

素梅此时即把要去兜一个大圈子的主意打消，便在就近拣下一所尼庵，秘密住下，一面写着绿林隐语，函知凤双飞，一面休憩几时，只俟凤双飞的人马杀入扬州城的时候，她便前去加入。

现在且说凤双飞，她在大茅山上，日日夜夜地盼望素梅前去，以便叙叙离衷。一天，忽然接到素梅的密信，展开一看，即自言自语道："素梅姊姊既有事情见委，我和她情同手足，谊如姊妹，哪有推却之理？且在扬州城下，先好相会，正可慰我相思之苦。"

凤双飞把来信看完之后，立刻调集寨中头目，吩咐大众道："本大王方才接到林家山寨林素梅小姐的密信，要我即往扬州府城劫狱。我们若是大队人马前往，省中倘一闻信，必定有大军前来迎敌。不如改扮三百六十行的小贩，混进扬州，较为便捷。"

内中有一个大头目，名叫郝天鹏的，上条陈道："劫狱难，劫法场容易。大王只要以救出应德高、卜海秋二人为标准，还是劫法场的好。"

凤双飞听了郝天鹏之言，连连地称赞道："郝头目说得有理，本大王就委你改装下属，打听应、卜二人的钉封何日可到，迅速回山通报，就好前往行事。"

郝天鹏听毕，马上扮了一个相士，肩负招牌，即向扬州进发。一天，到了扬州，便在旧教场地方设下露天相馆。不到几天，早被他打听出确息，即日回山禀报。

原来南京的徐制台，自从林素梅劫了应若花之后，业经自请处分，飞奏京中。康熙爷见了奏折，立刻下了一道上谕，命徐制台一面速把应、卜二人取决，一面限期拿到劫犯林素梅其人，以正国法。

徐制台自然不防林素梅、凤双飞预备大劫法场之事，因此仅命臬司遵办了事。又将应若花的那个小孩儿发交育婴堂抚养，俟其成丁，再行治罪。

臬司奉文，当即札饬一个候补知县会同廖芳办理。那时廖芳夫妇的伤痕早已痊愈，正在气那应若花胆敢上控，一旦奉了这件公事，正好让他出气。当下就在监内提出应德高、卜海秋两个，原想再给他们一点儿酷刑尝尝，无奈大清律例，业已定了死罪的人犯，不得再加刑罚，只好捺捺肚皮，即把应、卜二犯绑出法场，待到午时三刻，砍他脑袋。又知应犯女儿应若花结合了名叫林素梅的一个男犯，曾在南京大闹公堂，拒捕在逃，不能不小心一二，以防不测。便命差役，持片速将本城的李城守请至。

李城守年纪虽有七十多岁，却是武进士出身，弓马娴熟，尚在其次，他的两臂真有千斤之力，兼有百步穿杨的箭法，自从补缺扬州，一做一二十年，并未出过一次乱子。那天正在衙中无事，忽接知府片请，询明来意，知道是请去保护问斩罪犯，慌忙全身披挂，调集所部人马，来到府衙。廖芳接见之下，又把这两个罪犯的详情细细告知。

李城守听毕，便捻须大笑道："太尊放心，这件公事，乃是兄弟的责任，就是太尊不提'保护'二字，兄弟也得谨慎防范的。"

廖芳听了，即率领江都县，会同省委，以及这位李城守等人，来到法场。那时尚在巳正，离午时三刻尚有个把时辰，大家就在预设的公案桌上，挨次坐下，独有李城守不肯偷懒，一个人骑着高头大马，对于四面扎开的兵丁，亲自巡查。

李城守尚未查竣，忽见来看热闹的那班小贩，人头很不齐整，他本来是位老手，心知这天必有歹人来劫法场，他正待传令下去，哪知已经来不及了。正是：

胜负只须迟一着，输赢端在快三分。

不知李城守看出的那班人物究竟是否就是凤双飞等人，且俟下回分解。

第十三回

## 劫法场小施手段
## 杀贪官大快人心

　　却说李城守一看那班小贩形迹可疑，正想传令下去，只见那班小贩陡然一声吆喊，跟着就是三个信炮，顷刻之间，那班小贩统统变作强盗，早把这位李城守围在垓心。幸亏他的兵丁不少，一见主将被围，自然一个个地奋勇争先，各持器械，就和这班强盗打了起来。

　　那时，郝天鹏不知李城守的本领厉害，一马当先，举刀就砍。李城守本是能征惯战之将，虽然年岁老一点儿，到底还不弱，见郝天鹏举刀砍来，他不慌不忙地把手中大刀使开，如旋风一般盖将下来。当时一个步下，一个马上，大战百余合，大家都看得呆了，哪里还顾及行刑的犯人？

　　在文官这一边说吧，不是些书呆子出身的，就是些用钱买来的官职，平时养尊处优惯了的，看武剧倒也看过不少，哪里见过真刀真枪杀起来这种热闹？临大事既没有主见，胆子又小，所以当时几个府县官员一见乱了起来，吓得早已藏的藏了，跑的跑了。至于那班吏役，见官都逃了，还等在这里做什么？也就逃之夭夭了。

　　在武的这一边说吧，虽然平日也可以威吓老百姓，到了战阵上，也就胆战心惊，你推我让地，各不肯上前，见主将动手，形势上却不得不摇旗呐喊地碌乱一气，其实看见势头不好的，也就乘空而逃了。就是这样逃得快,也被那些假扮小贩的绿林英雄杀死了不计其数,一时围将起来。

李城守一边杀得起劲,一边见手下兵勇渐渐少了,郝天鹏一把刀果然也可以称得起神出鬼没。李城守到底也是老将,他本是清家所谓从龙的功臣,见阵也多,虽然年迈,还不服老。但见大势不好,也就大喊一声,一马冲出重围。郝天鹏哪里肯放?夺了官兵中一匹马,追将前去。暂且不表。

再说凤双飞,自从派遣郝天鹏带人改扮小贩,分头下山后,她自己即单人独路,照着林素梅信上地点,访着素梅。见面问及经过事实,素梅说了一遍,又介绍应若花与双飞见了,就暂将若花安置妥帖,约在事完之后,顺路携同上山。若花谢过,不禁想到小孩子尚在南京,不知生死,泪下如雨。素梅知其心事,切实地安慰了一番,就同双飞向扬州而去。

这边法场上一阵闹乱,官逃兵散,茅山的喽啰们趁势奔入,早将应德高、卜海秋二人背起就走。那时城门口虽有几个兵士把守,已经奉到府县传谕防堵,但是茅山健儿数百人之多,凶神恶煞一般,哪里还敢阻挡?当下就被他们闯出城门,正遇凤双飞同林素梅来到。因见已将两个犯罪的人背着跑出了城,大家自然放心。双飞命众英雄喽啰们先将应、卜二人背到僻静所在,脱了罪衣,仍旧大家扮着商贩,先返茅山。双飞同素梅二人,始寻到应若花寓处,携同回至茅山。

应德高、卜海秋两个一见若花和他们都是死里逃生,不禁六行泪下。双飞、素梅忙来劝止。若花告知父亲、丈夫一切经过险难情形,应、卜二人知小孩子遗在南京,亦复感叹无法,当时谢了双飞、素梅,就在山上住下。

双飞查点人马,只缺少一个郝天鹏,问起大众,才知追赶李城守未回。

当时双飞与素梅商议说道:"现在大事已了,妹妹又来到山寨,大家本可就此安住下来，不过做些饮酒接风的故套，无如郝天鹏追敌未返，不知凶吉，应姊姊的婴儿尚在南京，亦不能置之不问。这两桩事，比饮酒接风的事大，依我说，应当提前解决。但是怎么解决这两事，还须商量一个妥当办法才好。"

素梅道："追敌无踪的那一边事，姊姊自己设法调兵遣将。至于应姊姊的婴孩儿，原是我当时因要救护若花姊姊，顾不及再救婴儿，然亦料他们官府纵万恶滔天，也断不至于忍心害一个无知的小孩儿，事有缓急，所以我只有先救若花姊姊出险。今幸赖姊姊仗义遣兵，连若花姊姊的父、夫都救出来了，现在只有这一桩未完的事，就让我去办完再说。"

双飞道："妹妹的本领，照这件事，何至于做不到的呢？不过现在既发现这件劫法场的事，扬州又与南京近在咫尺，哪有不严重防备之理？妹妹又曾经闯出大祸，南京一边已经认得妹妹这人的了，如今怎可以冒这个险？还要从长计议，再想别法。"

素梅摇摇头道："我当时原是男装，他们哪里就认得出来？现在我仍旧扮作寻常乡女模样，混进南京，见机行事，这也不至于误事。"

当下商量既定，素梅仍恢复女装，扮作一乡间女子，裙布钗荆，下山向南京而去。这边双飞也料定扬州并无能人，就派四个头目，名叫张龙、赵虎、李豹、王彪等人，扮作商民，混进城内。一连十余日，探听不出郝天鹏消息，只听说那日法场被劫后，官兵死伤不少，李城守因追贼受伤，旋即告老还乡。城守已经易人，廖芳因有泰山之靠、亲王之力，幸未受着处分，依然在扬州做知府，可见是朝里无人莫做官了。一场偌大的乱子，竟无形消灭。四头目回山报告，凤双飞亦只得作罢。

再说林素梅那天辞别凤双飞，下了茅山，不多几天，混进南京，一路之上，听人谈说，扬州劫法场的事，都不知道是何处的强盗，说得同唱一出《大名府》一般。素梅听了，也不去理会，只专注打听应若花的婴孩儿下落。她一进南京，就寻到先住的寓处，一时未便问讯，只好在左近暗暗注意打听。恰好近处有一爿豆腐店，店内只母女二人，母年约在六十多岁，女亦十六七岁的样子，母女均系孝服，时正亭午，那个女子为正当门缝衣，母则尚汲汲安置磨灶。偶见素梅徘徊门外，虽粗布衣裤，仪容不俗，母女均为之爱慕，因笑问道："姑娘从哪里来的，何不进小店歇息歇息？"

素梅正在彳亍无主之时，闻母女之言，遂正容答道："小女子从乡间随母进城，不料迷失路途，母亲不见，因此彷徨。既承姆姆、姊姊垂问，请问姆姆，此处是什么地方？"

母答道："此地叫中山街，我幼时听说是明朝有一位中山大王，打倒了元朝的鞑子，朱洪武坐了天下，记念那个中山大王的功劳，就把这条街改作中山大街。我家在此开豆腐店已有十几年了，她父亲去年死去，只我母女两人，靠此度日。姑娘想已饿了，何妨吃点儿饮食，豆浆是现成的，不过粗粝些。"

素梅正有点儿饥饿，一听母说，就答道："怎好打扰姆姆？还没有请问姆姆的尊姓。"

母忙答道："我贱姓王，姑娘贵姓？芳龄几何呀！"

素梅随口答道："我姓凌，今年十五岁。"

母笑着说道："如此说来，比我们招儿尚小两岁呢！"

素梅又问道："姊姊芳龄几何？"

母代答道："十七岁了，性情太娇惯了。"说着，急瞪了招儿一眼道："招儿，你还不与姊姊见礼？现成豆浆，快快先盛一碗，与姊姊喝了，待为娘把柴添一把，烧热了粗饭，再与你姊姊充饥。"

那时招儿见她母亲、素梅问答时，早已停针不语，心中爱慕素梅好似亲姊妹一般。听她母亲叫她盛浆，连忙一笑抬身，进内拣了一只洁净的碗，盛出一碗热腾腾的豆浆出来，笑嘻嘻递与素梅道："姊姊请用。"

素梅连忙欠身接在手内道："多谢姊姊。"

那时，母已把饭烧热了，从锅内盛出一碗热腾腾的，放在一张三条腿用一根木棒支拄的桌子上，又向一个破竹橱内取出一碟咸菜、一双竹筷，放好了，向素梅笑道："姑娘请用饭吧！只好随便吃些。"

素梅谢了母女一声，就老实不客气地坐下吃了起来。母女二人见她爽直，更加欢喜，一时素梅吃完了饭，母女又将什物收拾了一阵，大家坐下，闲话起来。

素梅有意无意地问道："我在乡间，前些日子，好像听见南京城里出了一桩新闻，说是有兄妹两个，大闹公堂，杀了千军万马，又劫法场，救了父兄。兄妹二人都有万夫不当之勇，姆姆、姊姊在城内居住多年，总该知道详细的了。"

王母听了，叹息道："姑娘小小年纪，你哪里知道，天下能人多呢！就拿这件事说，还有可怜的事呀！可怜丢下个小孩子，现在还养在育婴堂内，你说可怜不可怜？"

素梅听了，心中一动，面上不好露出来，忙又问道："这小孩子现在还在堂内吗？这育婴堂在什么地方呢？"

王母道："这育婴堂离此不远，就在往西去一条街，叫作育婴街。那可怜的孩子，幸亏有一神仙带去了呢！"

素梅听了，大惊道："怎么又有神仙带去了呀！"

王母道："说起来真是奇事，因为自从把那个孩子养在堂内，不多几天，听说育婴堂内夜间有人瞧见一道红光，就从这红光一闪中，这孩子就不见了。你说这不是天爷有眼吗？"

素梅一听，心想道："这是怎么一回事？难道真有什么黎山老母不成？照她说一道红光看来，又好似剑侠行为，这桩事，除了我一人做出来的，又有何人知道呢？不要管它，且待夜间，飞入育婴堂内，看个分晓再讲。"当时和王婆母女又说说闲话，那天气也就渐渐地暗了下来。王婆又将晚饭做好，三人一桌吃毕，豆腐店内本就不点油灯，店内本是隔出内外两间，母女二人同床而睡，另有一张竹榻，王婆就在这竹榻上睡，让出床来，与素梅和她女儿同睡。王婆等天一黑，上床就睡着。

素梅和她女儿招儿见天黑了，又没有灯，二人也就枕上谈话，谈得合意，只恨相见之晚，素梅知招儿颇有侠骨，也就推心置腹地说道："姊姊，你知妹子是个什么人？"

招儿听素梅问她这话，她本是聪明伶俐的人，哪有不能心领神会的呢？因正色答道："我虽痴长你两岁，我们既是性情相合，气味相投，就同亲姊妹一般，我就叫你一声妹妹，谅也不为冒昧。不知妹妹心意如何？依愚姊看来，妹妹具一种英侠之姿，绝不是碌碌一乡间女子，妹妹何妨对愚姊实说了吧！"

原来招儿虽生在寒微之家，她的父亲颇有学问，后因穷困无聊，开这一爿豆腐店，也不过借以糊口，隐居乐道，暮年始生一女，平时亦教以读书识字，讲些忠孝节义的事与她听，所以养成一种天性高尚、意气超卓的品行，并无一点儿女儿羞缩之态，所以后来亦受素梅陶镕，成了一位女侠，这是后文。

当时林素梅听招儿说得慷爽非凡，不觉心中敬爱兼至，认为此女天姿英爽，确可引为同志，便说道："姊姊既以肺腑见许，妹子也不再作假惺惺了。"因细细将以往之事说了一遍。

招儿听毕，不但不以为非，并且表示一种钦敬的神情说道："妹妹既有如此本领，又通剑术，真是一位女侠了。愚姊有心从妹妹练习剑术，铲除天下不平，不知妹妹肯教我吗？"

素梅答道："姊姊既有此心，我看姊姊亦甚英爽，自当引为同志。不过妹子今晚还要到育婴堂内走走，姊姊既已相见以诚，谅不见疑，但不可惊动老母。"

招儿会意，说时又听得王婆睡回，喘咳了一阵，不久，仍复睡熟。素梅说了一声："姊姊，我去也！"店内房间虽分内外，却无房门，门的外面便是一个小小天井，天井以外，半间厨灶，那时店门关闭，夜色岑寂，只有半个天井露着一丸明月，斜照檐端。林素梅一声"去也"，就如脱线风筝，乘风飘逸而杳，一点儿声息全无。

招儿见了，万分羡慕不置，仍复一人倚枕而待。但见月光照在门前，不觉呆呆地出神。没有一刻，忽听檐际微有声息，像落叶随风飘然下坠，正想起看，瞥见一人立于床前，惊起欲声，细细一看，方知素梅回来了。欣然握手，急问："妹妹往返何以迅速如此？探事如何？"

林素梅因道："我飞过几道街巷，始至育婴堂内，听有梆声，我隐身树后，更夫过去，幸没见我。只听得更夫二人彼此谈说，一个说：'那夜红光攫去小孩儿，我们堂长贼过关门，吩咐格外多加小心，这几夜也没有听见什么动静。有的说是妖人作法，攫去小孩儿，有的说是应家小孩儿有造化，神仙带回山去，教他法术去了。'那一个说：'我就不信是神仙，不过妖人弄去，摄魂沥血，做樟柳神儿罢了。'两个更夫边说边敲着更梆去远。我既探得果有此事，我想定是同道中人仗义相救，绝非仙妖所为。不过我又想此举无人得知，同道之士又从何处知悉的呢？明天我且回山，另行设法探悉便了。"

招儿听了急问道："妹妹要去，何时携带愚姊呢？"

素梅道："姊姊且不必着急，我回山以后，再图机会，自当约同姊姊上山便了。"

招儿没法，第二天，素梅便向王婆谢了告辞。王婆还说："姑娘，何不在此住下，一面寻你母亲，一面招儿也有侣伴。"

素梅假说道："我现回乡，大约母亲也好回家了。"说罢，回身待走。

招儿依依不舍。

素梅皱眉道："姊姊放心，后会有期，不在一刻。"说完，一径去了。

一路无话，不日到山，凤双飞接着问讯。素梅忙把南京的经过说了一遍，提到招儿，双飞亦甚爱惜不置。素梅耽在茅山住下，日日和双飞操练士卒，做些打富济贫、行侠尚义的事情。

一天，忽据山下巡逻报告，说有官府眷属从此经过，行李甚多，车辆无数，倒是一块肥肉。双飞听了，忙与素梅商议道："既是官员携带行李辎重，似非清廉之人，我们何妨截留此项不义之财，将他惩治一下？"

素梅亦以为然，于是相偕下山。遥见一行人众，轿马成群，迤逦而来。双飞吩咐喽啰四下散开，埋伏林岩之间。双飞跃马佩剑，上前拦住，喝问何人。

对面一骑，冲上前来答道："我们是扬州知府廖芳廖大人的官眷，偶过此地，尔等怎么冲犯宪驾，该当何罪？"

双飞一听说是廖芳，不禁柳眉倒竖、杏眼圆睁地大喝一声道："原来就是廖芳这个狗官，携带许多金银，无非俱是民脂民膏，得来不义的钱财。我且代你们收纳，还之民间，消汝罪戾。不必多言，快快看我的法宝。"

双飞说完，用手一指，就有一道白光由指间射出，旋绕一周，团作一圈儿，早把廖芳一行人众车马围绕住了。四下喽卒见白光一起，呐一声喊，四面包围拢来。素梅一路当先，也是口吐白光，直冲霄汉，吓得廖芳夫妇索索抖战，欲喊无声。随从仆婢多人，但恨两腿如绵，无路可走。一时众喽卒将廖芳一群轿马辎重蜂拥至山脚，除了当先答话的那个仆人已为剑光削去半个脑袋，死于马下外，余众均行遣散。大家自然抱头鼠窜而逃，只将廖芳夫妇两人及辎重带上山去。

凤双飞、林素梅回到山寨，命人将应若花、应德高、卜海秋三位都请出来，大家坐定，喽啰排列两行，双飞令带上廖芳夫妇，吓得二人俯伏在地，口呼："大王饶命，情愿将金银献与大王。"

凤双飞言道："廖芳夫妇贪婪淫贱，杀了他们，反污我的宝刀。如何处置，方能为民出气？"

林素梅答道："依妹子看来，还是处死的好，此种人，留在世上，总是害人毒物。"

廖芳跪在地上，偷眼往上一看，只见中坐两个女盗，旁坐两男一妇，就是应德高、卜海秋二人，心中一想："我命休矣！"缪彩翘也见上坐女子，仪容甚丽，心中暗暗想道："若是男大王，我仍可放出迷人手段，今遇女子，恐怕性命难保。"这二人的心事且不表它。

当时双飞与素梅计议已定，便命喽啰将廖芳夫妇捆剥起来，推出半山之间，就请应德高、卜海秋监斩。

那时廖芳夫妇早已吓得神色全变，呆若木鸡。喽啰把二人推出，一刀一个，即将二人首级献上，应、卜二人复命。林素梅又将两颗首级命人偷入扬州，挂在知府衙门的大堂之上，并留柬插刀于案上，以做贪污之警。

廖芳夫妇就此结束，下文不叙。正是：

善人自有善人救，恶人也有恶人磨。

欲知下文如何，且待下回分解。

## 第十四回

## 御强俄康熙召侠士
## 逢妖道胜英救书生

却说前回书中将廖芳、缪彩翘结束不提。

再说胜英前在马有义署中卧病,究竟曾否病痊?剿灭吴恩等之师曾否出发,虽在前回尤少卿口中曾说那么一句胜英被召进京的话,到底有无其事,即有其事,到底因何事被召进京,因为作者一支笔,不能说两边了,不得不暂时搁下一边,先说一边,现在却不能不补叙一番了。

且说清朝那时正在强盛之际,康熙又是一个雄才大略之主,方在励精图治,当时远东有一个俄罗斯国,其国之主,名叫亚历山大,正在发奋图强,他想本国在元朝的时代,被一个名叫帖木儿的,以铁骑数千,征服过了,又将本国分为若干小国,分封其子弟,以资镇守。所以直到清初时候,俄国虽渐恢复,元朝子孙存在俄国还不少。及至亚历山大时代,雄心勃勃,颇有想将满、蒙一带的边疆侵占吞灭的野心。康熙帝也自命为一代雄主,如何肯示弱于他?因此先就和他闭关绝市,阻隔来往。后见亚历山大还是野心不泯,节次窥伺,遂又耀武扬威,调兵遣将,其时亲王、大臣、将军等人,被任为钦差经略,震慑防守,示以决战的勇气,一班功名之士,莫不思披坚执锐,立些功劳,致身显贵,在高位的,自请奏用,其次则到处托人荐引。康熙帝因见各王大臣奏请用人的纷纷不断,想起国家正当用人之秋，尚且宜慎选极出人才，但一时豪杰虽得，未免日紫宵旰忧勤之念。

一天，忽想起胜英来，虽那年打虎救驾，封了官职，他因不愿为官，求恩放还，更见其侠义高洁。今当国家有事之时，宣他来京受职，朕亲谕他为国立功，谅他亦不敢违抗。这一来，既可以为国用得其人，又可以牢笼一个英雄，使入范围，不虞其在野，或有越轨之行动了。但是胜英是个四方之人，行踪无定，彼时又未问其住址，到底往何处去找寻，颇费踌躇。忽又想起，马有义在通州任内，他是胜英所保，料必知道胜英的来踪去迹，不如就下上谕，着马有义设法将胜英找寻，优礼驰驿来京，再行重用。主意已定，随即亲下谕旨一道，着通州知州马有义，限于一月内，找寻胜英，送京受职。

谕旨到了通州，马有义公服出城接旨，望北关跪谢天恩，用黄龙亭子抬着圣旨进城，抬到州衙大堂，供着香案，马有义率同州佐各官，三跪九叩首。行礼已毕，然后恭敬开读，方知是召用胜英。

那时胜英虽然病愈，体尚亏弱，元气未充，阅旨心下踌躇，始且扶杖出庭，跪听圣训。谢恩已毕，仍先回进花厅，各官与他道喜，他也不及招呼。马有义代胜英对传旨钦差声明病状，怕不能克日进京缘由。通州离北京四十里，当日送钦差回京，各官也先后散去。

马有义回到后堂，换了便衣，方走至花厅西间来看胜英。胜英接着，彼此坐下，叙谈起来，马有义先开口问道："侠士今天劳动一番，体气觉得怎么样？下官将尊体尚未复原，暂恐不能进京的话已对钦差说过，请他先行复旨，然后我再禀陈上宪，飞速转奏，一俟尊体强健充实一点儿，再行进京，侠士以为如何？"

胜英原没有什么病了，但他疏野惯的，捉将官里去，原非初志，他本想等病愈后，将吴恩等人剿灭后，仍旧到处行些济困扶危的事。他一听马有义问他的话，随即答道："我在尊衙卧病数月，心实不安。现在病虽脱体，本想不日带兵剿除吴恩等人，稍尽微劳，以报知己，从此可以四海遨游，一身无挂。不料又有圣旨召用，想我疏放一身，不求闻达，并非自鸣其高，实觉自己毫无才干，又不会营谋，窃恐戆直获罪，若想做官，当年打虎的时候，也就不辞驾归田了，还求尊兄始终成全，将贱恙未痊、实难遵旨进京的苦衷禀请上宪转奏，恳求圣恩放我归里。"

马有义听完，劝道："侠士义气超群，技能出众，原宜与皇家效力，建立功名，方不负一生抱负。假使怀才不仕，泯而不彰，岂不与草木同朽，未免可惜。至于偶然抱恙，幸已就痊。依我相劝，还是遵旨的好，上可事君，下可显亲，方能两全其美，侠士万勿坚持己见。"

胜英忙答道："明公见教，自是金石之谕，敢不铭佩五中。无如贱性愚钝，实难侧身仕途，明公如许以代为告病，即是成全我了。"

马有义见胜英再三不允进京，也只好将其病状甚重，一时不能就道，禀请上宪转奏。幸而圣旨下来，准予调养就痊，再行进京就职，责成马有义妥为调护，俟其病痊，驰驿进京。

过了些时，胜英仍请马有义禀详上去，说他病仍未愈，坚乞放还。督抚转奏，康熙也只得罢了。

又过些日子，胜英见没有消息了，就辞别要行。马有义还挽留在署，多住几时。胜英坚欲别去，马有义只得代他料理行装，备了路费，置酒饯行。席间马有义表示，亦有辞官之志，胜英也不置词。

到了次日，胜英只携一个小包袱，取了几两散碎银子，放在腰间，藏了宝剑，提了龙头杆棒，略向马有义执手，也不言谢，就扬长而走，马有义倒有些依依不舍之意。后来马有义也就辞官回乡去了。

胜英与马有义分别之后，本想一返太行，顺路打听吴恩、张德寿等人动静，一路之上，无非是饥餐渴饮，晓行夜宿。一天，行至一处镇市，人烟稠密，街衢繁盛，有一家酒楼，壮丽非常，胜英本不喜欢酒，因见此楼高敞，时当夏末秋初，天气尚热，忽见天际黑云一片,渐有欲雨之势,随即进了那酒店,拾级登楼,拣了一个座位。

堂倌进来招呼道:"客官还是请客,还是独饮几杯?请吩咐一声,要酒要菜,以便预备。"

胜英道:"我是路过此处,想沽饮几杯,解解烦渴。你们店内有什么上等酒菜,说来我听。"

堂倌笑着报说道:"我店内酒菜名目甚多,待我说将出来,客官自择。酒有陈年花雕女儿酒、永年陈绍酒、白玫瑰酒、五加皮酒、福寿酒、花果酒、千杯不醉酒、万年不醒酒、梅雪争春酒、椒柏竞秀酒、紫罗兰酒、甘菊延龄酒……"

话未说完,胜英忙止住他道:"好了好了,就是甘菊延龄酒合我的口味,快快取来。菜也不用你再说了,就与我取酒来时,随即代我蒸上一样全家福就是了。"

那堂倌听了,赶忙下楼,一时将酒菜取到。胜英一人自斟自饮,颇为闲适。那时大雨如注,暑气全消,座位又适靠着窗边,大可赏雨陶情,怡然自乐。哪知这雨越下越大,胜英只顾饮美酒、赏佳肴,等到雨住,天已不早了。胜英又自言自语道:"时将傍晚,今日断不能趱路了。"便叫了堂倌前来算清酒账,问他道:"你们这镇上,可有没有干净些的客店?"

堂倌忙答:"道前街有一爿得胜店,专住来往仕宦大商,可算得大客店,又清洁,又爽朗。您老出得我们店门,往右首走去,再向东一条街,第三家便是。你老若是在客店住得烦了,还到小店来照顾。"

胜英见堂倌和气,很会招待买卖,遂又多给了他几百文的小账。堂倌自然谢了又谢。

胜英仍携了包袱,提了杆棒,下了酒楼,出了店门,照着堂倌说的路,到了得胜客店,问可有洁净单间房间。店小二殷勤接待,引到东院里,一间单房,颇为幽静爽洁。院内还有数枝梧桐,才经雨后，青翠欲滴。胜英见了，甚觉合意，便即住下。小二问用些什么，可曾用过饭了。胜英吩咐他一概不用，只要明灯一盏、清茶一壶。小二答应，取到。胜英于是倚在一张小榻上，放下门帘，静静地休息。却见对面一间房内，虽有软帘深垂，窗户半掩，并不点灯。胜英也不在意，既因路途劳顿，又多饮了几杯酒，不觉沉沉睡去。胜英本是有内功的人，虽睡时也甚警悟。

时近三更，万籁俱寂，只见一轮明月，光映窗牖，照得人心神澄澈，陡听有物疾如飞燕，细如蚊蝇，一刹那间，已至榻前，化为巨鬼，蓝面红发，双目炯炯有光，口中火焰，闪闪射出，手持利刃，径向胜英枕上砍下。胜英一转身躯，翻落平地，双手将鬼腿抱定，一转手腕，扭麻花式地就将大鬼抛翻在地，扑地站起身来，一脚踏定，恍若无物。再一看时，原来是一张纸人。胜英心知有异，因将杆棒倚在榻边，仍复假寐，以待究竟。又因枕头已被斫成两段，只得趺坐榻上，默运神功，暗窥动静。

须臾间，忽又见窗隙飞进一物，其长如带，直奔榻来。胜英用目一看，原来是条大蛇，方欲放剑，已见龙头杆棒早化巨蟒，双目放出神光，口中吐焰如火。大蛇被巨蟒目光火焰一逼，忽然不见，龙头杆棒仍倚榻畔，飞来大蛇，又变成片纸了。胜英心里想道："伎俩不过如此，究系何人与我作对，且看再有什么作用。但他经两次失败，必不与我甘休。"边将神剑执在手中，杆棒放在身畔，坐以待之。

不久，又见窗扇一开，蹿进一人，头绾发结，簪一竹冠，手执短剑，脚还没有立定，一边喝道："胜英，你竟敢破我道法，我与你势不两立！"说着，急用剑砍来。

胜英不慌不忙，执剑在手，用目观察来人，认得他是吴恩。

原来从前廖芳夫妇逃出山寨，本是秦尤放走的，后来张德寿知道了，还看在天豹的义气分儿上，未便发作。秦尤也知在山不好相处，因与崔通、柳遇春三人离了山寨，自去另觅安身之所。后来廖芳请了重兵剿灭山寨，且亦料定劫法场均是张德寿等所为。吴恩与张德寿虽有法术，其余均是乌合之众，哪里还能抵抗？一时均鸟兽散了。

吴恩与张德寿逃走时，各不相顾，尤少卿、钱佩兰不知下落，或死于乱军之中，亦未可定，此是以往之事。

胜英住店之时，对面一间软帘深垂，即是吴恩住的。吴恩先一日到此，所以胜英一进店时，不知有吴恩，吴恩却已看见胜英，因此先用邪法，想暗中弄死胜英，不想被胜英连破邪法，心中不觉大怒，因此蹿进窗来，要和胜英拼个你死我活。

当时胜英向吴恩说道："我二人动起手来，刀剑没有眼睛，免得累及店中。我们何不出了客店，去到镇外，拣一荒僻之处，一决雌雄何如？"

吴恩听胜英之言，冷笑答道："谁来惧你？且让你多活一时。"

胜英也不答言，收了神剑，携了包裹，提了杆棒，也不管吴恩，就出门飞上檐端去了。吴恩也不及回房，随即追踪而去。两人穿房越屋，径向镇外空地而来。到了平地，两人就动起手来，战斗多时，吴恩哪里是胜英的对手？早被胜英战得汗流浃背、气喘吁吁，只得急将手中的剑虚晃一下，回头就跑。胜英方待追赶，吴恩口吐灰色光气一道，直向胜英扑来。胜英用手一指，只见白光由指间射出，直将灰光逼得渐渐低将下去，直到气色俱无，方始罢休。

吴恩见灰光势减，复口吐黑气，也被白光射灭。吴恩急了，只得又将葫芦盖打开，突然冒出一股腥膻之气，胜英一时头晕身软，栽倒在地。

吴恩一见胜英倒在地上，哈哈大笑道："胜英呀，你的本领哪里去了？"说着，急把短剑对着胜英颈项砍下。正在间不容发之际，陡从东方飞来一道紫光，直向吴恩咽喉射来。吴恩本系惯家，急忙把头一偏避过，哪知紫光来得迅疾，虽然避过，可是右耳边已被削去一片，鲜血直流，痛不可忍，右手中握着的短剑不觉落地。

吴恩忍着痛，举目一看，迎面来了一个老者，仙风道貌地站在当前。吴恩一见，知难与敌，回头拾起短剑，驾着一阵黑风，向北去了。那道者也不去理会他，见胜英昏迷不醒，遂解开身背的葫芦，倒出一丸红色丹药，如豌豆大小，放入胜英口中。不一会儿工夫，只听得胜英哼了一声，醒转过来，一翻身坐起，见师父艾道爷立在面前，知道师父前来相救，伏拜于地。艾道爷搀起，一同来在一处松林之内，席地坐下，提起话来。

原来艾道爷在家中静坐，忽然心血来潮，掐指一算，便知胜英有难，所以连忙离家出来。恰巧吴恩正用邪术把胜英制倒，刚要杀害的当口，赶忙放出剑光相救。原无杀吴恩之意，否则艾道爷剑到，哪有幸免之理？话又说回来了，艾道爷道行最高，本能未卜先知，哪里还用什么心血来潮，掐指一算？只因胜英当有此番被邪气迷倒之难，那些什么天机不可泄露的旧套话头，也就不用流露字里行间了。然而做小说的，除了那些陈谷烂豆的旧话头，哪还有什么真正的学问来做小说呢？闲话不说，言归正传。

胜英和艾道爷来在松林坐下，问师父一向的起居可好。艾道爷本知道胜英一切经过事实，遂也从容地照例问问，胜英也将以往之事说了一遍。

艾道爷因问胜英说道："现在宋世隆父女江中遇难，你速即前往救护。"

胜英答应，艾道爷遂亦与胜英执别回去不提。

单说宋宝兰自经胜英、秦天豹由吴长庆家中救出送回她家以后，安居乐业的也无别话。因为宋宝兰的外婆，家住镇江，那年七月间，正是六十整寿，宋世隆上无父母，宝兰之母又早故去，所以将这岳母当作亲人，正值寿辰之期，便向女儿宝兰说道："我儿，今当六月下旬了，七月内是你外婆六十寿辰，我想带你前往拜寿，就在后天动身。我且去雇下船只，你也去收拾收拾，预备后日动身。"

宝兰答道："女儿也早想到这事，今天爹爹吩咐，女儿遵命就是。"

父女二人又讲说几句家常话,那时已在下午的时候,吃过了晚饭,宋世隆出门另有他事,宋宝兰回到后边,也有乳娘、丫鬟相伴。

到了次日,宋宝兰已带同乳娘、丫鬟收拾应带的物件,一时齐备,便去告知世隆,早些雇船,明日即好启程。宋世隆正在书房看书,看见女儿出来,就命她边坐下边说道:"船只我昨天晚间出去,已经托了人代觅了一只往镇江去的便船,今天饭后,他准可回话的。现阶段在天时尚在辰初时刻,女儿前日我教你读的《诗经》,你曾读熟了没有?字可常写写吗?"

宋宝兰答道:"书读熟了,字也常写的,爹爹不信,女儿背诵与爹爹听。"说着,背诵如流。又命丫鬟将写的字纸取来。

宋世隆见女儿的书也烂熟,字也有长进,欢喜非常,又将《诗经》讲解了几句,宋宝兰方向后边而去。等得饭后,就有人来说,适有往镇江的便船,当即说定价钱。到了下午,便将行李、书籍等等发下船去,宋世隆吩咐乳娘看好门户,就带了女儿和丫鬟上船,又命女儿和丫鬟住了后舱,自己在前舱住下。船上只父子二人,一个雇伙,一切酬神的俗例,俱已完毕。次日,天还未明,就打锣起锚开船。宋宝兰身倚船窗观书,看看江景,也甚适意。

一天,行至小姑山相近,稍起微风,天阴欲雨,船家说,恐要变天,就泊到一条僻静港汊之间避风,宋世隆也不在意。父女尚在谈今论古,陡见船户老头儿提了一把板刀,跳进舱来。宋世隆吓得发抖打战,宝兰和丫鬟更不用说,自然吓得不可开交。

老船户用刀指定世隆喝道:"老子开恩,给你一个全尸!"就叫他儿子、伙计进舱,先把宋世隆捆绑起来,又向宋宝兰说道:"姑娘,你不必害怕,我意欲将姑娘配我这儿子,做个媳妇,你看怎样?"

宝兰只吓得嘤嘤地哭,哪里还敢答出一字?丫鬟也在狂叫饶命。

宋世隆虽被绑在那里,一听此话,他本是名儒,哪里还忍耐得住？顿时破口大骂道："你们这班强盗，擅敢白昼抢劫……"

　　世隆话尚未完，船户早哈哈大笑道："你死在临头，还敢说这大话！"说着，扑的一声，一把提过世隆，就要抛入江心去。正是：

　　　　江湖多险人难测，流水无情命亦轻。

　　要知宋世隆父女性命如何，且待下回分解。

第十五回

## 放蝶全贞高山见志
## 斩蛟除寇大侠驰名

却说老船户命他儿子把宋世隆拎着出舱，正要抛入江心，宋世隆性命只在呼吸之间。忽然船头上现一道白光，立定一人，手起剑落，船户的儿子人头落水，身躯横船。那人用手将宋世隆接住，随即一脚把无头尸身踢下水去，便将宋世隆绳索解开，唤醒过来。

伙计见了，跪求饶命道："都是船户父子所为，小人是被逼胁，心不情愿。现在客人父女性命还在，只求大王饶我一命。"方说至此，那人也不答话，忽觉脑后一股冷风，急转身避过。

原来老船户本是江湖惯贼，颇知武艺，他在舱内，方用言语劝慰宋宝兰，要娶她做儿媳妇，心想是人财两得了。来人飞上船来，本无声息，及至踢尸入水，他亦以为是他儿子抛宋世隆入江，也没在意。后来听见伙计求饶的话，方知有变，因蹿出舱外，对那人脑后，举刀就砍。那人回身避过了刀锋，老船户复一刀砍来，那人用剑一削，刀已两段，又复一剑，老头儿身首就分了家了。那人就叫伙计把尸身推下水去，将船上血迹打扫干净。

那时宋世隆已缓醒过来，见那人虽有些面善，惊定之余，一时还想不起来。只有谢了又谢。哪知宋宝兰在舱内被老船户逼住，心想投江，又无隙可乘。正在为难之际，见老船户匆匆出舱，船头上似有战斗之声，偷眼一看，已见她父亲正与一人施揖道谢。料知有救星，定下心来，走至舱口，一看那人，正是那年在吴家救了自己性命全其贞节之不肯留名姓之一人，赶忙到船头跪下说道："恩公两次救了小女子性命，今又救了父亲性命，我全家性命均是恩公所赐。"

宋世隆到这时候，听他女儿说了，方知那人即是前年救女儿的人，于是命女儿先进后舱去，随请那人进入前舱坐下，又欲拜谢。那人挟住了叙坐。

宋世隆再三请告姓名，那人因见宋世隆父女、丫鬟，老的老，弱的弱，只让伙计一人在船，亦不知其心，所以早已存心，想亲身护送到家才了此心愿。见宋世隆谆谆请问，遂慨然答道："我姓胜名英，今与先生偶然相值，拔刀相救，也是有缘。但是江湖路险，前途还须多加小心。我既与先生有缘，自当相送一程，不知先生此行还到何处？"

宋世隆道："学生携带小女前往镇江与岳母祝寿，不想遇了此难，幸得恩公相救，又蒙恩公允为伴送。俟到镇江，请宽住几天，游一游金焦之胜何如？"

胜英遂将船伙唤进舱来，命其小心谨慎地，等到了镇江，不但不见罪于你，还有赏赐的。伙计叩首答应，谢过胜英，回后艄把住船舵，正值顺风，挂起布帆，本已离镇江不远，半日之间，就到了金山脚下。舶定船只，宋世隆上岸，雇了三乘肩舆，又唤了两名脚夫挑行李，开发船钱，先命宝兰上了一乘小轿，丫鬟原是大足，跟轿进城。宋世隆一边正监视脚夫挑担前行，再来让胜英时，不知何时已去而无踪了。

宋世隆四面望了一望，不见踪影，又怕宝兰无人照应，只得罢了。自己当即亦上了小轿，那一乘预备胜英坐的轿子，也叫丫鬟坐了，遂一众轿与脚担迤逦进城，到了岳家住下。

不多几日，寿辰已过，宋世隆仍带了宝兰回到家乡，此番回乡，一路倒也平安无事。到了家中，父女儿念胜英好处，供了一个牌位，牌位上写的是"胜侠士长生禄位",日日供奉,稍尽报答诚心。且不言宋世隆父女一边。

再说胜英那天同宋世隆到了镇江,怕宋世隆一定邀他进城,就趁着忙乱之际,宋世隆一不留意,他就在人丛中一隐身形,步上金山,游览风景,登江天一览亭,举目四眺,但见滚滚大江,荡涤胸襟,尘烦俱净,焦山峙立江心,如一点青螺,天然画景。胜英此时想起人生在世,日月几何,亦不过与草木同腐,斯山寂寂,无碍无尽,远离尘嚣,何等自在,我胜英云游四方,顾何日才能弃却世间,觅一空空洞洞寂寂静静的地方,一个蒲团了然心迹。此胜英因动生定之想象观,究竟将来是否能作如是观呢,且不必先作如是想。

胜英在金山上游了半日,遂下来到了镇江城外,觅一客店住了一宿。

再说胜英从前打狮怪时,曾嘱蝴蝶精等候林素梅,又嘱她救一命妇,命妇即是廖芳之妻缪彩翘,已在前回叙过。但是那蝴蝶精是否还在那店内等候林素梅呢?

胜英在镇江城外客店住下,忆及蝴蝶精一事,便于次日离了镇江,到那从前遇蝴蝶精打狮怪的店中,店主人见是胜英,感念他除妖之德,殷勤接待胜英,仍住那间房内。见珠网犹封,蝶精安在。到了深夜,还是在梦中相见,她说:"侠士目光逼人,不敢正视,故于梦中相见。"说话时,胜英醒来,蝶精又退避到窗畔,远立待命。

胜英因问她,所托汝之事,知已办了。林素梅既没有从此经过,汝可回山修炼去,候有用着汝时,我当飞剑传书,通信便了。

蝶精遵命,即化一阵彩光,回峨眉山去了。

胜英吩咐蝴蝶精回山去后,在店过了一宿,次日,也便动身,云游四方,想再做些济困扶危的事,暂且不提。

再说云霞道姑自从在扬子江中救了应若花女子,又在黄鹤楼吩咐林素梅与应若花去后,预知她们虽可出险遇救,应若花的孩子生有侠骨，弃在南京，不可不将他救出。所以林素梅来至南京之先，云霞道姑已将他救去。林素梅听说育婴堂红光摄去小孩儿，即是云霞道姑的剑术，使人不测。

当时云霞道姑将应若花之孩子携回，抚养到三四岁，那孩子跟着道姑习练，已经练得一副铜筋铁骨，登山越岭，如履平地，捷过猿猱，有神婴之目，遂唤他为神婴。

一日，神婴走至一个大石荒山，悬崖绝巘，寸草俱无，独见山顶有长松数株，夭矫舞风。神婴本有飞行术，一展眼，已飞至山顶。哪知并无松树，再一仰视，更在绝顶，神婴心异之，复又飞上绝顶，则见双燕颉颃于松阴深处。神婴本是孩童，心性嬉戏捕捉，双燕亦如相识，或前或后，上下左右，侧视斜窥，喃喃如语，神婴一时竟不能捉摸。寻常他每每刺落飞鸟，百不一失，今日与双燕相持半日，急得他跳纵上下。须臾，双燕复自近而远，又由远而近，自下而上，又由上而下，神婴蹿至松巅，折取数枝，觑定双燕，一跃而下，始将双燕扑落平地。忽然不见双燕，只有一双金剪在地。

正惊诧间，忽然由松顶落下一人，原来是师父云霞道姑，也不知何时来的。

当时云霞道姑向神婴笑道："这双金剪，便是双燕化成，合与汝有缘，汝可将双剪拾起，待为师教汝练习一番，自然神妙无匹。"

神婴取双剪在手，云霞道姑教以用法，这一双金剪虽不过五六寸长短，用时能大能小，悉如人意。神婴乐不可支，从此天天习练，日就纯熟。

云霞道姑见神婴聪颖过人，无论内功外功，一经指导，便能心领神会。云霞道姑亦倾心尽以教授，凡一切练气练形、呼吸吐纳之法，无一不授。神婴便无一不精，将来继三侠而做一番事业，后来之秀，泚笔以待之可也。

不言神婴之事，且说张德寿自从山寨消灭，与吴恩、林世佩等人失散之后，一向漂泊江湖。照张德寿为人，虽然好色，却是义气甚重，他见秦、尤等少不更事，恐秦天豹之仇在他儿子身上终无报复之日，他便想到处寻访胜英，却又不认识胜英是怎样一个人物，有怎样一副本领，他就化装为乞丐形象，沿途叫花侦察胜英所在。

一日，行至河南彰德府地方，闻听人言侠客斩蛟之事。他便留心细听，但听得几个人在路旁一爿小茶社靠街一桌围坐闲谈。

一人说道："看他那一副威武状貌，就知武艺出众。"

又一人道："只他那一条杆棒，都有碗口粗细。"

又一人作势道："那蛟龙张着口，冒出一道毒气，何等厉害？哪知他不慌不忙，用手中宝剑一指，一道白光从剑尖直射入那蛟口内，毒气全消，鲜血流出。不多时，水都赤了。"

又一人道："虽然那人了得，却也和那蛟战斗了两顿饭的工夫，只见他忽而跨着杆棒下水如在平地，忽而跃上岸来杆棒又在他手中，要不竟是神仙下凡，活该我们这里不遭灾害。"

又一年老之人叹道："自那蛟作怪，黄河水涨三丈，若不是那侠客将它斩了，我们一方生灵就无噍类了。他哪里是什么神仙，却是一个行侠仗义、有本领之人。昨日府里将他请到衙门去盛筵款待，要禀请上宪，奏闻皇上封官，那侠士再三不肯，这才知道，他就是当年在北京打虎救驾，康熙爷赏他黄马褂，天下闻名的神镖大侠胜英。"

茶社人众一边你言我语地谈论，张德寿一边听了个备细，方知胜英就在此地，心里说道："这真是踏破铁鞋无觅处，得来全不费工夫啊！胜英与马有义，哪有当面错过之理？但胜英具此手段，却也是一个劲敌，我若是和他斗力，还怕独力难以取胜。他必是住在府衙中的，我不免等到夜间去知府衙门，将他刺死。"想罢，就一路打听，寻到知府衙门，前后左右，四面察看了一遍。人见他一个乞丐，也没有人留意。

张德寿这天到了昏夜之间，他就藏在府衙后边一个破庙内，那庙并无人居，墙垣倾圮，少窗缺户，离府衙尚有半里之遥，正好等待夜间行事。不想那时又进去两个乞丐，一见张德寿先在庙内，不像此间土丐，因点头问道："朋友，你是几时来的？我们怎么没有见过你呢？"

张德寿道："我从山东逃难到此，今日才到此间，还要二位关照！"

两丐闻言，也不说什么，只点点头，便各自向怀中取出饼饵，大嚼起来。张德寿是有心事之人，只顾一边闭目养神，预备夜静时，待两丐睡熟，再去行事。

哪知不大工夫，又进来一丐，进门就说道："二位兄长，小弟已探得仇人就在眼前，今夜不去动手，还等何时？"

先两丐边说边走出门，只听三丐唧唧喁喁说了几句，复又进庙坐地。三丐默对半晌，见张德寿睡倒神龛后面，似已睡沉，鼾声渐作。三丐亦假寐，无何复起，似有动作。

张德寿原没有睡，因见三丐形迹可疑，故装出鼾声，暗中偷看动静。迨三丐假寐复起，张德寿偷眼一窥时，则见三丐各于衣底抽出利刃，似有杀他之意。张德寿亦暗将短剑握定，心里说："这三个乞丐，大约亦是剧盗扮作乞丐，避人耳目，他们如何动作，必因怕我防碍伊等行动，欲先杀我以绝后患，再去行事。若果如此，那就是伊等的死期到了。"

当时三个乞丐果然持刀来至切近。张德寿一跃而起，三丐吃了一惊，就举刀乱砍。张德寿举剑相迎，杀在一处。杀了半夜，三丐自知不是对手，又见敌人技艺颇精，虚晃一刀，跳出战线以外，喝道："你究竟是谁？说出姓名，我刀下不死无名之鬼。"

张德寿一听这人说话声音很熟，便也停住了剑，问道："你是秦尤吗？"

对面三丐一闻此言，大家仔细相认。那时正是秋夜，月白如画，四人彼此一看，均是熟人，喜出望外。此三丐究竟是谁？阅者料亦意想得着,且待作者将三人扮丐的原因说一说。

这三人原来就是秦尤、崔通、柳遇春,自在山寨放廖芳、缪彩翘走之后,自觉不安,遂相率离了山寨,另觅安身立命所在,慢慢寻找胜英报仇。秦尤又不敢回家见母,恐怕母亲嗔他父仇未报,只得与崔、柳二人来至离彰德府数十里的一座荒山,势颇险峻,因在山上招了几百个无业游民,做些打劫之事。

一日,听说胜英斩蛟的事,他三人因扮作乞丐,混进城内,打听得胜英在知府衙门居住,已经看准道路,约定晚间行刺,在此破庙聚齐。先进庙的是崔通、柳遇春,暗中见先有一人在内,也没有看出是张德寿。及至后来秦尤来时,口里说的那几句话,崔、柳二人怕泄露机密,故急急迎了出去,唧唧喁喁地就是告诉秦尤里面有人的话。秦尤听了,回进庙来,就存了一个杀了这个碍眼的乞丐,免得泄漏春光,所以三人听张德寿睡熟,就动起手来。哪里知道杀了半夜,才知道是张德寿了。

当时四个人都欢喜非常,并且四个人都是同心,便大家略略将别后的事彼此说了,才商量怎么刺胜英的那一桩事。当时四个人议定,一同出了破庙,到了知府衙门,张德寿先蹿上墙头,秦尤也随后蹿上去了,崔通、柳遇春不会蹿高,就在墙外把风。

且说张德寿、秦尤两人蹿上墙头,轻轻地往下一跳,落了平地,辨了方向。这道墙原是府署后墙,走过了一片空院,二人复又蹿到房脊上,就施展纵跳身段,穿房越脊,瞬息到了二堂,越过了东边月洞门,即是花厅,一排五开间,卷檐大厅。张德寿一个夜叉探海势倒挂檐上,叫秦尤在房檐等候,遂又一个燕子穿帘势离了屋檐,抓住了游廊的抱柱,往东间玻璃窗里一望,房内月光照入,见多宝橱隔断、大理石书桌一张,靠窗排设,似是知府办公的签押房。已是夜深,寂静无人,又复望望西间,尚有灯火,蚊帐四垂,想必有人睡在里面。

张德寿看罢，轻轻拍掌。秦尤听到，随亦顺着檐柱扒下。那时张德寿已撬开窗户，两人跃入，直向床榻奔来，一手掀开帐幔，一手执定刀剑，向着床内砍下。方知床内空空，并无人睡。张德寿心里说道："不好，怕要中他诡计。"

忽见窗外飞入白光一道，回看秦尤，早已身首异处，自己早将短剑护住颈项，一伏身，蹿出窗外，四顾无人，心知胜英先有防备，便亦拼了性命，今夜非和胜英拼个你死我活不可。那时白光由窗内随张德寿旋绕不去。张德寿亦有些邪术，把手中短剑抛起，口中念念有词，那柄短剑直向那道白光飞去，只听一声巨响，短剑折为两段，坠落尘埃。白光仍向张德寿旋绕不去。

这个时候，张德寿想逃走也不能了，但听得四面人声喧喊："捉拿刺客！"白光忽已收灭。张德寿身子已被捆绑了一个结实，一时灯火齐明，照如白昼。众人将张德寿推至二堂之上，但见上面知府同胜英坐定，推问他劫官劫狱之罪。张德寿此时只有瞑目待死而已。

知府还问他同来党羽几人，胜英插言道："不必问了，他同伴四人，那三人都已被我置之死地了。"

原来秦尤那夜二更时，先入府衙探察，正见知府与胜英说话，不想脚底下一泄，踏下一片瓦来，也算他贼有贼智，随即学一声猫叫。当时知府与随从人们都不在意，胜英是何等警觉？已知有异，所以破庙中秦尤后至说的已探得仇人就在眼前一句话，即是他已来过一次了。胜英既知今夜有异，便不动声色，等大家睡静，虚放帐幔为诱敌之计，自己带了神剑，隐着身形，到处留心。及张、秦、崔、柳四人来时，胜英暗中见张、秦二人跳入墙去，便先飞剑将崔通、柳遇春斩了，复又唤醒各班房人等，至东花厅捉拿刺客，这才复返至厅房，飞剑斩了秦尤，捉了张德寿。这是以往之事。

再说知府当即将张德寿定成死罪，申详上去，不多几日就正法了。这是后话。

胜英吩咐将崔通、柳遇春首级号令示众，又托知府将秦尤尸首厚殓，以尽故友之谊。正是：

　　　　帷灯匣剑排疑阵，侠骨柔情待绮盟。

　　不知胜英与林素梅如何遇合，俟下回分解。

第十六回

## 独登楼英雄惊艳
## 双比武侠义联婚

却说胜英在彰德府斩蛟救了一郡生灵，又在知府衙门除了张德寿、崔通、柳遇春、秦尤四寇，便辞了知府，又要遨游去了。

那知府挽留不住，只得备筵饯行，虽有厚赠，胜英哪里肯受？还是藏了神剑，提了杆棒，背了包裹，出了衙门，扬长而去。在路无非晓行夜宿，涉水登山，渡黄河，入汴梁，折而东行，至芒砀山，欲访几个草昧英雄与古德先生。流连数十日，也无所遇。又由海州、宿迁至清江浦。这清江浦，那时正是南北往来必经之地，漕运粮艘繁盛热闹。胜英也无心游览，心念南京龙盘虎踞，古称江左名胜六朝，他就雇一小舟，顺流而下。到了南京，觅一客店住下，登北固山、上孝陵、游玄武湖，凡是名胜，都要到处游览游览。

一天，走到莫愁湖，地虽不大，风景绝幽，湖上一楼，为中山王徐达胜棋楼，凭楼一眺，全湖在目，楼上亦有几处茶座。胜英拣了靠湖楼窗一个座头坐下，独品清茗，饱览湖光，偶一回顾，见上边一个茶座，有两个少年在那边坐着品茶，上座的一人目不转睛地看他，但见那人面白唇红，眉目间流露着一种英气，幅巾花氅，都丽非常。旁坐一人，面带忧容，英丽似与上座人稍减。两少年都不过十六七岁光景。

胜英看罢想道："如此少年，方称得起是年少英雄，我胜英四海遨游，竟没有遇着过这样英武多姿的人物，可惜不知其名姓，又无人介绍，怎好冒昧接谈呢？"

那边目不转睛看他的上座少年，心里也是在那里边看边想道："看此人器宇不凡，威仪可羡，英侠之气，蕴蓄自然，可称得当世豪杰，难道他就是胜英吗？"

两下对着彼此爱慕，且把两边的视线移过一边，再将这两少年表叙一番便了。

原来此两少年，实系女扮男装的，所谓上座的少年即是林素梅，下座的少年便是豆腐店的女儿王招儿。因为林素梅和凤双飞、应若花在茅山，整理得井井有条。一天，林素梅想起南京豆腐店的王招儿来，就和凤双飞商议，要再入南京探视，倘得机会，便将她母女带上山来，过安居乐业的日子。凤双飞本不放心叫她下山去的，无奈素梅心事已定，遂仍扮作男装武士模样，竟下山来。

到了南京，寻到豆腐店，只有一片空屋，景象凄惨。问左右街邻，方知王婆死已七日。问招儿何在，无人敢答。

只见那边走过一老妪来，见素梅衣服富丽，是一个公子模样，因转问素梅道："公子贵姓？从何处来到此地，与死了的王家有甚瓜葛？请道其详。"

林素梅见这老妪问得古怪，因望了老妪一眼，便接着说道："我也姓王，死了的是我的族婶，我因远在四川为商，今年回到家乡，打听族婶寡居，和我一个族妹子名叫招儿的在南京开设豆腐店。我是奉母亲的命，前来接她们来的。既是婶母已死，妹子到哪里去了呢？"

那老妪与众街邻闻言，都叹了一声，随说道："公子早来几日，王婆婆也就不会死了。"

素梅闻言，急问何故。

众人都推那老妪道："此地非说话之所，老嫂可将公子请到家去谈谈，自有分晓。"

当时老妪就邀素梅至家，众人也有跟来的，也有因有事散了的。老妪将素梅邀至家中，因告知前月里有一管家至豆腐店，向王婆提亲，说是城外皮员外的儿子。人人都知道皮员外是皮匠出身，他本姓张，因做过皮匠，大家都叫他作皮员外，他的儿子是个十不全的孩子。王婆当时推说已有婆家。

那管家去后，过几日就有人向她家讨债，说是老翁在世时欠下的，连本带利五十两。王婆一急就病了，年老之人，又急又怕，不多几日便死了。那讨债的还天天来讨，并说，若是无钱就要将招儿抵债，因此招儿一怕，就于晚间潜逃无踪了。

林素梅一听无法，只得取出一锭银子，嘱咐老妪："好好看护灵柩，等我找到妹子，再来搬柩回乡。"又到柩前拜祭一番。

素梅暗想："招儿潜逃，必是要上茅山去找我的，怎么我下山一路行来，没有遇着呢？莫不是走错了路途吗？"边想边走出了豆腐店。心中有事，信步往前走，不觉来到莫愁湖上。迎面来了一人，低着头，素梅亦有心事在怀，两个不觉撞了个满怀。素梅与那人都吃一惊，两人抬起头来一看，几乎叫出声来。素梅心细，见那人貌似招儿，因呼道："你是招儿吗？"

那人也回一句道："果是我兄弟到了。"

原来招儿因怕讨债的见逼，幸亏那年林素梅在店中住时，临行将一个包袱忘记携去，内有男装一套，是与应若花同行时所用。二次入南京，虽未改装，却也将那身男装带在包袱内，以备不时之需的。招儿正用着了，就改扮男装走出门来，想奔茅山。既无盘钱，又不认得路，转了一日，还没有出城，腹中饥饿难忍，不料遇着素梅，真是喜出望外。

当时二人悲喜参半，携手到一个僻静之处，各谈衷曲，这才同到胜棋楼。素梅让招儿吃了点儿东西，就品茗清谈起来。正谈得高兴，素梅一眼望见对面茶座来了一人，英雄气概，疑是胜英，正在出神，忽胜英回过头来，四目相射，不觉有点儿羞涩起来。

招儿在旁看见两人相视的样子，倒有点儿诧异，因问素梅道："妹妹敢是有点儿认得这人吗？"

素梅被招儿一问，更不由得面红过耳，半晌答不出话来。

胜英在那边对这边看了半天，忽见那两个少年站了起来，会了茶点的钱，就一同下楼去了。胜英又待了一会儿，也用了些点心，又到各处游了一会儿，就在南京客店住了一夜。次日，也就离了南京，到一处只要有点儿名胜的地方，必须游览游览。

一日，行至茅山脚下，抬头一望，山势崔嵬，风景亦佳，心里道："山上不知可有庙宇，若在此山住些日子，自可以洗心涤虑，开我襟怀，我不免上山去看看。"

刚走到半山之间，只听得一片人声，从山磴弯环之中转出一队庄丁模样的，各人手中都拿着农器，约十余众，口中声喊着拿奸细。胜英刚要动手，又见从那边树林内亦有一队一色一样的庄丁，很有纪律的样子，一时四面庄丁围将上来，口中都是叫捉奸细。

胜英心中暗想道："这些人俱是庄丁模样，想来不像强徒。"若说数十数百人，哪里在胜英心上？他因见俱是农民，手执俱是农器，所以不肯用武。哪知这四队人众都将耙锄镰铲打来，胜英为自己防卫起见，也不能不动手抵御，一时战斗起来。究竟庄丁虽多，不是胜英对手，但听山坡上一声锣响，各队散开，胜英遥见山坡上站立十余人，中间还有女子的声音，正在山坡上传令的样子，锣声就从山坡上传来的。胜英见了，便一直奔山坡来。哪知还没有走到坡前，又听一声锣响，胜英一个站立不稳，就被将双脚捆绑起来了。众庄丁围裹上来，就将胜英缚定。

胜英到此时也不抵抗，由他们摆布。一时将胜英拥到一所庄院之内，到了厅室之间。胜英一看，上面陈设钟鼎盘彝，中间大方桌，两边椅上，各坐一位如花似玉、面目英丽的女子，两旁各设椅二张，上首椅上坐一妇人，下首椅上亦坐一女子，侍立左右的均是武装带刀女子，二三十人。

胜英边看边想道："看这庄院极壮丽，何以一个男人没有呢？"正在心中暗想，就听正面上座的那个女子开言问道："这位壮士从何方来到此地？既来到此山，何以又不通报，就和庄丁用起武来？我们因为要自卫起见，不得不出于无礼了。壮士尊姓大名，来此何干？请道其详。"胜英闻女子之言，尚无恶意，因直答道："我名胜英，偶然游至此山，不料误触贵庄罗网，既已被缚。任听其便，何必多问？"

只见上座两个女子闻言，也不言语，叫过身旁一个武装侍女，耳语几句，这侍女当即跑出厅外，一时走进来了两个男人，一老一少，俱很恭敬地来至胜英跟前，一躬到地。又叫进几个庄汉，命将胜英身上绳索解开。那四个女子并数十个武装侍女俱转过房门，向后边去了。

当时老少两位请胜英上座，又换了一班庄汉伺候。那老者是应德高，少者即卜海秋，都在此庄管理文书、出纳等事，阅者当知道那四个妇女，就是凤双飞、林素梅、应若花、王招儿了。

当时应德高、卜海秋同道："胜侠士英雄义侠，天下驰名，今日幸会，三生有幸！"

胜英亦还问了二人氏族，及本庄主人姓名，才知就是凤双飞、林素梅的家，一时摆开筵席，畅饮起来。席间三人谈得甚为融洽。

一时宴罢，侍女出堂向应德高说道："我们姑娘知胜侠士英雄了得，意欲同侠士比试武艺，不知侠士还肯赐教否？"

应德高听了，笑向胜英重说一遍。

胜英正色答道："若说凤、林二位女侠，武艺出众，剑术超群，实在久已闻名。既是同道，何妨领教！但是初到宝庄，怎好无礼！"

应德高吩咐侍女进内复命去了。须臾，侍女又来说道："姑娘一定要同胜侠士比比武艺。"

胜英闻言，不悦道："既然如此，胜英领教便了。"

侍女一笑进内复命，一时凤双飞、林素梅各个装束出厅，应若花、王招儿也相随出来，众侍女两旁雁翅般地站立。胜英一见，也就出了座位，由应、卜二位陪同，走到厅外广院。凤、林二女侠抢到上首站定，各个排开架势，双战胜英。胜英原想随意比试比试，并不施展平生技艺，略略招架不过，应应景儿。哪知凤、林二人身手敏捷，步步逼近，由不得不把真本领施展出来。一时打得兴发，各展浑身武艺，打在一处。但见一个纵跳捷若猿猱，两个往还疾如飞燕。

应、卜二人，及若花、招儿看得出神，两旁侍女都望得呆了。二女哪是胜英对手？一时娇喘吁吁，又不肯休歇，已是有点儿力不可支。胜英亦不肯用全力相逼，遂跳出圈外，笑着说道："我输了。"

若花、招儿同着侍女，拥定凤、林二人，仍进内堂，这边应、卜二人也就陪了胜英进厅落座。胜英当即要行，应德高拦住道："今日天色已晚，且屈侠士在此，庄中房屋甚多，已经收拾西院，务请侠士下榻。"胜英见天色果然晚了，亦只得从权答应了。

一宿晚景无话。次日起来，应德高、卜海秋已前来问候，坐谈一刻，庄汉来请入席。应、卜二人遂相陪着同到厅上，见筵席已经摆齐，胜英说道："如此盛设，心实不安。"说着，也不客气，就在上首坐下，快饮畅谈。

在席间，应德高与胜英叙起家常，问悉胜英尚无家室，因乘间说道："侠士义声远震，人生在世，总为的是扬名显亲，但是不孝有三，无后为大，侠士何以至今尚未受室呢？"

胜英慨然道："男儿四海为家，我本疏放惯了，一旦为家室所累，就不能自由自在了。至于显亲立名，本不在做官入仕，即济困扶危、锄强扶弱，亦不见得不是孝也。"

应德高又接说道："照侠士说来，行侠尚义，到处济弱扶倾，独行其是，自可钦佩，从来说妻为内助，若是早早成家，也是侠士的一个帮手。"

胜英叹道："何处去找可以做我的帮手之人呀！"

应德高笑着说道:"现在本庄的庄主凤、林二位姑娘,侠义武艺,侠士均已见过了,我斗胆以月老自荐,为侠士与凤、林二位撮合成一段侠义姻缘。至于凤、林二位,已经小女若花一面请得同意,侠士如果就此答应,我这老头儿大鱼是吃定了。"说完,掀髯大笑。

胜英连忙答道:"岂有此理,断然不敢遵命。我现在还有要事,今日定要拜别的。"

卜海秋亦从旁相劝,胜英一时却不过了,只得答应。当时就由应德高、卜海秋料理喜期各事,择定吉日,就在次日,天德相合、大吉大利之日举行。内里应若花、王招儿张罗一切,凤双飞、林素梅二人素来豁达,虽要做新娘了,亦不似寻常女儿可比。

到了次日,阖庄悬灯结彩,热闹非常。吉时一到,一切拜天地,入洞房,饮合卺杯,吃长寿面,照旧行过了。那时还没通行文明结婚的仪式,不过还是那些旧套,也没有什么可说。只好用两句小说的常话,闲话休提,言归正传结束了。

胜英就在山庄做了庄主,又有应德高、卜海秋帮同整理,不多几时,山庄气象比以前大不相同了。凤双飞、林素梅闲时亦带同侍女练习技艺,若花、招儿亦跟着练习,渐渐亦能力敌数人,不像从前柔弱了。

胜英自居茅山,那一带居民或有事故,无不以排难解纷为己任,或有丧不能葬,贫不能婚,都要尽力资助,远在百里以外,都钦敬胜英之为人,平时亦间取不义之财,以作济困扶危之助。

一日,庄丁持一名刺来报,山下有一镖客前来拜访,胜英一看名刺写着"教弟欧阳天佐顿首拜"。原来欧阳天佐自从胜英误杀秦天豹后,他亦离开了太行山,因曾受胜英感化,也不再做绿林事业,便专以保镖为业。胜英见是欧阳天佐,即命请进山庄,置酒相待,流连一日方去。

胜英素恶贪官污吏,一遇此等人过山,必难幸免。常遣干练庄丁四处打探赃官恶霸,亲自下山,暗中惩戒,若不改悔,再飞剑取其首级，来去无踪，人均莫测。

有这么一天，胜英正在庄内和双飞、素梅闲话，庄丁报告，打听有一家卸任官员，箱笥甚多，均系贪赃枉法得来的，眷口无多，有一教师护送，应请怎样发落。胜英尚未吩咐出口，就见林素梅由座上立起，叫侍女："取我剑来！"一边就拔步出庄去了。侍女在后赶了许久，方才赶上。

这里凤双飞亦向胜英说道："妹子一人前往，我不放心，不如我们亦到山下一看。"

胜英答应，就同双飞一齐到半山前来，就见林素梅同了一人正在上山来。双飞颇为诧异，素梅见双飞同着胜英站在半山之间，就先走几步，到了跟前笑说道："我已将山下一行人马辎重截在那里。"又指着来人道："这是我兄长林世佩，从前误听吴恩、张德寿之言，同我们作对。今日我在山下遇着，已将先后之事说明，他已痛悔前非，就以那贪官的赃物作为进见之礼。"说着，林世佩已经走到跟前，伏地而拜。胜英扶起。世佩又照着素梅先说的话说了一遍，大家复进庄来。

胜英便命将截来车辆一齐交进庄来，除将那官儿处之死地外，其妻、女均给她们银钱，叫她们回乡度日去了。

那林世佩本不是坏人，因为自己没有主意，所以可以为善，可以为恶，他原是听张德寿说胜英与秦天豹结义兄弟，又将他杀死，也以为胜英无义，所以跟着张德寿与胜英为仇。虽经妹子相劝，他总说妹子未出闺门，哪知这些事，故不听妹子相劝。哪知后来又见张德寿与秦尤这些人都是些好色之徒，弄些淫贱女人上山，所行之事都不在正道，就有些灰心，以后山寨被廖芳剿灭，世佩就不愿做绿林事业。后来经人荐至一处官府护院，他闲事不管，也见那官儿行为不正，所以今日行至山下，见是林素梅前来截路，他问起素梅，又经素梅说了胜英为人，他近来也听见人说茅山胜英如何义侠，如何公平，种种的行事，均可钦敬，所以他就随了妹子上山。

当时胜英设席款待林世佩，请了应德高、卜海秋来相陪。后来胜英见林世佩立志颇坚，悔改甚速，他日日跟着胜英习练剑术纵跳，后来也继三侠以后称起侠名来了。这是后话。

　　一天，林素梅与胜英商量，要将王招儿配与林世佩为妻，两方同意，大家撮合，遂又结合一段侠缘。这正是：

　　　　今生慧福前生定，千里姻缘一线牵。

　　欲知后事如何，且待下回书中再说。

# 第十七回

## 草莽英雄神离貌合
## 患难夫妇意远情牵

却说前回书中已将胜英与凤双飞、林素梅联姻，及林世佩与招儿结合，一段侠义姻缘告一段落。

以上十六回书，均是胜英正传，三侠中还有云霞道姑与艾道爷许多事迹，作者一时腾不出笔来，于今应该把云霞道姑及艾道爷的事实叙述一番，以餍阅者之意。

且说艾道爷自救了胜英，放走吴恩，在松林分手以后，本想回家修养，无奈他们行侠仗义之人，到处总以救济为怀，不肯抱一个人的主义。况那时清朝虽得了汉人的天下，时尚未久，前明遗民还是不少，都是怀抱大志，得了机会，总想恢复汉族，驱除鞑虏。所以胜英总不肯应康熙之召，与艾道爷、云霞道姑俱是志同道合的，虽然各行其事，其所抱宗旨却是一样的。

当时康熙时代，又有多少文字之狱，那都是限制汉族之人，不得在知识界稍露头角，泯灭一班遗民大志，使其子孙俯首帖耳地永做满人的奴隶。于是爱新觉罗氏之子孙，可以保守千秋万岁的基业了。闲话不提。

那时云南山中有一朱姓，隐居读书，他的名字是一个"还"字，娶妻刘氏，只生有一女，取名叫作扑满，九岁上就随着朱还在山中读书，奇丽绝慧。朱还夫妇年俱四十以上，尚无儿子，就把这个女儿爱同掌上明珠。扑满读书过目成诵,十一岁上就把四书五经都读完了,平时就向山前追逐兔鹿玩耍。朱还又买了一个孤女,与女儿同岁的,陪伴他女儿,那丫鬟就叫作复光。扑满生性好武,练就抛掷石子,百不一失,常常打落飞鸟,以为欢乐。

朱还虽居山中,而性好结纳豪杰,四方英俊,俱与结识者甚多,又胸怀大志,很想恢复朱明基业,然其所结识的豪杰,半是绿林之雄,真正有抱负有宗旨的不是很多。朱还见素志未偿,绿林之人皆不可靠,甚为灰心,就此移家山中,杜门课女。

其妻刘氏,亦知书识字,颇有见识,她见丈夫始而欲偿大志,继见所识非人,遂又灰心。刘氏亦劝慰过丈夫,无奈朱还终是郁郁,那些绿林豪杰还要到山中来和他交往,朱还虽不好拒绝他们,然亦似比从前稍为冷淡些了。

刘氏因劝她丈夫道:"这些人常常来往,既不能志同道合,又不可患难相共,倒是疏远他们些的好。"

朱还道:"他们来了,怎好拒绝?"

刘氏道:"不如避开他们。"

朱还叹道:"四海茫茫,何处是我立身之地呢?"

刘氏因指着扑满道:"她外婆家尽可安身,前两月尚有信来,问扑满长成若许,想见她得很。我们不如就携带女儿前去住些日子。"

朱还也无可无不可的。刘氏就收拾些细软东西,粗重什物存放不携,所有书籍,朱还又不肯弃置,也要带去,遂雇定脚夫车辆,也不与亲邻辞别,就一家四口首途长行了。

朱还本是富有之家,这几年因好结纳,已经耗费不少,俗云瘦死骆驼比马大,也还可以算得个便家。这些绿林英雄,名虽与他纳交,实在觊觎他的家私,于今听说朱还尽室已行,不免大家失望,因共相约,各于前途相当地点,得便打劫,大家平分。这么一来,朱还家私固已可危,即全家性命,尚不知得能保全不能呢!

再说去云南百余里之遥,有座山名叫大理山,原是产大理石的地点，近边四周几十里内，居民多以掘石为业。自从近日来一班强盗占据此山，左近居民不但生计没有了，还要常受些损失，日就穷困，老者渐渐死了，年少壮健的既无生业，也就日逐与他们合伙打劫，以资生活，这一下几十里之间都变为大理山强盗的势力范围了。

这大理山上有三个剧盗，为首的叫作赛李逵的黑旋风，第二个叫作白脸狼刁小七，第三个叫作一只眼苟胜。黑旋风用一双板斧，刁小七使的是虎头双勾，苟胜使两柄瓜锤，均有万夫不当之勇。

一日，接到同伙的传信，说是朱还全家迁往他岳家，携带行李甚众，要他们设法截留下来，大家分用。黑旋风就把这番意思对众英雄一说，当时刁小七就大大地不悦道："天下哪有这么便宜的事？我们出力，他们得现成。"

苟胜忙拦他道："都是大家的事情，不可伤自己的和气，我们且先打发来人回去，答应下来。等到打劫朱还下来时，只说朱还没有从此经过，他们又其奈我何？"

苟胜说完，大家都赞成。当时计议已定，就分派几个小喽啰在山下四边，不时打听消息。一面商量，朱还原是熟人，不可叫他认得出来，就如此如此商量定了，各个分头布置起来。

且说朱还带了妻、女，一路晓行夜宿，受尽风霜之苦，行李又重。因为上路，所以将书籍均装在衣箱之内，就因此更惹那班宵小注意。

一日，天已薄暮，因贪赶了些路程，已经错过了投宿地方，幸亏那天色正当明月在空，照如白昼，勉勉强强赶到一处小镇店，不多几家店户，好不容易才找着一家茅店，敷敷衍衍地住下。照朱还的意思，吩咐将所有的行李不用解放下来，明日一天亮就好走路。哪知一路早有些小偷惯窃，已经与车脚夫通过了，打算就在这条道上动手。后来因朱还赶到了镇店，路上又没有动手的机会，且这爿茅店也是做这种没有本钱的营生，大家气味相投，三方言定，就在今夜做翻这几只肥羊。他们哪里知道，箱笼俱是些书籍？

也是朱还不该遭事，就在这个当儿，忽见一骑马驰过镇店，不多几时，又复驰回，下马进了茅店。这店主见了，倒抽一口冷气，又和那几个小偷儿、脚夫暗暗递过眼色去，随即走过，将那人的马牵到槽头喂饲，又拿出全副精神应酬此人。

原来这骑马来的，就是大理山派遣下来个侦探朱还的，所以先驰过店时，见行李颇多，心疑或是朱还，又恐错了，所以驰出镇外，眺望一会儿，再行驰回，于是此人就在这茅店内歇下。天尚未明，就策马回原路去了。

这里店主见了此人，又见他目不转睛地注意这一行辎重，而且亦认识他是大理山英雄下来踩盘子的，就偷偷地向偷儿、脚夫先递了眼色，得空就告诉他们，说是这一项买卖已有主儿了，动也动不得的。偷儿、脚夫等听了无法，偷儿们倒不过一场欢喜变成空，而几个车脚夫们，转更担分心事了。因此朱还一家人倒平安无事的，在这又小又不干净的茅店住了一宿，岂不是转祸为福？朱还和他的妻儿们尚在梦里呢。

次日，天还未明，朱还就起来唤醒车夫，预备趱路。大家收拾停当了，开发店账，上路去了。到天明时，即远见大理山岚影一痕，横亘天表，自然风景，图画难描。

朱还正在领略山景，忽有一骑青骢马，疾驰而来。马上骑着一人，青布扎头，黑纱罩面，腰间别着一把皮鞘单刀，其余不及细看。但见那一骑马，飞驰向车的左边过去了。朱还的妻子刘氏也看见了，心想道："看这骑马的，若是行路，何必如此匆忙呢？不要是强盗吧！看他腰间还带有刀。"想到这里，不禁心惊胆怕起来。正想唤丈夫朱还问问端的，忽见那一骑马又从车的右边驰过，向前飞驰去了。但见一团灰尘滚滚地如踢球一般，随着马蹄间，渐渐消灭尽了，才不见那马的影子。

刘氏忍不住半掀车帘唤过丈夫问道："前边是什么山？方才来往跑过去的那一匹马是做什么的呀！不要是……"说到"不要是"三字，底下便低低地接说道："强盗吧，我们真得小心些呢！"

朱还笑一笑答道:"这前边是大理山了,山上果有一班绿林英雄,都与我认识的,为首的就是黑旋风。那年女儿周岁时,他来道喜,第一个闹酒吵喊不休的,不就是他吗?"

刘氏心中害怕,也顾不得答言,只系心中胡思乱想。一时行到一处村庄,大家歇下打尖,刘氏母女也不下车。朱还走进店内,就见迎门一张竹榻上卧着一个道人,尚在那里鼾声雷动。

打尖已毕,一行人众仍然上路趱行。行不多时,又见同前一色一样的一骑马驰来驰去。就见那个道人,不知何时已超在前面,独自一个慢慢地走。可是一众车脚,无论走得多快,还看见那个道人慢慢地在前行走。朱还心下揣度,道人亦觉有些奇异,但见道人头绾发结,身穿直裰,脚蹬云履,腰系丝绦,亦如寻常的道人,且一身以外,别无长物,连一个蝇拂都没拿。

须臾,行近一丛树林,那道人一转眼间,又不见了。就听见林内锣声一响,数百喽啰簇拥着三骑马,马上坐定三人,都以黑纱罩面。车夫等就将鞭梢往车辕一插,拢住车缰站定。那些脚夫将箱担往路旁一卸,各个向那边路旁一蹲。当时喽啰们过来,喝令脚夫挑起箱担去了。这三个骑马的跑过来,喝令车上人下来,叫车夫将车赶上山去。

就在这个当儿,只见树林中飞出一道紫光,一霎时,三骑马上人头分家,尸身落马,那三匹马一时无了羁勒,跑向荒郊去了。树林内出来一位道爷,走过来命车辆站住。朱还和妻、女、丫鬟等方在那边吓得没有主意的时候,一见那道人斩了三寇,余众四散,过来谢了道爷,又求道爷再把那几箱书籍追回。

那道爷一笑道:"足下此番遇险,就是那几箱书籍惹出来的,江湖上人情险恶,足下就这几个细弱,一行辎车,焉能免得了路上惊险?不如弃了那几只箱子,恐怕还要平安些。前途虽有几个毛贼,女公子都办得了,足下且请和夫人、女公子登车趱路,我还要到山上去收拾一番。"又吩咐了车夫几句话,两个车夫诺诺连声,不敢违抗。朱还尚要问道爷姓名时,一转眼间又不见了,连车夫都不胜惊异。

当时车夫请朱还夫妇等人上车,一路谨谨慎慎地,早行夜宿,一路无话。

一天行在一处,前面又有一带树林,密密浓荫,参天蔽日。朱还等是惊弓之鸟,不能不有戒心。正在大家暗中疑心,果然林内闯出一众毛贼,约有十余人,为首一人,手执钢叉,叉上铁环唰唰地乱响,其势汹汹,大声喊道:"来者留下买路钱,放你过去。若有半个不字,老子叫你一个个都做刀下之鬼。"那些狐群狗党亦跟着附和呐喊。

哪知那群毛贼正在耀武扬威时,忽听那为首拿叉之人哎呀一声,满脸鲜血,栽倒在地。群贼中有那不知进退的,还嚷着叫骂,又栽倒一个,也是同首贼一样痛死过去。连朱还并车夫人等都一齐诧异起来,心说:"方才那群强盗来时很是凶狠,怎么一时栽倒两个,余众就四散了呢?"

只听刘氏在车内叫道:"不可耽搁,我们赶紧离开此地,到了有人家的地方再说。"

车夫听说有理,扬鞭啪的一声,遂又听他口中哦呵哦呵的,那两乘车就风驰电掣地疾驰而去了。

那天,日已衔山,到了一处很大的地方,商店人烟甚为热闹,拣了一只干净的客店,卸了车辆,将行李包袱搬下车来,有店中小二接待着,开了一间内外两间的房子。刘氏母女及丫鬟在里间住了,朱还在外间坐下歇息。刘氏这才告知丈夫,是女儿在车内用石子打着那强盗眼睛了。

朱还诧问道:"女儿何以有此本领?"

刘氏笑道:"我当时见她从怀中取出石子打那强盗时,我也以为是小孩子玩耍罢了。哪里知道,打出两颗石子,就死了两个强盗,我才惊异起来。问她时,还是复光丫头告诉我,说她两个人在山中,日日用石子打飞鸟和小些的兔鹿,都是拿那些禽兽的眼睛做鹄子的。"

朱还听说,亦甚欢喜,一时车夫也知道了,就宣传开了。店中人也知道了，过往客商也知道了，连阖地方上的人都大半知道了，都要来看看这个十一岁的姑娘有此本领，这客店大门都快要挤破了，到夜间方静了。

朱还等在这店内住了一宵，次日一到天明，收拾收拾，仍旧趱路。在路走了一月光景，一路倒也平安无事。

有一天，到了朱还的岳家，朱还的泰山是早年死了，他的岳母六十多岁，刘氏尚有一个兄弟，开设一爿药店，还是世代遗下来的买卖，也有两个儿子，一个八九岁，一个还在怀抱中，所幸店后房间尚多，当时就腾出三间，让朱还夫妇、母女们住下，阖家欢欢喜喜，唯有刘氏的母亲多年没有看见女儿，于今又添了一个聪明伶俐的外孙女儿，欢喜得比《红楼梦》中的贾母见了林黛玉还要快活。况且朱还也是有钱的人家，一切过日子的事件，均由自己拿出钱来用度，并不用打扰他家，不过住他家的几间房子而已。

朱还本是有学问之人，那些诸子百家均颇通晓，而于医学尤可称得是三折肱的妙手，于是就在他外家的药店门前，挂了一块牌子，上面写着几个字是："朱还浦儒医寓此"，朱还便天天坐在药店内，看看门诊，号金归他舅子，脉礼就补助自己的日用。晚间又课女读书，像他过这样的清静的日子，也就很适意了。无奈朱还是抱有大志愿的，怎么肯安安分分地守着妻孥，老于牖下呢？所以他常常流露出些郁郁不舒的态度。

一日，是朱还的五十岁生日，他的妻子刘氏、女儿扑满，因他时常不乐，打算在这一天设备筵席，请了几个亲友，陪他畅饮一天。无如那些亲友不是生意中人，便是些无高等知识的，哪里谈得融洽？勉勉强强应酬了半天，倒反弄得朱还左右不合式起来，倒是晚间，刘氏略备酒果，与丈夫、女儿闹了半宵，朱还也稍解胸怀的忧闷。朱还另有一种意思，他是以为自己年已半百，志愿未遂，人生几何，独力难展，要结合天下英雄，共图大事，岂是守在家中可能如愿的？他就与他妻子刘氏商量，要出外游学。刘氏原不愿意，无如朱还主意已定，过了几日，收了医寓的牌子，嘱咐妻子几句话，就出门游学去了。不言朱还游学地方，从此就无音信。

这边刘氏的母亲不久因病身亡，把丧事办完，药店本不是赚钱的生意，耗费不赀，犹勉强支持些日子，债务日逼，生生地把一个多年的祖业抛弃了。刘氏的兄弟也因忧劳成病，病了半年，又把些余钱用得干干净净，死的时候，还是刘氏典当凑补着，敷敷衍衍地就算完了。刘氏的弟妇年岁尚轻，见家计萧条，就带了子女另嫁人去了，剩下刘氏母女，带了复光丫头，针黹度日，也就渐有点儿为难起来。

一日，刘氏和女儿偶然在门口望望，也无非盼望远人，万一回来。只见那边来一道姑，至门前向刘氏笑道："夫人，这位姑娘聪明伶俐，可惜无红尘之福，何妨化与我做个徒弟？她父亲现在陆安山中。"

刘氏本不愿与这些三姑六婆说话的，因为听她说丈夫在陆安山中，也不知山在何处，就将道姑请进门来问道："陆安山在何处？师父说出来，我就将小女化与师父为徒弟。"

那道姑笑道："这陆安山，我是听见一位道人说的，那道人与尊夫在一块儿，夫人如要见尊夫之面，请答应了我这徒弟，我可以领夫人去见尊夫。"

刘氏闻言，心下踌躇道："这道姑说的话，也不知靠得住靠不住，且答应她下来再说。"

刘氏因念夫情切，当时就叫女儿扑满拜了道姑四拜，认为师父。

那道姑收了这个徒弟，欢喜非常，就对刘氏说道："夫人要见尊夫，可与扑满、复光都闭了眼睛，我不叫你站住，切勿睁开。"

当时，刘氏、扑满、复光都将眼睛紧闭，一任那道姑摆布。正是：

望穿秋水音犹杳，翻把双瞳不放开。

欲知刘氏究竟见着丈夫没有，且俟下回再说。

## 第十八回

### 叙离情山中欣缱绻
### 施妖法寺内弄玄虚

却说上回写到道姑叫刘氏大家闭了眼睛，带她们到陆安山中见她的丈夫朱还去，究竟见着没有，这回接叙。

刘氏与女儿扑满、复光丫头将眼睛紧闭，但听那道姑说了一声什么，也没有听得清楚，就觉身子起在空中，耳边风声呼呼价响，一时又觉脚底下边隔着数十丈，尚闻有波涛汹涌的声音，一时又觉飞过万树林梢，只听得下面风涛澎湃，历数时之久，久听道姑一声喝道："止！"就觉脚踏实地，便慢慢地试将眼睛微开，则已身在平地。

再将眼放开一看，方知是在一山中，眼前道姑、女儿俱已不见，只有复光丫头呆立在那里，半响惊定开口问刘氏道："奶奶，小姐哪里去了？那道姑呢？"

刘氏急得无法，便说道："这是什么地方，现在你小姐也不知哪里去了。道姑将我们带到这个地方，又不知是什么所在，这时上天无路，入地无门，怎么好呢？"

见那边有一石磴，就相依坐下歇息。但是此时已觉得饥渴难忍，见满山松树最多，一些小鸟在松树上啄食松子，有些落下来的。那时刘氏和复光均伏地捡拾松子，剥而食之，食之未多，已觉果腹。又见山间两岩中飞下一道泉水，下接以池，清洁可鉴，刘氏和复光俱伏在池边，以手掬饮，甘洌非凡，饮后心脏清凉，万虑澄澈，从此饥食松子，渴饮池水，渐觉身体轻健，步履不似从前艰难了。山中亦无鸷鸟猛兽，人迹罕至，晚间就找一个石洞藏身。居此数日，倒觉无忧无虑。

那一天，刘氏带了复光到处闲游，只觉幽静绝俗，二人攀藤附葛，到了一个山头，见那边迎面有一女子，肩荷药锄，手携提篮，走来见了二人，亦不为意，恍惚自家人一般。倒是刘氏心中惊异，山中并无人踪，此女又从何处来的？因走上前笑问道："这位姊姊，请问一声，此山叫什么山？姊姊在何处住？"

那女子冷冷地答道："我也不知道，我住的地就在这山内。"

刘氏又问道："此地离陆安山有多少路？"

女子笑笑答道："远呢，远呢！"

刘氏又接着道："我们是别处被人带到此地，带我们来的人又到别处去了。现在我们无处投奔，又不认得路，姊姊可否携带我们，或者指引我们一条明路？"

那女子又笑道："我不能携带你们。"说着，用手指刘氏背后道："那不是指引你们的人来了？"

刘氏回身，见有一个道人来了，再一回头，那女子已无踪影了。只见那道人步履如飞而过。刘氏心想："赶上道人，问讯一声。"转念："那道人行走迅速，如何赶得上？"哪知心里这样想，那脚步已跟上前去。

复光见刘氏前行，即亦不由自然地随后赶来。原来刘氏与复光这几日饥食松子，渴饮泉水，已经身轻脚健，虽履险如夷，然欲赶上道人，亦比登天还难。

赶了半日，道人转过山势弯环，就不见了。就石上歇息片时，又听得高处似有刀剑相击之声，又似有琴笛和调之声，抬头仰望，又不见有人，遂和复光商量道："你小姐与那道姑定还在此山中，我们再向前去，寻访寻访。"说着，就携了复光前行。

又见前面林边有一道人，背立在那里看瀑布。刘氏向前请问："道爷可看见有一道姑携一幼女否？"

那道人回过身来，刘氏一看，就是自己丈夫朱还。这一喜非同小可，连复光都觉得这些日子漂泊无依，今日才有着落。

当时刘氏忙问丈夫道："一别几年，何以音信全无，又来在这山中修道？若不是道姑相引，何由得见！"说着，泪随声坠。

朱还宽慰她道："我并没有修道，只同了几个同志在此练习剑术。昨日方由东海归来，不期与你会面于此间。"

刘氏拭泪道："此山是何名？"

朱还道："此山名叫陆安山。"

刘氏道："我们女儿，不知那道姑带到何处去了？"

朱还道："女儿颇有道器，云霞道姑带她回去教她剑术去了，将来她自有一段美满姻缘，你不必忧虑，自有见面之日。"

刘氏又道："这剑术我也可以学得会吗？"

朱还道："怎么学不会？只要心志坚定，天下没有做不到的事。譬如我初由家和你分别以后，原想访寻几个志同道合的人，共图大事，借着游学为名，到处云游，迄无所遇。后来还是遇着那年我们在路被劫时，救了我们的那个道人，原来他就是大名鼎鼎的艾道爷。我知他是当今抱有种族思想的大侠，具有无上的道术，遇着这样的人，比结识几百个豪杰还要强得百倍。当面我就不肯错过，求他接引，这也是我平素的志向所感动的，所谓有志竟成，他也愿意提携我。后来我就跟着他，走了好些地方，历尽风霜，备尝辛苦，又在这陆安山中。"

刘氏忙道："原来这地方就是陆安山呀！"

朱还又接着说道："你且听我说，我在这陆安山跟着艾道爷练习剑术，已有一年余了。艾道爷念我志坚心定，成就甚速，又同我到过台湾一次，和郑成功接洽，密商大计。我虽时时念及你和女儿，然方图大事，不得不将儿女私情暂时抛撇。还是艾道爷偶然念到，事有可图，时尚未至，不如趁此时多结几个道侣，因知我们的扑满根基颇好，可与进道，故又请云霞道姑将你们带到此间。女儿扑满已经云霞道姑携去，教以剑术去了。因你不免犹有尘心，所以独把你和复光留此山中，让你彻悟彻悟，再为接引。我是昨日方从琼崖归来的，你现在既然发此道心，自与云霞道姑有一段道缘，自有人来和你联络。女儿亦与你相见有日。我今已将前后之事告知你了，我还有事，不能在此久谈了。"说着，就要分手。

刘氏慌忙拦住道："你若去时，便将我带去，剩我和复光在此喂虎狼不成？"

朱还听了，便用手向那边一指道："你看那边不是有人来了吗？"

刘氏刚一转身看时，并无人影，回头看时，朱还已步履如飞，瞬息便不见踪影了。

当时刘氏心知断赶不上，即赶亦无益，这几日服食松子、清泉，心腑澄澈，全不似从前纷纷人欲纠缠不清了。也就与复光澄心一志地度这山中清寂的日子，不觉又过几日。

这一日，正和复光在山涧之时，捡拾松子充饥，抬头见前边巉岩之间，松柏尤古，阴被天日，幽静极了。因和复光说道："前面山岩更觉幽静，我们何不走上去看看？"

两人便携手牵藤，攀缘而上。上到半岩之间，忽飞出一道瀑布，溅得二人满身均湿。上至岩巅，拣了一块石头，二人坐着稍歇。见长松古柏当前，几不便路径。复前行数武，进入松林，又数十武，林尽路回，忽睹一洞，由洞口往里窥视，觉颇深邃，遂径入。行不数武，见洞内愈宽敞，石桌、石几，位置井然。再进一层洞，便见一道装女子，趺坐中间，闭目低眉，似已入定。刘氏不敢惊动，料知此女亦必仙侠之流，遂不觉盈盈拜伏于地。

那女子开目一视，复又闭合，也不问刘氏等的话。刘氏见是青年女子，因拜求她道："弟子误入深山，流连多日，尘心已尽，不愿出山。既逢吾师，愿拜求指示。"

女子略开目道："合与汝有缘，你道我是谁？我记得自从与猿公相遇，后入越国教了无数弟子，均散在人间，分宗别派，至汉唐尤盛。后来梁时有一外国人名叫达摩，入中国来，以佛法空寂，不易立教，遂以易筋经传授弟子，遂为少林宗派，此本拳术之祖。嗣后吾辈门中弟子，又习少林派兼尚技击，所以今世上称为习剑术者，都不是剑术正宗。汝既有此诚心，须将一切尘心泯灭净尽，久久习练，自然成功。若无恒心，那就难以成就了。"

刘氏、复光均答道："愿从吾师学道，绝无退志。"女子领之。

从此，刘氏、复光就在洞中修炼，直到后来方一出山，立些功德，这是后话不提。

于今要说艾道爷，自从救了朱还入山，又教以剑术，更请云霞道姑将刘氏及扑满、复光接出。云霞道姑便将扑满带回，授其剑术。那时清朝入关，不到百年，虽以政治手段压迫汉族遗民，但是当时民间一班明朝遗老，以及文字宣传者均归失败，一班大侠散在江湖，都是想遇着机会做事。又有一班妖人，煽惑无知妇女，创立邪教，其中以白莲教为最盛。

那时四川峨眉山中，有一峨眉道长，手下有弟子数千人，初以符水治病，久而久之，立坛传教，分遣徒党，到处煽布。他有十大弟子，均以真人为号，如冠以水、火、云、雷、风、霆、日、月、星、斗等，其中风、月二真人为女子。这十真人都背负着峨眉道长的命，前往各省传布邪教，收揽弟子为事，倘遇正人侠士，每每和他们作对。那些人虽说不过是邪教，但也有点儿妖术，若道德不充足的遇见他们，也要吃亏的。

有一天，风真人与云真人走到广西省一座乡镇，地名香柏庄，是商贾往来极繁盛的地方。离这庄数里，有一寺庙叫兜率寺，寺内香火原不大盛，只有一个道士和一个香火道。风、云二真人就在寺内住下，见寺内老道衣帽褴褛，香积厨清寂，便叫老道们向左近的人家布告，说本寺施舍符水治病。那些愚民知道什么？平时迷信最深,也有几家正有病人,又无钱医治的,便去拜求神药,时有效验,便一传十、十传百地轰动全庄。

不多几日,那一个兜率寺便人山人海地拥挤不开了。有几家有钱的人又拿出钱来,修庙的修庙,替神像装金,香火大盛。寺中后院,开辟出一所极大的厅事,可容百余男女。每逢庚申日子,这间厅事里,男女混杂,彻夜连宵,从此一百里内外男女,都有携儿带女、扶老抱幼地来来往往、络绎不绝。间或有两个怀疑观望,或议论纷歧的,不是叫他当时头疼发病,即是夜内发现鬼物,弄得人口家宅不宁。因此迷信者越益迷信,即不信者亦不敢妄加议论。

那时,清时官署虽亦对于此等惑邪妖众必加干涉,无如这地方相离官署甚远,掉一句文话,就是鞭长莫及了。

一天,风真人、云真人异想天开,要弄几个童男、童女服侍,他们这话一传出去,那些信奉的人竟有把自己儿女送到寺来,自己还以为荣耀的。哪知送到的那些小孩子们不过都是些蠢笨的,云真人便和风真人说道:"这几十个男女孩子都不中用,若是拿来练阴阳二气鸳鸯剑,全无功效,必须寻几个聪明伶俐的才好。"

风真人笑道:"这有何难,我们吩咐老道,叫他向各处探访,可如此如此,还怕有做不到的吗?"

云真人笑道:"还是你有主意。"

当时便将老道唤来,嘱咐一番。老道就遵命去了。

不多几日,那香柏庄上发现一种奇病,凡有男女孩子的人家,小孩子忽然都病,并且朝发夕死,医治不及。数日之间,有几十家均是如此,传染尤速。等到大家到寺里来求药,云真人即传言,须将病人送到寺中来,才好当面给药,于是纷纷地都将病孩儿亲送到来。云真人又一一地问其生年月日,给以符水,便其病若失。但是经符水治愈的,不几日就失其踪迹。那些愚民哪里知道什么?还到寺里来求神拜佛的,也有那些有钱的,还悬赏找寻,哪里还有影子呢?这也是一种劫运。哪知就因此生出事来。

再说朱还那天在陆安山中与他妻子刘氏、丫鬟复光相遇以后，他原来先由艾道爷告诉过的，已经知道刘氏她们另与越女有缘，将来纵不得成剑仙，亦可练成剑术的。并且将来夫妻、父女尚有相聚之日，所以割情忍爱，就匆匆分离，仍去度他的清静生活。

一日，艾道爷向朱还说道："凡修道之人，总应该在世间做点功德之事，汝剑术虽尚未臻极顶，然扶危济困，亦可施用。不过凡事谨慎，倘遇道士或女子，切记不可大意。"

朱还谨遵师命，身着道服，背负宝剑，手持蝇拂，飘然下了陆安山，一路信步行来。人见了他这样子，都以为吕洞宾到了，就有许多男男女女、老老少少、村村俏俏，围住他，不是请问休咎，就是请求治病，一时纷纷扰扰，无法摆脱。

朱还先倒也随便说几句劝善改过、趋吉避凶的话，敷敷衍衍地想打发这些人众散开。哪知越围越多，几几乎有风雨不透之势。他只得分开众人，径向空地里走去。哪知许多人尚不放他，依旧追将上来，急行急追，缓行缓追，渐渐大家跟着走出村外，到了一处庄院。朱还径走入来，众人方停在庄门以外。

庄内走出数个庄丁，问道："爷找谁的？"

朱还忙答道："我是路过此地，许多人围住我求医问卜，我一时应接不暇，只好借贵庄暂躲片时。候大家散了，再行上路，望贵庄方便方便。"

庄丁道："我们庄主平时倒喜欢招待人的，但是这几天因心中有事，恐怕不见得招待了。道爷请往别家去吧！"

朱还急道："你看门外许多人围观，还在那里乱哄哄的未散，我就在贵庄门内暂坐一坐何妨？请不必惊动贵庄主了。"

正在两下问答之时，哪知庄主在里面，忽听见庄外似有人声喊嚷，不由一惊，走了出来。刚到二门前，已将庄丁和朱还问答的话听了个明白，便走出来，将朱还邀进庄来。直到厅堂坐下，便问道："爷上下宝山在何处？来到敝地有何贵干？"

朱还当时心下是定了，听庄主之言，即便笑着答道："学生姓朱，单名一个还字，云南人氏，曾习儒业，后因弃儒学道，在陆安山中投师。今因云游路过宝庄，被许多人误认我为吕仙，求医问卜，包围不散。故径投宝庄，务求方便，候大家散去，依旧上路。"边说边看庄主。

庄主神情萧索，半晌方慢慢地答言道："道爷且请暂坐，天时已晚，不妨就在敝庄住宿，只有粗茶淡饭，不过不要见怪。老夫因家有病人，恕不奉陪。"

朱还忙问道："庄主何人有病？不妨对我说知，或可稍尽心力。"

那庄主闻言，转忧成喜地微露笑容道："道爷果能施救，那就是小儿之幸。"

当时便陪朱还请内堂来，只见许多妇女围着一榻哭，榻上卧一小儿，已经死去。众妇女见有人来，均各走入内室，只剩一四十余岁的妇人和几个仆妇、使女。庄主一见儿子已死，也不及顾朱还，走到榻边，抚尸痛哭。朱还亦走近榻前，用手摸着小儿的胸膛，尚有微温。因叫庄主不必伤心，令郎尚可救治。一时庄主和大家听了，均止了哭声。

朱还用手在小儿身上抚摸一遍，又将背上葫芦取下，倒出一丸赤色丹药，叫人速取开水，他便将丹丸放入小儿口内，灌以温水，又用手在小儿喉间一推，便听小儿腹内咕噜噜作响。须臾之间，小儿一翻身坐起来了。那庄主喜动颜色，一家人喜欢非常，群呼朱还为神仙。

庄主先将朱还请到厅堂，一边拜谢，一面命人备筵款待，不似先时那一种慢腾腾的样子了。席间，朱还又问起小儿得病原因。

原来这地方便是香柏庄，庄主姓钱，年已半百，只有这一个儿子，方十岁，得病已经一昼夜，因知兜率寺妖道厉害，不敢把儿子送去求药医治。朱还来时，尚未断气，不料和朱还说半天话，进内时见儿子已死，方在怨因朱还耽搁。今见儿子回生过来，病已若失，才把朱还奉若神仙。

　　当时钱庄主就将云真人、风真人兜率寺施治小儿病症,及各家遗失小儿之事,向朱还说了一遍。朱还一听,便怒不可遏,持有剑术,欲与妖道除法,以除一方之害。正是:

　　　　行云流水人难识,沧海桑田变态多。

　　要知朱还与风、云二真人如何斗法,且俟下回分解。

第十九回

# 朱浦怀寺内诛妖
# 林世佩山中得趣

却说朱还闻听钱庄主谈及兜率寺内妖道治病，以及失落小孩儿之事，因愤愤地说道："这还了得？若留这些妖人在世间，必为人民之害，我当为贵庄除去大害。"

钱庄主道："那妖道邪法厉害得很，足下切勿鲁莽。"

朱还笑道："我学道山中，精通剑术，设若几个妖人尚不能除，安能做得大事呢？庄主但请放心，万无一失的。"说到这里，便要起身。

钱庄主忙拦住说道："今日天气已晚，暂屈敝庄一宿，明日再说吧！"

朱还哪里按捺得住？因庄主坚挽不放，只得依旧坐下。钱庄主又进内堂看看儿子，知已吃了点儿东西，精神如旧，喜不自胜。因命庄丁打扫东厢一间净室，留朱还住宿。无何晚饭已备，庄主殷勤陪饮畅谈，直到酒阑灯灺，方道了安置，进内去了。

再说朱还一个人对灯独坐，心里暗想道："妖人煽惑愚民，贻害地方，不可不除。庄主留我在此，不放我去，无非怕一时不能将妖道杀除，转累他庄上受害。我不免趁夜间无人，飞出庄外，给他个不辞而别。即在今夜往那寺内，杀了妖人便了。"想罢，便将随带葫芦与剑扎束停当，又将包裹系好，吹灭了灯，将房门虚掩，走到院中，飞身蹿出墙外。哪知朱还虽知兜率寺就在庄外，可是没有打听方向，到了这时，他心想道："这兜率寺在何处呢？究竟还有多少路呀！这时天气正是下旬，夜间又无月光，黑暗暗的难辨道路，如何是好？且不要管他，但凡寺观，料有钟声或是经声，现时尚在二更天气，应该还不曾睡，且从这黑暗中，向有灯火、人声的地方寻去便了，或遇路上有人行走，尚可问讯。"刚刚想罢，似乎远远闻有犬吠之声，朱还就就顺着犬声走将前去。

约走一里之遥，似闻犬声中微微地还有哭声，朱还心中诧异道："像这样断不是庙宇了，且到跟前再看动静。"因即急急前行，行到跟前，略辨出一篱笆围墙，白木板扉虚掩着，隐约见院内三间茅草盖屋，犬声复作，朱还恐惊动屋内的人。那只犬已知门外有人，连蹿带跳地跑出门外，向朱还狂吠。朱还急用手一指，那犬一个翻身，死于就地。这时，屋内哭声还带着惨声求饶，哀哀欲绝。

朱还当即挨身入门，随手将门关掩，又潜移鹤步，走到纸窗前，就破处往里一望。见屋内油灯剔得明亮，一少妇仰卧床上，赤裸裸的一丝不挂，一女道士立在床前，用手在少妇腹上按摩，看那少妇硕腹便便，似怀孕的样子，虽口中呼救，身子却不能动，其相可惨。再看屋内地上，还卧着一个老妪，连哭带哼，身子却也不动。地上还搁着一个木盆，盛着一盆水，那女道士忽地抽出一把雪亮飞快、三寸长的匕首，正欲向少妇腹上刺去。在这个时候，那少妇生命只在呼吸之间，又好用着小说家旧套，"说时迟那时快"的六字真言了。闲话免谈。

当时朱还一见这样情形，急放飞剑，要想先将那女道士斩了，再救少妇。哪知那女道士亦很了得，她觉得脑后似有冷光飞到，急回身，口吐一道青光，将朱还飞来的那一道冷森森的白光接住，相持半时之久，白光渐渐被青光压得低了下去。那女道士知来人剑术甚低，她就弃了少妇，由那一道青光中将身形一晃，就飞出窗外。

朱还一见，哪敢怠慢？急忙掣出背上那把剑，趁着女道士落地尚未立定脚步之时，一剑砍去。那女道士也是惯家，不慌不忙，将手中的剑望上一迎，只听叮当、咔嚓两声，女道士手中宝剑分为两段。阅者看到这里，必疑惑剑分两段，怎么会有两声呢？你不知道，叮当的是剑碰剑的声音，咔嚓是剑断的声音，作者要不说明，岂不把阅者的疑团难解吗？说到这里，还要将朱还的剑的来由补叙出来。

原来朱还的这把剑，便是春秋时代，吴国专诸刺王僚的那把鱼肠剑，当那个时代，王僚外穿龙袍，内着唐猊铠甲，都能穿透钢铠，把王僚的胸膛凿一个大窟窿，何况这女道士一把寻常的剑，碰着鱼肠剑，哪有不断之理？闲言少叙。

朱还那年从艾道爷教练剑术之时，一日，在陆安山中习练纵跳飞行的功夫，忽见上岩现一石洞，心想："这山间一丘一壑，无不游览已遍，现在这一石洞，平时并未留意，怎生今日忽然发现？"好奇心胜，不管三七二十一，便走到洞口，望下一看，见还有石级数十层。拾级而下，行至尽处，又见石径弯环，曲折而入，黑魆魆的不见天日。行未数武，忽露天光，又有一石门虚掩。推门而入，其中空洞一无所有，步入其中，但觉脚底下石板似有活动，用力将石板掀开，便见内有一石匣，长仅二尺余，宽仅数寸，函封甚固。因将石匣取出，亦不甚重，遂抱出洞外，拾级而升。忽洞口一声响，洞门已闭，心异之。便将石匣抱回，遥见师父站立门外。

远远地，就听艾道爷笑道："此剑沉埋二千年，今日出世，合与汝有缘。"

朱还行近师前，深异师父何以预知。

艾道爷即命朱还将石匣置于一块青石上，用手向石匣函封处一抹，石匣豁然自开，一声响，把朱还吓了一跳。便见匣内有二尺余长的一柄剑，玉柄绿沙鱼皮鞘。艾道爷取出，将剑掣出鞘来，光闪溶溶，耀人眼目，不可通视。艾道爷遂教给朱还试舞一回，指以击刺砍挑，种种功夫，这便是当日朱还得剑，及艾道爷教给的来由。

再说那女道士见她的剑被鱼肠剑砍为两段，只剩柄头及半段剑执在手中，心中一慌，那剑术内功的飞剑青光就忽焉欲灭，白光遂又升起来了。女道士见非敌手，遂借着剑光遁去。

朱还收了剑光，重进屋内，用半丸丹药将老妪救醒起来，又叫老妪将那半丸丹药去救少妇，不提。

且说朱还依旧出了篱扉，亦不知向何方走去，顺着路，信步前行，不觉来到一处，林木参天，浓阴丛密。那时已在四更天气，半弦冷月，斜挂在林梢，略辨路径。暗道："今夜既不识路途，兜率寺妖人且让他多活一夜。但是我与钱庄主不别而行，又未便再回他庄内借宿，今夜只好在这林中坐以待旦了。"方欲走入林内，忽见由林中飞出两道剑光，一青一赤，直向朱还刺来。朱还忙用白光接住，两下光芒互有伸缩。

正在相持之际，由林内蹿出二人，一男一女，均是道装，均手执剑，向朱还刺来。朱还忙用剑相迎，二人均似已知朱还剑利，不敢迎架，各将剑抽回，另换一个双龙戏珠的架势，二人之剑向左右刺来。朱还忙使了一个大鹏展翅架势，以剑左右相格，两来一往，战够多时，难解难分。

论朱还的本领，实非两妖人敌手，只因朱还宝剑锋利无比，二人有所顾忌，所以朱还转能以一人抵敌二人。然朱还中年学剑，精力究竟不甚充实，二人正均在二十岁上下，双战朱还，毫不吃力。朱还虽仗有利剑，无如本领不济，气力稍弱，遂渐渐有退缩之势，三道剑光，白的亦低了下来。

朱还正当力尽筋疲之时，渐要支持不住，心中急道："今日怕要伤在二妖人之手。"急得汗流浃背，两臂酸疼，危急万分。忽从林外斜刺里飞来一道金光，将青、赤两道剑光刺灭。那两个男女妖道一见大惊，丢了朱还，逃入林中。

朱还见有人解了此围，遂坐在草地上歇息歇息。只见那边来了一人，见朱还坐在地上，过来问道："道爷可是姓朱？"

朱还忙起身答道："学生正是姓朱，足下何来？"

那人一笑道："在下林世佩，因奉了胜英侠士之命，往艾道爷处问候起居，艾道爷向我说道：'朱爷在此被妖道所困'，命我急急赶来解围。哪知刚走到离此不远，就见三道剑光，白的将要低缩下去，所以我便将剑光解了此围。可惜妖道逃走，究不知这两个妖道与朱爷怎生相遇，争斗起来的。"

朱还遂将治小儿、救孕妇，以及兜率寺男女二妖道邪教惑人等等的事情，向林世佩说了一遍。

世佩听了，因道："兜率寺就在这林的那边，不过里半路，我来时曾经路过此寺。"

朱还一听，欢喜不尽，因向林世佩道："承足下解救，感激无已。但是两个妖道断不可放过他们，以贻一方之害。足下能否助我一臂之力，除了这两个妖道呢？"

林世佩道："劝善惩恶，原是我辈应尽之务，我本无事，就同朱爷去去何妨。"

朱还大喜，便偕同林世佩向兜率寺前往。行不多时，来到了兜率寺前，朱、林二人飞身上墙，穿房越屋，到了后进，望见院落寂静，厅房高敞，厅房后进，又是一个院落，三五间精舍内，点着明亮的灯火。室内坐着男女两个道装的人，朱还认得就是先前和自己战斗的这两个妖人，在室内饮酒说话。

听那女道士笑道："那人正要为我们败下去，不知哪里飞到那一道金光，料是深通剑术之人。我们遁回寺来，还不知那人会寻来此地否？"

那男道士道："风妹何须在意？那人如果来时，待我用法宝将他擒住，剜心下酒。"

女道士又愤愤地道："我只恨那孕妇功败垂成，倘捉住那人，定要把他碎尸万段，方解我恨。"

屋内方说到这里，便听东耳门一响，朱、林二人赶即一转身，飞过屋脊，往下观瞧。就见一香火道手捧方盘，内放热腾腾的鸡鱼鸭肉四碗，端进室内。便听室内女子声音吩咐道："你就在院外来回巡察，倘见有人进院，即速喊叫一声。"

又听那老道诺诺连声地答应，便见那香火老道手拿着空盘出来，出东耳门去。不一时，那老道又复提了灯笼进来，忽地一抬头，见有一条黑影，刚一喊道："有……"那下一个贼字还没有出口，就被林世佩用手一指，一道金光刺来，半个脑袋割去，倒在当地。

室内闻有喊声未终，又听扑通一声，那是个尸身栽倒，接着便见室内嗖嗖两道剑光先射出来，随见那男女两妖人飞身蹿出屋外，四道剑光在半空中争耀，四柄宝剑各各战斗起来。

那云真人一个不留意，被朱还一剑将他的剑削为两截。云真人手执断剑，吃了一惊，跳出圈外，急将身上系腰绦解下，抛掷空中。那条绦子便直向朱还奔来，又被朱还一剑划为两段，落下尘埃。云真人见法宝为朱还破了，复将葫芦盖掀开，口中念念有词，一道黑烟从葫芦口内喷出，腥臭难闻。朱还一阵头晕，栽倒在地，不知人事了。

此时风真人正与林世佩动手，风真人原不是林世佩对手，渐渐有些抵敌不住，不由得娇喘吁吁，香汗淋漓，虚晃一剑，回身就走。林世佩哪里肯舍？便飞步追将前去。风真人一切见林世佩追至切近，急从底衣内拿出一件东西来，原来是一块红巾，回身向林世佩一抖，林世佩便一阵昏迷，身不由己，一头栽倒。那风真人赶近一步，顺势将林世佩抱入怀中，径向就近一座山头飞身上去。飞至山顶，将世佩放在一块石上。

那世佩尚在昏迷不醒，风真人怕他醒来不肯服从她，便将束腰带解下，把世佩的手脚捆了个结实，又将世佩着实瞅了几眼，见世佩尚在三十余岁，相貌端庄，不似云真人的那一嘴绕腮胡须恶劣的样子，于是在怀中取出一个小葫芦，倒出一些淡红色的药末子，山上一时又无处去取水，只好先将药末放在世佩口内，她随就俯在世佩身上，用自己口内的香津，便口对口将药灌送下咽。她抬起身坐在一旁，等候世佩苏醒。

待了一会儿，便听世佩肚内作响，一睁眼欲坐起来，不想手脚均被捆住，身不由自主。见身边坐着一个妖里妖气的女道，便是和自己争斗的那个女道士，心内沉吟，迷迷糊糊地恍惚做了一梦似的，他便依然瞑目待死。

风真人见世佩醒转，她便笑推世佩道："你且醒醒，我有话和你说。"

世佩睁眼，望见女妖道并无害他的意思，便问道："你既将我擒住，不必多言，待死而已。"

风真人笑道："你这人好没良心，我将你救到山来，又用药将你灌救醒来，我如有害你之心，早就将你杀了。现在山上除了你我，别无一人，你若从了我，我们便成为夫妇；你若不从我，便把你杀了。"

世佩闻言骂道："你这妖妇，太不要脸！我既被擒，该杀该斩，听你的便。若想我从你，那断不能的。"

风真人见世佩倔强，她又施展种种媚术，挨近世佩身子，用手将世佩浑身按摩遍。世佩只觉一阵香气透入鼻观，软绵绵地不能自持，一颗心顿时便荡漾起来。风真人见他这样情形，嫣然一笑，便倒在世佩身上，用粉颊香腮靠定世佩，吻了一下。边吻边把世佩的手脚解开，搂抱着，便想把此石当作三生之石，此山当作十二巫山。

像这样的妖妇，作者本想把她的淫贱丑态描写她一个淋漓尽致，转思与风俗有关，不如不说她为妙。

当时林世佩先因手脚被缚，身不自由，又被那妖妇媚态所惑，几致失其刚正之气。现在手脚松放，精气神恢复过来，力自矜持，腾出手来，将那妖妇双手擒住，一翻身，将妖妇扑翻在地，立起身来，一脚踏定，随将妖妇缚自己的腰带将妖妇紧紧缚定。见左边有宝剑一口，必是妖妇之物，顺手拿来，向妖妇刺去。那妖妇到了此时，她只有瞑目待死而已，一剑把妖妇胸腹划开，鲜血满地而死，这也是那风真人淫贱的结果。

林世佩仍提了那把剑，走下山来，向山涧中洗涮一会儿，因自己的剑不知抛在何处，姑将她这剑暂且一用。

走了多时，寻不着旧路，因为世佩是昏迷时被风真人擒上山来的，所以到此时不知向何处走好。且又不知朱还死生下落，哪知此山即在兜率寺相离不远，因世佩下山时，不是原路，走在山的那一面去了，所以与兜率寺转隔了一山了。走了半日，方遇着一人问问道途，知道已与茅山相近。世佩此时又饥又渴，又缺乏用度，原是他的包裹尚系在兜率寺树上。暗想："无法折回去寻包裹与剑，并探视朱还下落，只好施展开步法，回转茅山，再慢慢地打听朱还消息便了。"

再说朱还被云真人的葫芦里黑烟制倒，当时云真人走至朱还身边，也不去杀他，也不去理他，只将那一口宝剑拾到手中，一边暗想道："他这口剑如何怎样锋利，确是一口神剑，怪不得能将我自己的剑都砍断了。我如今就借他这口剑一用了。"这时，又见风真人败出寺去了，那一个人追了下去，"风真人恐怕不是那人的对手，我不免用这剑去救风真人。"回想："风真人本有迷魂帕，十分厉害，料她是假意诱敌，以便施展法术。我且先把这人杀了，再去寻找风真人不迟。"想罢，便将那柄鱼肠剑拿在手中，对准朱不咽喉砍下。只听得咔嚓一声，正是：

刚在林中逢剑侣，又从寺内遇云真。

欲知朱还性命如何，且俟下回分解。

第二十回

## 净慈寺偶结香火缘
## 杭州城大兴文字狱

却说前回书说到，云真人刚执剑要砍朱还，只听咔嚓一声，哪知朱还并没有死，那妖道云真人已身首异处了。

原来艾道爷从打发林世佩救朱还去后，就知道世佩此去，虽救得朱还，世佩自己还恐难保，虽能脱险，然朱还二次遇险，便非世佩所能解救了，因亦随后下山。那兜率寺内的事，艾道爷早就知道的，预先算定时刻，恰恰在云真人要杀朱还的时候赶到。何以咔嚓一声呢？

那是艾道爷到寺的时候，刚在云真人用剑砍下，道爷原不欲用飞剑斩他，只用拳术击空的手段。云真人当不住，便往后倒，他颈项间本有护颈的软玉套圈，因为身往后仰，倒得飞快，手中的鱼肠剑又锋利无比，顺着手向颈上一横，软玉划开，咽喉气断，所以听得咔嚓之声，便是剑击玉碎之声。

当时云真人死于就地，且不管他，艾道爷过来将朱还浑身一阵揉搓，朱还便苏醒转来，又给他一粒极小的丹药，命其咽下，一时身体舒适，精神恢复，且觉比平时还要健旺得多，一翻身起来，朝着艾道爷拜谢活命之恩。艾道爷将他扶起，命他在寺内搜检一番，搜到最后一层，关着小孩子无数，均是云真人用邪术摄来的。又搜到神龛内还有一老道士蜷伏，索索地抖个不住。朱还叫他出来，带到艾道爷面前，艾道爷吩咐他将那些小孩子送往各家去了。

艾道爷将寺内料理清楚，便吩咐朱还："随着我云游去。"

朱还答应了，仍将鱼肠剑背起，跟着师父出了寺门，信步往前行走。在艾道爷心里，原有一定的去向。朱还在心里暗想："不知师父葫芦中卖的什么药？"师徒一路行走，途中也没有什么事迹可说。

一日，行至浙江杭州府，杭州在宋朝高宗时代建过都的，古称临安，又有西湖名胜，唐时白居易、宋时苏轼，均做过杭州的知府，古时知府唤作刺史，白、苏二位名人先后在湖上造成一道长堤，界在湖中，满堤均栽垂柳，游人过此，心畅神怡。湖上风景，三尺童子，均能言之，既不属本书范围，就不必去浪费笔墨了。今且将湖中景搁下，先说景中人要紧。

再说艾道爷和朱还到了杭州，师徒二人在西湖游了几天。净慈寺有个雪洁禅师，当时都称他为雪禅，诗画琴棋，均有宿慧。上至公侯学生，下至布衣之人，无不结交，这雪禅亦素知艾道爷之名。有一天，艾道爷游至净慈寺，偶然会着雪禅，彼此倾慕，雪禅因留艾道爷师徒在寺下榻。谈诗说剑，相见恨晚。雪禅每求艾道爷教他剑术，艾道爷总是推诿，雪禅越是殷殷勤勤地相待。

你道这雪禅究竟是何出身？待我补叙他一番。

雪禅原是前明宗室之胄，宗室当明亡之时，便携其妻子隐于山中，那时雪禅尚未出世。宗室在顺治年间死于山中，那时雪禅年方三岁，母亦相继殁。宗室只有一方外之友，叫作般若。三岁之孩儿养于禅院，后取法名雪洁，到了六七岁时，便通经典，兼习词翰书画，无一不精，十余岁遍历名山大都，士大夫无不倒屣相迎。今来主持净慈，已十有余年矣。雪禅文事之余，兼喜武事，故时向艾道爷请求学剑。

雪禅有一文字之友，钱塘人，姓钱名若虚，为吴越王后裔。时至净慈寺来，来辄流连数日不去，年才二九，中馈犹应，胸怀大志，不愿为官，所以读书不应试也。因常来寺中，故艾道爷亦重其为人。

钱若虚之父，为前明遗民，隐其名字，人人都以钱遗民称之，年近半百，但以作诗写字，时时消遣，其所作的诗，又喜讥讽时事。他的夫人本也是名门闺秀，深通文墨，她见丈夫既不求官于朝，又不栖隐于山，在这个不朝不野的明圣湖边，又常常舞文弄墨，她为丈夫时时悬心，也曾劝过，无奈钱遗民终不肯改悔，一味纵情诗酒，肆意笑骂。因此就不免与当世士大夫有些不相容纳了。

那时，钱塘县知县是一个进士出身，为人鄙吝，与这位钱遗民原是通家的交情，生有一女，貌不甚好，这钱塘知县夫妇均爱如掌上明珠。因与钱家时常往来，这知县本有一点儿私心，要想把女儿配与若虚。遗民因知县为人品行不好，所以每每当那知县提到儿女之事，遗民便推三诿四地不允。知县恼羞成怒，虽然面子上和遗民虚与周旋，可是一片私心早在那里想，遇着机会，就给他一点儿厉害，不怕遗民不乖乖地双手将爱子托出。

一日，知县无事，走去请遗民游湖，遗民那天正值高兴，就喜滋滋地和知县两亭轿子，同出涌金门，来到湖边。早有知县先命人预备下的游船，二人下轿上船，知县命将船开到三潭印月。那三潭印月是西湖十景内的一景，是康熙帝南巡时所题的，知县等游船驶到三潭印月的时候，这三潭印月只有孤亭一所，水面上露出三个云形的东西，若到月望的时候，圆圆的月光照着盈盈的水，自然觉得清幽雅致，若是日间，实没有什么趣味。那时彭宫保又还没有出世，连一座退省庵和卍字亭都没有盖得起来，你想有何游兴呢？

知县本是热衷的人，到此清静地方，只觉无趣儿，因向钱遗民道："我们吩咐将船开往闹忙点儿的地方去，好不好？"

遗民也无可无不可地点点头，刚把这只船抹过来，忽然天上浓云密布，落叶纷飞，风雨欲作。船人说："天将有狂风暴雨来了，不如把船开回涌金门去。"

知县也无法，只得依他。一时船回到涌金门，轿子已经在此候接，遗民因向知县笑道："今日乘兴而来，真正辜负盛意，不如枉顾寒舍，不过只有粗肴，未免简亵不恭了。"知县即亦欣然允诺，二人遂上轿向钱家而来。

遗民将知县陪入书房，随命家人预备酒筵。知县忙笑阻道："我辈雅人深致，不在乎酒绿灯红，方为尽兴。依我看来，你不必客气，我们何妨便学那寒夜客来的清兴如何呢？"

遗民笑道："寒家虽贫，纵无兼味，亦尚可谋诸妇，以旧醅待客。"因各大笑，两人便浅吟低酌起来。

遗民有几杯酒吃下肚，就不知不觉地狂谈漫骂，对于时事，还有许多的指摘，又拿出自己诗稿给知县看。

知县翻了一遍，故作出不经意的样子，因向遗民笑道："佳作甚为佩服，我想带回衙署，公余之时，细细读之，或再拟和数章，呈奉斧削。"

遗民亦只得答应了。酒饮至夜半，始各兴尽。知县便将诗稿置之袖中，坐轿回衙去了。

不多几日，钱遗民和夫人赵氏、儿子若虚正在闲叙家常，忽听门外人声鼎沸，方欲唤家人来问，只见一个老管家钱福喘吁吁走进来说："本县正堂和城守太爷均在厅上，请老爷说话。"

遗民不知因何知县与城守同至其家，心中疑惑不定。赵氏与若虚亦惊惶起来，遗民转用言语安慰妻子，便整一整衣帽，缓步走出厅来。那城守是认不得的，就是知县平时极其相好，今日那一种冷冷的样子。

厅院中已黑压压站满了一院子人，一见遗民出来，均摩拳擦掌地，似乎只待知县、城守吩咐一句，就好动手拿人的样子。遗民当时见了知县，刚说得一句："老兄带人来到敝舍，老夫既不犯王法，又不欠钱粮，敢问何故？"

知县、城守均答道："我等是奉令带人到贵府，请老先生一行，谅非无故。"说着，命手下兵役进来带人。

兵役们一声答应，手镣脚铐唰啦一声，便把钱遗民老先生装扮起来了。遗民还在那里说道："如此布置，老夫又没有犯叛逆这罪，何以非礼相加？"

知县冷笑道："你自己知道，怎么不是灭门之罪？"

遂命兵役向内宅去锁拿家属，又吩咐："案子尚未定谳，除本犯罪人应该严行拘拿外，其妻子不得以非礼的行为加之。其箱件什物暂且封锁房内，本县自有处置。"

一时将赵氏、若虚均不加刑，只用绳将所有仆妇、使女拴一大群，所有空屋一所，及箱橱家具粗细什物等件，由知县派亲信之人督同兵役严密看守，一行人众先押到钱塘县衙门。知县命人将赵氏请到上房，由太太接待。若虚命幕中老夫子监视，一班男女仆役均暂押班房，吩咐已毕，便命城守带同兵官押着钱遗民，直向巡抚使者衙门而去。到了巡抚衙门，先将犯罪人安置妥当，叫兵役等看守。知县独自向内签押房见巡抚去。

阅书的到此，又要寻出作书的破绽了，前清以九品十八级定官制，就是从一品至九品，无一品不分正从，巡抚兼兵部侍郎衔品为正二，知县仅七品官耳，相差六级，照例知县来见巡抚，须在大堂暖阁以外，西廊底下那一排房屋叫作官厅，在官厅等候，先将手板递到号房，又由号房递给巡捕老爷，再由巡捕老爷上去回明了巡抚大人。有事的当时传见，如果是初一十五来请安的，那就不知要等到什么时候了。那钱塘知县何以就一直走向签押房去呢？这不是破绽吗？

你不知道，那时这个巡抚也是旗人官，名乌整，一个大字不认得，年纪又轻，他的太太又是宗室之女，娇贵无匹，不知那个钱塘知县怎么样地手段通天，把一位巡抚大人巴结好了，非常倚重他，无事还要传来谈谈闲话，县太太又拜巡抚太太做了干娘，从此那钱塘知县又变作巡抚大人的干女婿了，又多这一层亲戚。这回钱遗民的事，全是那知县在巡抚那里鼓动出来的，他两个人已经筹商过几个日夜了，所以这事由得知县摆布。既有以上种种原因，所以那知县直向巡抚签押说话,也非一次了。闲话休提,言归正传。

钱塘知县走到签押房以外,就有许多很漂亮的跟班的,一见知县进来,赶紧替他打起签押房的门帘,护他进去。知县进房,笑着弓腰曲背地请下安去,巡抚笑笑让座问话,知县便将钱遗民拿到的事面禀一番。巡抚便命人去请藩、臬两司,暨道府以下,均即刻齐集抚院,会审要犯。不一刻,均已到齐,大开暖阁门,乌大人龙行虎步地走到暖阁,坐上虎皮太师椅,面前大公案桌上,摆设锡质的签筒笔架、朱墨锡的双砚,桌案前面还系着大红缎子绿沿的长桌围,案上铺的红布。

当时巡抚升了座,由藩台、领班下至道台,均向上面一躬到地,议之参堂。知府以下,便是半跪一条右腿式的请安了。一切仪式都行过了,巡抚乌大人提起朱笔在点名单上一点,站在桌案边的书吏喊了一声带钱遗民,一迭连声地传呼下去,一霎时,带上钱遗民,镣铐银铛地跪在堂上,照例先问几句姓名、年岁等等的话。巡抚大人就同宣布罪状似的,正颜厉色地说道:"钱遗民毁谤圣朝,其心叵测,本部院应行请旨,钱遗民先行监押,其妻子、家人等,着钱塘县知县分别看管,候旨意定夺。"言罢,回身退堂。

大众兵役又吆喝了一声,各官均各自回衙理事去了。当时只有一个钱塘知县跟了巡抚进了后堂,来到签押房,又侧着身子,半个屁股坐着椅上,向巡抚嘀咕了几句。巡抚笑着又吩咐了几句话,那知县依旧侧身而退,回到县衙门里处置事情去了。

作书的说到这里,又要打一个岔。钱遗民究竟犯的是什么罪?有什么犯罪的证据?于今须腾出笔来叙述几句。

原来钱遗民犯罪事实就在他那一本诗稿上,那一天知县在钱家饮酒夜谈,他拿出诗稿来就正,知县见他的诗句很有几句与时局有关的,足可以文字兴成大狱,只要把钱遗民问成逆罪,不怕他妻子赵氏不应承这一门姻事。他诗稿有两句诗咏晒书的是"清风不识字,何故乱翻书。"咏牡丹的诗有一句"异种也称王"。那时康熙正在编撰康熙字典，清朝本是胡虏非汉族，这两句诗岂不是毁谤圣朝吗？他便托词将诗稿拿回，次日即向巡抚说了。巡抚听了说："那还了得！"遂有捕拿之命。现在已经出奏去了，旨意一到，就要把钱遗民就地正法了。

再说知县自抚院回到自己衙门，就进了二堂，将一切的事向他那位县太太说了。又嘱咐他太太把话去打动赵氏，要趁这时候，使她将姻事应承，以后她家的事，就完全担任下来。

那知县太太向赵氏一提此话，赵氏回答她道："两家原是通家，这回事又承格外关照，使我母子不受铁窗风味，转安然住在贵衙，贤夫妇更相待甚厚。但是外子在监中，还求吩咐一声，使不至受苦，就是罪案如何可以平反呢，也要求极力回护，倘获生还，图报有日。至于儿女婚事，原不必忙在一时，且俟家难已了，定能如命的。"

赵氏一番话，说得委屈尽情。知县得知以后，也一时未便催促。

过了一日，知县又以保护钱家眷属，并其家产为名，业将钱家所有物件，另存放于一所极严密的地方，以后他便神不知鬼不觉地将一些物件处分了，此是后话。

再说西湖净慈寺，主僧雪禅将艾道爷师徒留在寺内，殷勤款待。艾道爷亦不言去。有一日，雪禅坐在方丈和艾道爷师徒间闲谈，忽然想起钱若虚来，从前净慈寺内，钱若虚隔不了三天不到的，近已有十多日不来了。雪禅还疑惑他是有病，就要叫人进城去看他。艾道爷坐在一旁，笑而不言。

雪禅更加疑惑，因向艾道爷问道："莫不是若虚的近状，道兄有些知道？请你对我说说，以解疑团。"

艾道爷道德甚深，凡事均能预知。钱若虚家出了这场大祸，由那天他初与若虚见面时，就见他面带晦气，便知有异。今见雪禅问他，便叹一口气道："目下人心，还有什么真是真非？无非都是一点儿私心，便把几个书呆子送到断头台上。好在若虚现尚平安。"

雪禅听艾道爷说这一番话，格外着急道："究竟若虚有什么危险，谅道兄道德高深，必能前知。不佞根浅学短，愚昧性成，尚求指示，再设法营救若虚便了。"

艾道爷遂将钱家之事说了。雪禅还不大相信，又派妥当之人向城中打听，回来报告，与艾道爷说的一字不差。这么一来，雪禅更把这位艾道爷奉若神明了，因请教有无营救钱家之法。

艾道爷说道："我不说过了，若虚断无事，且将来与我这小徒尚有一重亲戚关系，钱遗民先生恐难挽回了。"

雪禅又恳求艾道爷一番，艾道爷也就答应了。

一面再说赵氏与钱若虚住在知县衙门，渐渐不似先前优待，另叫他母子住在后花园，与园丁眷属一块儿度活，饮食虽给，只不过粗粝。赵氏经此危难，又念夫情切，哪知钱遗民在这时候已经奉到旨意正法了。

一日夜间，赵氏正和儿子若虚念叨丈夫，又不知外间消息，园丁之妻悯其孤苦，亦时时给点儿食用救济他母子，就便将遗民已死消息告诉了赵氏。他母子闻听，均痛哭不已。赵氏从此病日加甚，若虚虽侍奉衣不解带，无奈又无钱调护，赵氏日渐危笃，弥留之际，执其子之手哭道："我已要随汝父于地下了，汝须切记为父报仇。"言毕，便气绝。

园丁只得报告，知县命用薄薄棺殓抬埋就算了事。若虚又被拘押不得送葬，只好托园丁记其地点，园丁怜其孝，即以小石记其葬处，书以"钱遗民之妻赵氏墓"。若虚仍拘禁园中，自伤身世而已。正是：

不共戴天仇似海，无用武地命如丝。

欲知后事如何，且俟下回分解。

第二十一回

## 艾道爷钱塘救遗孤
## 康熙帝海疆收隐侠

却说钱若虚被禁园中,父母深冤不能就报,日夜只有以泪洗面。

那钱塘知县得钱家这份家产,方在乐不可支,康熙批折回来,传旨嘉奖那个巡抚。钱塘知县坐升杭州知府,这一来,那知县可谓名利双收,便急急预备交代,再赴知府新任。

这个当儿,忽然杭州城内出了一桩惊人诧事。一天晚上,钱塘县衙门,知县与太太、小姐一夜被人杀了,将三颗人头挂在巡抚上房的房檐上。巡抚和太太卧室内,在桌子上插了一把锋利的匕首,还压着一张柬帖,帖上狂书十余个草字道:

钱塘县卖友求荣,与汝有关,业将他处死,以为汝戒。

就在那一夜,县衙门后园内,钱若虚亦不知去向。

次日侵晨,巡抚起来一看,桌上明晃晃插一匕首,就吓了一跳。再看柬帖,出了一身冷汗,随将柬帖收起。巡抚的太太闻巡抚惊诧,方起来欲问其所以,忽又跑进来几个使女,结结巴巴、抖抖战战地说道:"房……房……房檐……檐上挂……挂着三……三……三……三个人……人头……"一时全署碌乱起来。还是巡抚有镇定,喝退仆婢,传谕阖城文武官员齐集,一面命差官持令箭调兵搜查,将各城门关闭，无论何等人，非奉本部院令箭不得出城。

一时各官全到抚院会齐，会议结果，由巡抚单衔出奏，无意中在奏折上叙了一句插刀留柬的话。

康熙批折回来，要那匕首和柬帖，巡抚只得将刀柬函封复派戈什哈背折驿递进京。康熙是何等厉害，居然看出柬帖上的语意及匕首上的记号，知道这插刀留柬之人的本领，当即有上谕下来，浙江巡抚乌整革职，另放一个大臣前去接任。这大臣陛见请训的时候，康熙又予他一张画，叫他按图索骥。这大臣便恭聆圣训，出京赴任去了。此是后话。

于今再说西湖净慈寺主僧雪禅，日日催着艾道爷救钱若虚。艾道爷总是答应，总不见他前去施救。

一日，雪禅又向艾道爷说道："钱遗民既已正法，钱夫人又病故了，只剩一钱若虚禁锢县衙，恐怕日久变多，那个狗知县还要寻他的晦气呢！道兄如肯发慈悲，务求火速下手。"

朱还看了艾道爷那一种偃蹇的样子，也不由得代他急起来，也跟着和尚催促。艾道爷还是那副一本正经的面孔说道："善有善报，恶有恶报，莫说无报，时刻未到。钱家若是尚有善根，剩此一子，绝不会就死，使他若敖鬼馁。即那知县若是果然不好，当然也有报应的。"

艾道爷只顾一边说那些风凉的话儿，一边真个把那个雪禅和他那位高徒朱还都急得白瞪着四只眼睛望着他。雪禅心里暗暗想道："看老艾这种样子，恐怕也不是有真本领的人。我城内所认识的人都是名公巨绅，我何妨今天就往城里走一遭，亲托他们担保一下，只要保得若虚出来，哪怕我雪禅就破费几个钱，也不算什么事。若不是先仗有老艾，我不早就替若虚运动了吗？唉！这都是老艾耽搁的。"想到这里，即刻坐轿进城。

按说雪禅素日和那些大人先生们确实交情不错，断没有请托不行的，无奈这桩案情重大，大家有和钱遗民有亲谊交谊的，早已都避之唯恐不及，哪里还敢多事？因此雪禅此行，全归失败，无精打采地而回。

他回来的时候，见艾道爷和朱还仍在他方丈里下棋，艾道爷也没有睬他。朱还问他一声，雪禅便长叹一声道："人情更比秋云薄，我雪禅与钱若虚交情也算尽到了。"说着，仍眼望望艾道爷。艾道爷只是低着头下棋。

又过了一天，雪禅方与艾道爷在方丈里下棋，朱还坐在一旁观局，都静悄悄地，但闻子声丁相，忽然雪禅一回头，见那个知客师站在那里，他见雪禅回过头来，便凑近一步低声说道："城内昨天夜里出了祸事，听说抚台衙门里杀了三个人，钱塘县里也跑了犯人。现在抚台调兵把守，城门至今还没有开。"

艾道爷还是低头下棋。朱还、雪禅全惊异起来。雪禅叫那知客师等城门开了，叫人打听打听实在，不知逃跑的犯人里有钱少爷没有。知客师答应去了。

这里雪禅也无心下棋，匆匆一局，就算输给艾道爷了。大家散坐清谈，议论此事。艾道爷终是默坐无言，直到天晚，才打听明白，钱塘县知县同太太、小姐全被人杀死。钱若虚不知去向。

雪禅因又疑惑道："杀仇遁迹的事，岂是文弱书生所能为？又听说抚台衙门内还有寄柬留刀的事，照此看来，又像是侠客所为，这侠客的本领也就不是寻常之辈了。"

不由得又望一望艾道爷，见他还是在那里默默无言地坐着。雪禅忍不住又问了一声道："艾道兄，你是湖海有道之士，现在杭州城内这桩惊天动地的事，以道兄看来，钱若虚究竟如何下落？"

艾道爷方慢慢地答道："将来总有下落，我在此打扰多日了，还有些要事，明日要和你别过了。"

雪禅还不舍得放他，再三挽留多住几天，无奈艾道爷立意要行。

到了次日，艾道爷携同徒弟朱还，与雪禅告别，飘然而去。

自艾道爷离了净慈寺以后，就有几个捕役到寺内来，因为钱若虚素日与雪禅时有往来，雪禅又因若虚托过人，而且寺内新住两个道人，均不能不惹人注意。那些捕役都是吃什么的，日以借事生端敲诈人财为事，一得此种消息，哪里还肯错过？况且雪禅名声又大，净慈寺庙产丰足，那些捕役自然以为是一个生财大道。

那天来到寺内搜查一回，也没有什么形迹，虽然如此，也索诈了和尚们几个钱财。雪禅还恐他们继续再来，幸亏杭城有名的大人物相熟甚多，大家知道了，便帮雪禅将这一场风波平风静浪地息了。又替他请了仁和县的告示，贴在净慈寺山门外，无非说佛门清净之地，雪禅有道之僧，一切闲杂人等，不准在此滋事等等的话语。从此，净慈寺依旧安堵如常，雪禅僧又以诗画骗人了。

这雪禅原也是有根基之人，朱明皇胄，因在势利场中，尘俗渝染，失了本来。艾道爷法眼早知其将来也可以引为同道，所以想来接引他早离尘海，因自己大闹杭州城后，恐累及雪禅，所以预知有捕役滋扰，故先行和雪禅别过了。雪禅一边，暂且不提。

原来那一夜，杭州城内杀县官、救若虚、抚院挂头、留刀寄柬，来去无踪，神鬼莫测，一场惊天动地的事实，艾道爷只是不动声色地做过了，不但雪禅不知，便是朱还终日和艾道爷在一处坐一处宿，都不知这事是艾道爷所做的，这也可见得艾道爷的道术高深了。作者对于此一段笔墨，纯用虚写，便是用的烘云托月之法，既省了作者的笔墨，又省了阅者的目力，而一桩顶热闹极奇异的影像，依然跃跃纸上，历历如绘，只是把一个雪禅僧关在鼓里了，不知几时才能明白过来。

闲话不提，再说艾道爷同了徒弟朱还，从那一天在净慈寺和雪禅分别之后，行在路上，朱还方问起杭州之事。艾道爷亦与朱还将那一夜所做的事说了。

朱还又问道："钱若虚现在究竟安置何处？"

艾道爷道："已将他带到陆安山中去了。"

朱还听了，不由心下暗思："半夜工夫，来往城寺之间，还行了多少事，又将钱若虚安置山中，不下千里往还，行所无事。若非道术高深，哪能如此神速？"心中方在思想，便听艾道爷吩咐他道："汝今可先回山中，钱生可先由汝教练他些剑术，汝就在山中修炼，汝二人不可他往。我尚有些别事，不久亦便前来视汝，汝就此去吧！"

朱还闻言，尚有不忍暂别之意，艾道爷又催促他，师徒二人就此分手。

朱还回至山中，与钱若虚相见，各叙以往。钱若虚问起艾道爷，朱还将艾道爷路所嘱的话说了。

朱还又问起杭州怎生脱的险，钱若虚很惊异地道："说也奇怪，小生那晚正在忧愁，不知何日始能脱此牢笼。忽然房门一闪，那时天气又无月光，房内又无灯火，便见光射入来，一人在光中随着进门，拉着我就走。出到外边，便叫我闭上眼睛不要害怕，我刚一闭眼，好像身已离地，一霎耳畔风声呼呼地作响。我虽觉得害怕，但是知道那人确不会害我的。不到一刻工夫，又觉身已落地，便听有人叫我睁开眼来，就在此山中了。我还未及拜谢，他就叫我在此住下，说他去寻一个做伴的来，便见他一转眼就不见了。我在此间孤寂万分，幸亏山中粮米俱全，得以充饥，山中生活，颇觉自适，但是一想到父母深仇，心中如割，这几日甚觉无聊。今日先生到来，又得知那知县阖家被侠士杀了，但恨我未得亲割其肉，祭我父母之灵。"

朱还又将艾道爷叫他教练若虚剑术的话告知了。钱若虚听了，不胜之喜，从此二人就住山中，修炼剑术。不言二人山中之事，且说艾道爷与朱还分手时，曾说还有别事，是何事呢？且待在下将这一件惊人之事，说了出来。

原来康熙时代，前明遗老虽已死的死，杀的杀，业已搜罗尽，还有些奇才异能之士，遁迹江湖间潜图机会。浙江巡抚乌整革职后，新任这一位巡抚出京时，康熙曾经给他一幅图画，叫他按图索骥，严密访拿。

那巡抚到任之后，就选派干员，依照图上所绘的，密令访查。浙江濒海之处，向有海盗出没，这奉派员弁带同兵丁，坐着一只大船游弋海中，一无所见，只得回来销差。一连又派过几员，陆续前往，均无所得，而圣谕督责甚严，巡抚急得没法。后来还是幕府中有一位老先生，原是一个前明秀才，他举荐一人，姓吴的，久在抚标绿营当一哨官，巡抚当即传见。

吴哨官奉命之下，便面求巡抚照顾他的妻子。巡抚道："一海贼耳，何至如此？"

吴哨官道："哨官也希望平安无事。"

巡抚便命多予金钱安其家，吴哨官当即叩谢，巡抚又问他带多少人去，他说："不必带人，哨官一人足矣。不过要求大人不限哨官的时日。"

那巡抚也是个富有思想之人，当时见他说得奇怪，便慨然应允。吴哨官便辞了巡抚回家安慰妻子，便独自一人，驾一小舟，乘着风浪而去。

舟人问他到何处去，他但说道："你只管把船开去，听我的指挥，到了那地方，自然多给你的船钱。"

那舟人也不知他葫芦里卖的什么药，便蒙头蒙脑地依着他指点往前摇去。走了一日，不觉抵一孤洲，舣船登岸，给了船钱，叫船家自去。他登岸后，径向密林深处而行。林中忽有三五人上前，向他询问，他便向那几人说了一句什么话，那三五人同他进了树林，仅派一人随着他去，越走树林越深。行了数刻工夫，树林尽头，才显出一所大房屋，建筑得非常壮丽，大门朱漆兽环，门前宏敞，可容多人，有彪形大汉数十人，非常严肃的样子，佩带宝剑，雁翅般排列着，仿佛是预备迎接贵客的。他刚走近大门，那随他来的人先行几步，到大汉跟前，低低地说几句，便一声不响撇下了他，径自去了。

那数十个大汉队里走出两个，迎上他说道："我们主人现有小疾，不能出迎，请进里面接待。"

吴哨官亦恭恭敬敬地同着两人，走进大门，转过十二扇金漆屏门，又是一个院落，还有一重垂花门，更进入垂花门，游廊四周，花木环绕，中间一道长廊，直达南面七间厅事，玻璃窗槛，一样的深廊，朱漆雕龙抱柱，一重栏楯，垂着虾须帘，令人观之，又清雅又宏丽。同进来的两个大汉陪着到垂花门外，便退出去了。另有四个清丽的小童，引着他向长廊中间，往东一条花石铺的阶道上走去。又进入一个月洞门，由曲折弯环的太湖石垒成的山洞经过，便又有一泓清浅石池中畜养金鱼无数，红鳞绿藻，游漾其间，使人流连不舍暂去。

过此又有一带竹林，深深地掩护着一座八角琉璃亭榭，便入小憩，并有童子献上清茗。从窗隙里望去，那边似还有亭台楼阁。稍坐片时，仍由四小童引着，出了这个亭子。转过一带竹林，一溪环绕，石桥曲折，行到溪那边，始见临溪一所庭轩，花木四列。四小童将珠帘钩起，肃客而入。绣幕锦褥，陈设伟丽。

小童向他说道："主人小疾，不能出待客，命转告先生，暂请屈居荒舍。"

吴哨官至此，亦只得暂且住下。

一连几日，也不见主人出来。问小童时，总是说他主人病尚没有痊愈。

居此十余日，虽主人未出，一切的饮食起居非常周备，但是记着巡抚那里，不知是怎生着急。

又过两日，忽报主人出见，一掀帘而入，只见那主人衣服亦如常人，光着头，发仅垂至肩，一揖就座。方欲开口说话，先听主人说道："足下来意，我已深知。因为这几日有点儿贱恙，所以没有与足下畅谈，心下实觉不安得很，还请足下耐心稍住几日，待我将家事料理料理，便好和你同行。"

吴哨官听他说到这里，心中虽是着急，面子上又不好露出来，他又深知这事只要见得着他，是不会再有变卦的，便侃侃答道："大势如此，于今事迹已露，料此地不可以久居。现在究竟是否弃去事业，再做打算，或是另觅桃源，做奉人之举动，我亦从此逝矣。万一均不出此计划，或亦自有相当之报答。"

主人大笑道："我辈做事，自当不怕厉害，若说彼以势力相加，负隅一战，或不知鹿死谁手。今既以足下来此，我必当为足下一行。不过尚有一言，请为转告前途，以不与彼见面为是。"

吴哨官忙答道："公之吩咐，自当照办，但是我们也应该早早料理一番，免得再生枝节。"

主人笑道："足下放心。"

一夜，主人复出，携着一个幼童，约在十龄以内，相貌端整，目炯炯有光，一见知非凡品，主人告知是他的幼子。吴哨官见其带同幼童偕行，亦不知是何缘故，三人相与俱出，那四个小童，已不知几时散去。

这时他三人一路出来，不但先前那些童子不见一人，即大门口的彪形大汉亦不知何往。

三人行到树林，先前三五人亦不见。

行到洲前，已早有一只帆船停在那里等候，心想："如此荒洲，亦不知此船从何而来。"船上也只有一个老者，扶舵挂帆。船头两个十余岁的孩子，倒很精壮，各持篙立在船唇。三人上了船，挂起一帆，趁着星月交辉，荡漾中流，风浪不惊，大家都觉意态闲适。主人手携幼子，偕同吴哨官立在船头，闲看海天晚景。忽见月下数只海鸥，见人惊飞，啪啪有声。主人叹道："虽闲似海鸥，亦有惊扰之时，天地万物莫非刍狗，此际我心已空洞无物，但觉身外之身，皆足为累。"

吴哨官才想说话，忽见一片黑影向船头坠落，疑是一只海鸥，片刻之顷，忽已不见。再一看时，但有主人一人仰面大笑，他那幼子不知何往。又听主人望空说道："艾兄艾兄，何必多此一举？"正是：

刚向画图收铁网，又从海上失明珠。

欲知后事如何，且俟下回分解。

## 第二十二回

### 奇哨官海上访奇人
### 侠云霞烟台行侠事

且说吴哨官见那海上荒洲主人的幼子忽然不见,那主人又望空说了两句"艾兄艾兄,何必多此一举",他好像在五里雾中,只管呆呆地站在那里。过了一刻,才觉得精神恢复过来,拉着主人进舱,低声问道:"方才那个黑影一晃,怎生公子就不见了,却是何故呢?"

那主人微叹道:"这不过是知己朋友,将儿子带回内子那里去了。"

吴哨官道:"那人是何人,怎么这样冒失,也不与公说句话呢?"

主人道:"何尝不说话?只是足下不知道罢了。"

至次日午刻,船抵岸边,巡抚已派了文武百官在码头迎接,仿佛接大官的样子。主人坐的轿、哨官骑的马,均各预备,一时前呼后拥地进抚院去了。

不知巡抚何以就知道主人和哨官到来,预先派人迎至码头,连那个吴哨官都莫名其妙,怪不得看书的诸公又抱一段疑团了。且待在下先将主人和哨官一行人众暂且搁一搁,因为他们由码头往抚署,很有一段路,路上无话可说,不如趁这个当儿,将诸公疑团解决了吧。

原来吴哨官在荒洲住些日子,那主人不已告知他说,叫他耽搁几日,好让他将家事料理料理吗?就在那个时候,主人一边料理家事,大约总不过是阖宅之人离去荒洲了,一边又有那些同志的前来看他,各个主张不一,主人怕他们做出事来,便自己修书一封,说明某日准单身带子,前往抚署。这封信是派他一个干练的使者,飞行送达康熙宫中。康熙知道这班人说话、行事要么不说不做,只要一言既出,便是驷马难追的了,所以见了这信,也不惊疑,即刻下了一道密旨,叫浙江巡抚定在某日在码头迎接画图中人。巡抚接了那道密旨,最惊奇的是,圣上何以能预先知道呢?

吴哨官去后,杳无音信,巡抚疑其葬身海国,续又派遣多人往探,并无踪影。正在着急,又怕圣旨催促,忽然接了这道密旨,你叫他怎的不惊?并且还惊而且奇呢。

看官的一段疑团已解,又将巡抚装入疑团去了。且让他在疑团内当一当团长吧,或者将来有明白的时候,也未可知。于今要说巡抚闻报,果然吴哨官同了海上那人来,这一喜真非同小可,命人大开中门,迎接进花厅落座,可是巡抚左右拥护的人着实比平时见客来得多,而且都是带刀侍立。花厅以外雁翅般排列成行的都是差官戈什哈,二堂之外又有数队兵丁,都执的是豹尾枪,把一座巡抚衙门,及巡抚自身,簇拥得风雨不透,如临大敌一般。看官们大约可以知道,这巡抚的心中这个时候是如何感想了。

当时巡抚陪着那主人在花厅落座,无非说几句门面应酬话,见那人科着头,随身便服,大有不衫不履的神气,周旋几句门面话以后,面面相觑,各个无言,这才叫作是冰炭不入水火相形。巡抚便专派吴哨官陪侍在西花厅住宿,又命人将吴哨官唤至签押房,问他海上一切事情。吴哨官便将经过面禀巡抚知道。巡抚又命他窥探其人意思。吴哨官便将他在海上曾经表示不愿进京面圣的话说了。巡抚闻言,点了点头,就叫幕府备办折稿,缮后派戈什哈驿递去了。

这边再说那主人知道奏折已经进京,回来时恐怕面子下不去,此来原有决心的,何必恋恋于此?遂于这一天,慷慨和吴哨官说道:"人生在世,如同早上的露水,没有多少时候滋润的,一经太阳晒出来，便没有存在的了。要想到万事皆空，那么一个身子都觉得是我的累赘。我到这里来时，先就存了一个定见，足下大约还不明白我的意思，但是此事很容易解决的，我定必得当以报知己便了。"

过了几天，巡抚方在签押房办公事，人报吴哨官与那个客人均自刎于一间室内。抚台一惊道："这是怎么一回事？"当命人厚给棺殓，并且多将金帛赡给吴哨官家属，一面将此事奏明康熙，并将吴哨官照阵亡例赐恤。这是后话，不必再提。

有一天晚上，巡抚衙门又出了一桩异事惊人，西花厅内那海上人本住东间，吴哨官住西间，他们二人自刎之后，第二日，东、西两间房内各发生一声异响，更夫闻声，当即报告，文武巡捕官既差弁戈什哈等，即带人执火持械，蜂拥至花厅，入房查勘。东屋并无形迹，西屋在吴哨官先卧的一张床上枕边插入一把二尺长的利剑。同时抚台内室亦大乱，喊叫拿刺客。

原来抚台卧室亦插了一柄利剑，抚台虽然镇静，亦不免面带惊恐，当即传谕内外人等，将此事严守秘密，不准传扬出去。你道抚署两处插刀，却是为何？

这是海上孤洲的那些手下人，早欲对于吴哨官施以毒手，因主人不肯让他们做出事来，知道主人已死，尚不知吴哨官亦自刎，以谢他主人，自明心迹，故有那晚刺杀他之举，就同妙手空空一击不中，飘然而去。不言抚署之事。

于今却说云霞道姑自从将朱还之妻、女、丫鬟摄至陆安山中，她便将朱扑满带回教练剑术。那神婴年龄已渐渐长成，那时越女虽留赵氏暨复光在洞中教练，因自己要静修大道，不肯分心，所以亦将赵氏和复光送与云霞道姑那里去习练。这时赵氏与女儿扑满相见，自有一番悲喜交集。云霞道姑遵越女之嘱咐，自然亦将赵氏、复光尽心教练。

这赵氏在云霞、道姑处住了些时，云霞道姑因欲将神婴送到艾道爷、朱还、钱若虚一块儿修炼，就将赵氏母女等留在庵内，嘱咐她们:"习练道术,不可轻易离开,等我回来。"云霞道姑就携着神婴去了。

神婴此时已练得全身道术,水火能行,虽过了这几年,还是一个小孩子身段,不知道的还以为他是个五六岁的孩子。

一日,云霞道姑携了神婴,行至山东烟台。烟台地方,在清康熙时代,还没有开通商埠,还是闭塞荒僻的地方,云霞道姑正行过此地,猛见对面来了一个道士,向云霞道姑合掌当胸,满脸堆着笑容道:"女菩萨到何方去,带了这个小儿,何妨施与贫道做个徒弟,免得女菩萨带在身边,多有不便。"

云霞道姑举目看那道人,头绾双发髻,身穿布直裰,脚蹬云履,腰系丝绦,背插宝剑,手悬蝇拂。便用慧眼一观,即知他是和张德寿、秦尤等通州劫狱救出尤少卿、钱佩兰,劫去马有义,与胜英作对的那个妖道吴恩。

再说这吴恩,自从用妖气将胜英制倒,正要用剑杀他,不料艾道爷前来救了。他当时化一阵黑风逃去,新近入了白莲教,奉了教主之命,到处传教,煽惑愚民。还有一件特别使命,是沿路打听有那聪明伶俐的小孩子,带几个回山,炼阴阳童子剑。吴恩一路下来,已经寻到几个男女小孩儿,用药迷了本性,又将邪法隐了他的身形,虽带在身边走路,人人都看他不见。吴恩虽有邪术,究竟仍是凡夫,并无道根,哪里能知道云霞道姑和神婴是何等人物?

云霞道姑当时听了吴恩说的话,又观了吴恩一眼,已知他的来历。又见吴恩身后还有两三个男女小孩儿,便接着吴恩的话,正色答道:"你说我带的小孩儿行路不便,你身后的几个小孩子又怎生方便呢?"

吴恩骤然听了此言,不由得面色改变,心说:"这老尼真怪,她怎能看得出我身后小孩儿?料她亦非等闲之辈,我不如先发制人,将她放倒了,自然这个聪明可爱的小孩子,怕不是我囊中之物吗?"他心中是这么想。

那边云霞道姑就说道:"想把我制倒,恐怕不容易吧!"

吴恩听了,惊愕异常,想道:"我心中的话,她怎生就知道了呢?不好,此人法术有点儿扎手,大概要讲武艺,照她这样老病的神气,还可胜过她。"说着,便猛掣出宝剑,才要砍她,云霞道姑往后速退,连声喊救命。那些过路的人都站住了,吴恩也便怒容满面地道:"诸位不要多管,她是一个妖人,诸位请看,哪有尼僧携带幼子之理?即此一端,便可见了。"说罢,又想用剑砍来。

云霞道姑不慌不忙对众人道:"他是一个拐子,诸位不信,请看他身后几个孩子,都被他用药迷住了。"说着,用手向吴恩身后一指,众人随着她的手指处一看,果然见吴恩身背后呆立着一男二女,三个四五岁的小孩子,都像呆子一样。

吴恩见破了法术,更恼羞成怒地一剑连一剑向云霞道姑乱砍。神婴委实忍耐不住了,拿出金剪刀,冲着吴恩的剑迎来,只那么把剪一开合时候,不料吴恩的剑碰在剪口里,咔嚓一声,把剑尖剪去了。吴恩一惊,回头就走。神婴就追。

云霞道姑止住他,当时全向众人说道:"这三个孩子,要诸位带去问问,各自送还各家吧!"边说边向三个孩子头上拍了三下,便见那三个孩子打一个寒战,哇的一声哭出来了。众人把那几个孩子问问时,也都是左近数里的人家孩子,也有和他家父母认识的,也有和他家大人是亲戚的,便各将三个孩子分任送还各家。

云霞道姑携着神婴,复往前行,刚走了不到四五里路,渐渐无多人行走了。路旁一棵古柏,枝叶繁茂,高欲参天,哪知吴恩早已蹿到树上,在枝叶浓密的地方藏躲了身体,想等着云霞道姑和神婴过来时,给她一个明枪易躲,暗剑难防,用法术制她。

云霞道姑早已料定吴恩的举动,便先告知了神婴,等到走近古柏跟前,猛由树上压下一团黑烟似的往云霞道姑头上罩下来了。这要是道术浅薄的人,在这个时候,不死也要失去三魂。云霞道姑毫不在意的样子,只在头顶上拍了三下,忽然从头上冒出一道黄光,将黑烟射灭了。再用手一指，一道白光直向古柏上射去，但见朝枝叶深密处一绕，便将吴恩藏身的一大丛树枝割断，就连枝带叶把吴恩连带落于就地，哎哟哟哼哀声求饶。

神婴小孩子性子，又有胆量，走过去一看，只见吴恩满面血痕，衣服破裂，那些树枝也有穿入眼睛的，有扎破鼻孔的，亦有触穿咽喉的，不多一会儿，便气绝身死，这也是他一生作恶的结果。

神婴看了，也不觉为之恻悯。云霞道姑也不去管他，携了神婴，复向前行。走着走着，云霞道姑忽然望空一抬眼，见前面一道五色的气由东横过西边，人见之都不过以为是一道彩虹，云霞道姑慧眼观之，便知有异。当时神婴见了这一道彩虹，乐得他拍手打掌地。云霞道姑止住他的童嬉举动，便携着他慢慢地前行。

到了一所庄院前，远远地就望见许多人在门前还摆了香案，好似敬神的样子。等到云霞道姑走近跟前，大家都手执香一炷，恭而礼敬地跪拜地上，领头的是一位六十多岁的老人，云霞道姑刚要避向小路过去，众人向前拦住，跪求不让前行。云霞道姑早知就里，有一段来由，以侠客行谊，亦不欲不管，于是点了点头。大家跟定云霞道姑和神婴进入庄内去了，暂且搁下这边。

且说离烟台七十里有一庄户人家，颇称富有，庄主李太公今年六十八岁，他的老妻业已故去，所遗一女，名叫彦娥，年十六岁，秀外慧中，颇能文字。至于挑花刺绣，更不用说了。李太公因中年丧妻，中馈无人主持，遂又娶了一位继配曾氏，悍妒异常，比李太公小二十余岁。曾家因慕李太公房屋有数十处，田地有数百顷，所以将女儿许配李太公填房。这曾氏初到李家，原也看待彦娥甚好，她原是悍泼的性子，日子一久，就有些打仆骂婢，渐渐地亦将性子使到彦娥头上来了。彦娥是娇养惯了的，哪里受过虐待？她一个女孩儿，除了娘跟前亲近。李太公本是个豪放的人，又有了几岁年纪，只知一切家计交给曾氏，也不问她能办不能办。至于女儿身上的事，他更以为是娘亲的事。李太公终日在外游山玩水，或是找几个老友下下棋，喝喝酒，百事不管，把一个心爱的女儿由曾氏摆布。

彦娥一腔幽怨，无有排泄的法子，常常在深夜之间，一个人悄悄地到后院中焚香告天，默求保佑，从来那种迷信敬神佞佛的事，全是那些没有能力自立的愚夫、愚妇做出来的，彦娥人虽慧敏，无奈那时女权还没有扩张，在家庭压迫之下，在一个没有自由的幼女，哪有什么法子去抵抗继母的强权呢？所以只有烧香求神，是从小习见惯了的，就拿来当作神圣无上的作为。彦娥日将身受的苦痛，夜间诉向所迷信的神灵，哪知从此就以邪招邪，惹出一场大祸，几几乎生命不保、身子被污。

因为那时正是白莲教到处宣传煽惑的时候，峨眉道长手下风、云二真人被艾道爷诛灭，还有一个最有法术、最厉害不过的月真人，她本是女性，而兼具男性的，就是俗间所称为雌雄人的，这也不必去研究她。那月真人从峨眉山下来，到处用她的本性和邪法，世上的男女也不知受了她多少污辱，甚至还不留性命。月真人总是独来独往，不同人做伴，飞行绝迹，以及隐身法遁形法，种种法术，无一不精，行所自如，人难量测。有一天晚上，正隐着身形，由空中飞过李太公庄上，见有一绝色女子焚香祷告，她便落在屋脊上，窃听了半刻工夫，将彦娥的心事全行听得去了。她便一跃站在香案前面，发话道："那一个女子，你受继母虐待，吾神尽知，特地前来救你！"

彦娥听了，并未见人，倒吓一跳，跪伏于地，不敢作声。

月真人又道："吾乃月宫妃子，汝且起身，随吾回宫。"

彦娥抬起头来一看，只见面前站定一人，头戴嵌宝珠冠，身穿绣花道装，腰中佩剑，蛾眉蠎首，面似桃花，一笑嫣然，一种媚态之中，微带一分杀气，不由得敬爱起来。当时月真人将彦娥扶起，同进入彦娥绣房之中，只有彦娥能见月真人，使女、仆妇均若无睹。

住了数日，月真人原是按每月朔、望变易形态，此时正在下半月二十前后，正犹是女性，所以月真人虽与彦娥同居，每夜均是盘膝而坐，在这几日内，曾氏每一虐待彦娥时，便手足若被束缚，虽心以为异，亦不过视为偶然不适罢了。哪知日日如此，从此便将凌虐彦娥之事移向仆婢诸人身上。哪知也是曾氏怙恶不悛，一天晚上，曾氏方在用烙铁烙婢女皮肤，忽由窗眼里射入一道白光，曾氏吃饭的东西就与身子分了家了，一时全家乱哄哄的。李太公在外间闻信，赶来见了，也没主意，只有料理棺殓的后事。哪知祸不单行，丫鬟又报告，小姐不知何往。李太公这一惊，真非同小可，这便是李太公庄上近来的事。

那一日，云霞道姑与吴恩在烟台的事，一传十，十传百，就有人传到李太公庄上来，并有被吴恩拐的小孩儿之中一个女孩儿，即是李太公庄中的庄汉之女，李庄虽与烟台相离七十余里，是往烟台的大路，料定云霞道姑必由此经过的，所以就预备香案，在庄外等候。

云霞道姑推辞不过，也就点了点头，同进庄内。正是：

祸福无门因自召，是非之地看谁分。

以后之事，下回表出。

## 第二十三回

### 捉月洞中救彦娥
### 打虎山下遗孝子

却说李太公将云霞道姑请进庄内，预备素斋款待。云霞道姑和神婴走了大半日的路，又与吴恩斗法半日，也正有点儿饿上来了，便老实不客气地吃了。

吃完之后，云霞道姑对李太公说道："府上的事，贫道尽知。现在小姐虽被妖人捉去，幸尚无恙。我这小徒，且寄在贵府，不可让他出庄去。贫道定在今晚将小姐寻回。"

李太公闻云霞道姑之言，似已前知，不胜惊愕，便恭恭敬敬地答道："小女幸蒙俯允搭救，小老儿感激不尽了。令高徒但请放心。"

说完话，天时也渐渐晚了，云霞道姑要了一间净室，吩咐神婴不许至庄外玩耍，独自向净室中养静去了。

这边李太公另收拾一间干净屋子，命两个中年老成的庄丁陪伴神婴住了。哪知这神婴非常顽劣，他是好动不好静的脾气，因为师父不许他出庄外，他哪里能够在屋里关得住的呢？他便央陪着他的两个庄丁，同着他在庄内各处看看去。庄丁们是李太公吩咐过的，不可同神婴到庄外去，现在他要到庄内各处玩玩儿，他又是个小孩子，有何不可？便同了神婴，到处由他玩耍。李太公家近来虽然曾氏已死，小姐又失，仆妇、使女还不少，还有些世仆的女眷派在内里管管事，她们那些女仆见了神婴，都道："这小孩儿长得怪得人疼的。"大家都拥着他各处闲逛。

　　神婴一时蹿上房屋，穿越几下就不见了，吓得大家惊异起来，四处找寻，忽而在后院见着他，忽而又在屋顶上一现身形，惹得大家惊疑不定，喊叫连天。一时李太公也出来了，问起什么事，刚在这个时候，忽见神婴在东屋房檐下柱子上，右手右足伸过来抱定柱子，左手左足横伸出去做一个架势，猛又翻身，跃下屋檐，瞬息不见了。

　　李太公见了，又惊又喜，惊的是，才几岁的孩子似的，摔下来那还了得？喜的是，小小儿童，竟有如此本领，看他纵跳蹿跃，捷如猿猴，令人叹羡。

　　李太公拍手叫他道："神婴，下来吧，看摔着了！"

　　神婴应声，由房上使了个倒挂金钩，一只脚钩住檐牙，全身朝下，大家骤然见了，好像要跌下来的样子。一转眼之间，神婴又翻身顺着柱子盘下来了。刚一落地，又从左边那个抱柱盘上去，盘至檐间，一翻身，又上了屋，又不见影子了。惹得大家同看戏法一般。

　　神婴知道师父在西边厅堂净室中养静，他只在东院、后院两下里闹着玩儿，一时又把东院放着一盘石磨挟了一片搁到房上。

　　李太公说道："一片石磨，怕不有百十斤，他竟轻轻地挟上了房子，他这份气力，也真不小。看他才不过几岁的孩子，怎生有这么大的本领气力，莫不是天生成的？"便笑道："我这片石磨被你挟上了房，我们哪有本领取它下来呢？"

　　正说到这里，见神婴在房上呆立着，朝着西北目不转睛地看。看了半刻工夫，猛见神婴一腾身，似一道光芒，见影不见身，竟向西北飞去了。

　　这边李太公见了，惊愕道："他师父将他托付给我，他今去了，明日他师父问我要起人来，我拿什么交还她？"

　　又将庄丁说了一顿，也无法想。那一片大石磨叫庄丁拿梯子上屋去取，动也莫想动它一动，也只得罢了。

　　这时候，已到酉刻以后，大家等了半夜。那夜天清月朗，毫无纤

187

尘，也不见神婴的影子，又不敢惊动云霞道姑，因为她预先吩咐过，无论有甚动静，均不可惊动她。李太公见时已三更将近，乡下每夜都是日落就睡的，李太公先去睡了，命众庄丁替换着守夜，并等候神婴。

再说神婴在房上，看见西北上，隐隐望见两道剑光，他年轻好事，所以往西北飞去看看。飞到切近，见是师父云霞道姑和一个年纪很轻的女道士在那里战斗，神婴便隐在一带树林里偷看。那女道士先尚能以剑光敌住他师父的剑光，后来她的剑光渐低下去了，师父的剑光越放出充足光芒，令人不可逼视。猛见那女道士露出很着急的样子来，忽地散开了一头的青丝般的头发，根根发际都放出光来，如万道光线射过来，将师父的剑光笼罩住。他师父笑了一笑，喝一声敕，但听得唰啦啦的一响，女道士头上万道光线顿时消灭。女道士由腰间抽出一片红巾，望空中一抛，如一片红云，照他师父头上盖下，他师父不慌不忙地用衣袖一拂，霎时红巾落下尘埃。那女道士见法术已破，又从手腕上取下一道白玉一般的手镯抛起，忽然就大了起来，一变十，十变百，越变越多，尽向他师父打来。又见他师父用右手一指，由指间射出一道白光，直将她那百十个圈儿一串儿穿起，唰的一声响，圈儿坠地，跌为数段。

那女道士面色都变得铁青似的，又好似露着没有法子的样子，急咬破自己的舌尖，喷出一口血来，就像一条血箭直射过来，这喷血射人的法子，是邪教中一种最后没有法子不得已的举动。月真人到了这个时候，真是水穷山尽了。

云霞道姑见她用舌血射出，便哈哈一笑道："你的本领就止此了，还有法术，何妨再使些出来，怎生倒用出这最低下的手段了？"说着，便吁了一口气，呼的一声，血星散落一地。

这时，月真人只有回头就走，被云霞道姑剑光逼住，想用隐身法遁走，竟隐遁不起来了。她越跑得快，剑光亦越追得快。若说云霞道姑的飞剑，这时虽有几个月真人也把她斩了，因为云霞道姑尚不欲伤她性命，所以只用剑光在她头上旋转而不下。哪里知道月真人心里还执迷不悟，暗想："我不免转过一个弯去，好避开她的剑锋，再设法逃出生命。"不料她刚一转过身来，恰恰正当树林左近，她心想："我便逃入树林，再作计较。"才一转念，猛由树林内跳出一个小孩儿来。

月真人骤不及防，竟被神婴按倒在地，正要伤她性命，忽觉脑后一股冷气，神婴回身一看，这个当儿，月真人已经站起。神婴见用剑砍他的，是一个道士，忙掣出金剪，一夹就将道士的剑夹断。道士吃了一惊，略往后退了几步。

这边月真人亦将剑向神婴砍来，神婴将左手的金剪也这么一夹，月真人抽剑不及，咔嚓一声，手中剑只剩半段了，大吃一惊，手稍一缓，被神婴跟着一剪夹来，将月真人的手腕剪了下来。当时月真人痛倒于地。

那道士哪敢怠慢？心想上前救月真人，又手中没有利器了，便虚喝一声道："童子不得无礼，照剑吧！"

神婴闻听，只有丢了月真人，回头又来斗那道士。那道士原是虚声恫吓的，他已将法宝取出，照神婴打来。他这法宝，你道他是一件什么东西？原来是他葫芦内放出一条一尺长的蜈蚣，从半天里飞舞下来，直扑神婴。神婴大叫一声道："来得好！"等蜈蚣飞至切近，神婴用双剪一夹，分作两截。那蜈蚣变成两截之后，仍各飞舞着，不归葫芦，径向空中飞去了。后来，在山中修炼了几多年，变成双条恶虫，要寻神婴报仇，又闹出一场惊人骇众的事来。此是后话，暂且不提。

当下那道士见蜈蚣没有将神婴制倒，反被他剪为两段飞去，他赶紧又放出一条青蛇，蜿蜒天空，口吐出一股绿气，朝着神婴喷来。这种绿气，最厉害不过，神婴究竟道术尚浅，若是受了这种毒气，虽不致损其性命，当下只恐也要晕倒，不知人事，岂不也要被道士害了他的性命吗？幸亏云霞道姑恰在这个当儿赶到了。

原来云霞道姑见月真人逃去，她也不追赶，她知道彦娥尚在山洞之中，自萌短见。因为她先被月真人摄到洞中，逼其成就好事未允，后见云霞道姑找了月真人来，两下战斗，任何人胜了，亦恐自身难保，故想寻一个自尽。云霞道姑正在这个当儿赶到，告知她道："我是你父亲李太公请来救你的，现在那个不男不女的妖人已经被我战败逃走了，你且忍耐一下，待我救了我徒弟转来，再同你回你家去。"

云霞道姑说完这话，匆匆忙忙赶向树林中来。刚赶上道士放青蛇吐绿气之时，她便两眼放出神光，直将青蛇、绿气挡回去。这青蛇当不起神光的激刺，竟自旋转翻身飞逃去了。道士一见破了他法术，正要拼命，云霞道姑收了神光，放出一道白色的剑光，一转眼间，那道士的头颅就和身子分了家了。

那月真人在地下，先是因手腕剪断昏晕过去，这时刚刚醒转，正想爬起来逃生。神婴又复一剪，也便随着那道士去了。

要知那道士是谁，即日真人，奉命传教过此，同遭此劫，从此峨眉道长的十大真人，已去风、云、日、月四真，尚有雷、霆、水、火、星、斗六真了。后话不提。

当下云霞道姑携了神婴，复来洞中，叫李彦娥闭上眼睛，一阵风驰回转李太公庄上。

这时天上才发亮，李太公已经起来，督着庄丁，在内外前后，遍寻神婴不见。推开净室，只见连云霞道姑亦不知何往。李太公方醒悟过来，明明是她师徒二人都不辞而去了。

正不知女儿彦娥之事如何，一个人坐在厅堂呆想，忽见由天空落下三个人来，不由得一惊，再一细看，才见是云霞道姑和神婴，及女儿彦娥三人，这一喜非同小可。再看女儿憔悴凄惨的形容，父女二人都不胜悲泣，感念云霞道姑好处，父女二人复拜谢一番。

云霞道姑叫神婴将李太公扶起，自己又将彦娥的手拉了起来。彦娥进去梳洗一番，换了衣服，堂前已排列得山珍海味。四人坐下畅叙起来。在李太公父女二人，均觉得骨肉完聚，又感云霞道姑相救，欢喜可知。云霞道姑行侠仗义，救人救彻，亦自畅快。神婴小孩子脾气，他自觉得格外好耍子，此四人心理，聚拢来自然有一种愉快。云霞道姑原不拘荤素饮食的，又一夜劳苦，也就放怀畅谈起来。

云霞道姑在李太公庄歇息一日，到了晚间，趁着月色甚佳，携着神婴，别了李太公上路。李太公父女还送了一程，师徒二人步着月色，那时正当新秋，日间还觉热，一到夜来，凉风瑟爽，况是夜深之际，万籁俱寂，风月无声。云霞道姑和神婴师徒二人刚经一番战斗，此时心静神清，遇着月明秋夜，觉这颗心皎洁如明月在空。

　　正在自得之处，忽闻有大声震撼林谷，举目一望，在月光底下，隐约见眼前一抹烟痕，似乎一里之外，必有山岩树木，望着对面走去。不一会儿，到了山前，翻山过去，便是浙江的黄岩县了。因为云霞道姑从前在黄岩山隐居习道之时，这一带的山岩洞壑均能一一记得，知道面前这座山叫作小黄山，满山均是峭石巉岩，树木绝少，向无兽迹的，起先远远地听见的声音，好似虎吼之声，何以行到近处又不听见了呢？因为这地方四面环山，便是空谷传声的道理。我记得幼时在孤山放鹤亭玩耍，和几个同伴的向对面叫骂作耍子，对面好像也有人在那边还骂过来，大家以为笑乐。旧话不说。

　　再说云霞道姑携着神婴行至半山之间，有一块青石光滑如镜，长有丈余，便和神婴坐下来歇息。神婴本是小孩子天性，一刻都静不下来的，他偏在前前后后乱跑。云霞道姑只是静静坐在石上，好似等候什么的。一时神婴笑嘻嘻地跑来，手中拿着一把红草，红得血滴滴的，十分好看，举着向他师父道："师父你看，这是什么草？真真好玩。"

　　云霞道姑方欲答言，猛又听得吼一声，登时山鸣谷应，树木间数十只小鸟呼地惊飞起来。

　　神婴问道："师父，你听这是什么声音？"

　　刚说到这里，就从那边岩上跳出一只白额虎来，一眼望见神婴扑了过去。神婴一蹿，蹿上了近边一株合抱不来的参天高树。那虎犹用前爪扒着树木，后爪立了起来，吼了几声，摇得那树乱动，叶子落了下来。

　　云霞道姑喝一声："孽畜，不得无礼！"那虎便转身朝着云霞道姑扑了过来。云霞道姑一纵，纵到虎背后，虎只顾往前扑，哪知扑猛了劲，又不料云霞道姑纵身腾起，扑到青石条上，一片一丈多长青光亮滑的石头，嘎巴一声，碎作两三段。虎也跌得几乎晕过去，就地一滚，滚了起来，回身见云霞道姑还站在那里，又狂吼一声，陡觉风呼呼的声音，从树林中生出，树的叶子沙沙作响，仍向云霞道姑扑来。云霞道姑将身一闪，闪到一棵大而且粗的树背后，虎又扑了个空，急得用两只前爪在地上扒得尘土飞扬，一根数尺长的尾巴向左右摆动，近边差不多的一人多高的树木被虎尾一甩，就会倒将下来，若是人被虎尾打着，不死也要打得筋骨断折的。

当下云霞道姑逗着虎纵跳腾挪，那只虎猛扑几下，似觉筋疲力竭的样子，顾不得扑人，便一倒身卧在一片草地上。按剑侠制伏猛虎，以智不以力，与武松、李逵打虎不能一样写法，即使依样葫芦地写来，那便不新鲜了。

再说那只虎方才因为困乏卧在草地上歇息，神婴跳下树来，想打它几拳头，云霞道姑止住他道："你不可打它，自有那打死老虎人来收拾。我们且过山去，不要几天路程，就到陆安山了。我将你安置在艾道爷那里，还有朱还、钱若虚做伴，我还有要事去办呢！"

神婴听了，颇有依依不舍之意。

一路也无多话，及至到了山中，云霞道姑与艾道爷密议了两天，作书的也不知他密议什么，很像是极重大的事。

过了两天，云霞道姑便将神婴托付给艾道爷，又嘱咐一番，便飘然而行了。

再说小黄山下住了一家猎户，姓卢名叫天石，他只有一个母亲，这卢天石的父亲也是打猎为生，他一家本是金华人，他的父亲因为那一年黄岩县小黄山出了一只白额虎，为害地方，时常向庄户人家搅扰，被虎吞食的人不计其数。因知天石的父亲本领了得，聘请来黄岩打虎，不料为虎伤了筋骨，已是暮年的人，虎没有打死，他带了伤回到金华，不多时就死了。临死，嘱咐儿子天石为他报仇。那时，天石才十六岁，遵了他的父亲遗嘱，便奉了母亲，搬到小黄山居住。

天石原先跟着他的父亲也练得全身武艺，自搬到小黄山来，依然打猎，得些野兽或卖或食，不时寻访这只大虫，也曾遇着过，总没有机会把它获住。天石天性至孝，虎遇着他时，反而好像是知道卢天石是寻它报仇的，时常避着他，这种恶兽也算得是通灵的了。

这一天，卢天石又负了钢叉，披着虎皮，到山上来寻觅野兽。不料在半山之间，见一只吊睛白额虎困卧草地。虎一见卢天石走近，哼了一声，翻身站起，吼着纵跳丈余高，但是它已受了内伤，拼命撑着，狂吼数声，口鼻间喷出血来，犹耽耽而视，眼中亦挤出泪来，滚了几滚，呜呼哀哉尚飨了。

卢天石起先初见虎，又惊又喜，便手执定钢叉，立了一个姿势。再看虎，好似带病的样子，虽然咆哮，却不能扑向前来。后见它滚了几滚，流血而毙，这一喜非同小可，遂慢慢走近虎身，用叉柄触它几下，果然不能动了。因脱下身上虎皮，拿一根虎筋搓成碗口般粗的绳子，将死虎缚个结实，用叉杆挑起，背在肩上，右手挽了虎皮衣，欣然下山而来。

刚走了几步，忽从那边来了一个道人，拦住他道："你且慢去，这只虎是我打伤了的，你快放下来。"

卢天石听了，不由得生气道："明明是我打的虎，你敢来无礼争夺，我便肯给还你，我有个朋友不肯，恐你奈何它不得！"

那道士哈哈一笑道："好好好，我们便较量一下看。"

天石刚将虎放下，腾出叉来，就要动武。道士便将袍袖一拂，死虎身上，绳索已断，死虎变成活虎。道士腾身跨在虎背上，摇头摆尾地去了。正是：

踏破铁鞋无觅处，得来全不费功夫。

欲知卢天石和道士怎样争夺死虎，且俟下回再说。

## 第二十四回

### 虎爪一枚引起鼠牙雀角
### 鱼腹尺素完成儿女英雄

却说卢天石见道士用法术骑将死虎去了,不由得气往上冲,提了钢叉追赶,要将死虎夺回。边跑边嚷道:"道士欺人太甚,我岂肯与你甘休!"

无奈道士骑虎飞行甚快,卢天石追了半刻工夫,只追不上,心想不追了吧,又不服这口气,遂仍往前追赶,却是不知道士走向哪里去了。赶了二里之遥,心急气喘,刚想在树荫底憩息片时,耳畔好像听得林外岩间有嗖嗖之声,转过岩前,忽见那道士正在那里弯着腰剥虎皮。卢天石见了,眼都红了,扬叉过去,正要向着道士下个绝手,道士用手一指,卢天石便双手举着钢叉,脚底下还立起一个姿势,如同泥塑木雕的一般,眼睛只管瞅着道士,身子却动也不能一动。

一时道士已将虎皮剥下来,又将虎肉剔尽,提虎的一副骨具,到山涧下洗涤净了,复提到山间,用剑凿下一个虎爪。走到卢天石身边,先把钢叉摘下来,随将卢天石头顶一拍,卢天石当下恢复自由。

道士便微带笑容说道:"这虎虽和你有仇,它已经死了,也便可以消灭了。但是这只虎性已通灵,一骨、一节、一爪、一牙,俱成宝器,本是峨眉山一个神物,已有千年了。只因误伤一个孝子,恐山神见罪，逃到此间。我已寻它数年了，不想它在此山中，不幸被剑仙用剑术内功将它制倒，确不是你打死的。我敢断定，你不过得现成的罢了。我念你是个孝子，已将虎爪凿下一个，以酬你的一番奔波之劳。这一个虎爪，你不可轻视了它，也是一件宝贝。若遇识者，可值五百金；其次亦可售得半，其他皮毛，不足论矣。我将这爪和皮全行赠你，你可将你的母亲送回家乡去住，你也可成一房家室，把家计就立起来了。但我看你印堂发暗，须要遇事审慎一点儿，不可大意。我便是峨眉道长，你若是将来有意，可到峨眉山来寻我便了。今日一别，我们后会有期。"说罢，便将虎爪交在卢天石手中，即肩起那一具完完全全的虎骨，化作一阵风，回峨眉山去了。

这边卢天石一时神气尚未完全清明，峨眉道长所说的话约略记得，将手中虎爪仔细一看，心说："这一点点儿东西，他说可卖三五百两银子，我真不信。"便往怀里一揣，看看地下，钢叉和虎皮都在，便拾了钢叉，挑起虎皮，下山回归原路。又想："那道士自称峨眉道长，也不知他的来历，但是他能化风来去，无影无踪，就不是神仙，也非凡人可比了。"心中转十分敬服。边想边走，一刻到了家中，他的母亲见了他欢喜，又问他："怎生这半日才回来，好叫我放心不下，正在这里念你。"

卢天石因将以往的事向他的母亲说了一遍，他母亲听说白额虎已死，还有许多异样的事。卢天石将虎爪交与他母亲收了，并告知他母亲要将这张虎皮拿到市上去卖了，得价好度日。

他的母亲听说，忽改变作很懊丧的样子说道："这白额虎是汝杀父之仇，我恨没有食其肉。现在只剩这张皮，儿呀，也须在汝父亲灵前告祭一番。"

当下卢天石将虎皮放于他父亲的灵前地下，他的母亲还用脚在虎皮上踏了几脚，母子二人均泣向灵前告祭过了。

次日，卢天石拿了虎皮到市上卖了几贯钱，母子二人又过了几日。卢天石想起峨眉道长说过虎爪可值数百金，我何不拿到市集上去卖了。当向他母亲说要出去卖，不料走了多少路，并无人识得是什么东西。后来走到一家古玩铺，问他可买，那铺伙看了不识得，正要给还他，铺里管账先生走过来，接着一看，就像是很惊愕的样子，随问这东西哪里得来的。卢天石是个实诚人，就照着实话说了。

那管账先生随换出一副笑容，向天石道："此物的可算得宝贝，错过我这里，换了别家，恐怕就识不出来了。请问要卖多少钱？"

卢天石心想道："照他这样说，既已认得是宝贝，我要价少了，倒不显得贵重。"随即答道："我这虎爪要卖五百两银子。"

管账先生道："照说这样宝贝，五百两银子也不算多，壮士且请在我这里坐坐，我将这宝贝拿给我们东家看看，再兑价银便了。"于是命伙计殷勤招待，管账先生拿着虎爪向后边去了。

不一时，由铺外进来几个公差，问哪个是卖虎爪的，伙计告诉了，公差随出火票铁索，向卢天石道："你的事犯了，于今请你到铁窗子的洋房子里住住！"随说随将铁索套在卢天石颈上，也不容他辩，拉着就走。

到了县衙，报告进去，县官当即坐堂。公差将卢天石带上堂来，喝令跪下。县官问了姓名、籍贯、住址、职业，又问虎爪是哪里来的。卢天石重又照依实话说了。

县官把面孔变为很严厉的形相问道："本县看你也像个诚实人，你倒是把实情从实招供，倒可以施你一线之恩。若是你不肯实供，那就皮肉受苦了。"

卢天石先前被公差锁拿了来，他还莫名其妙，后来县官问虎爪是哪来的，他自知又不是偷窃来的，就实话实话了。又听县官叫他实招，免得皮肉受苦，真正糊里糊涂似在雾中。随答道："小人家有老母，打猎为生，平时安分守己，从不做犯法的事。老爷将小人拿来，小人不知为了何事。叫小人实供，小人实不知怎样供招。"

县官生气喝道："你做的事已有真凭实据。"

卢天石答道："小人实不知何凭何据，求老爷明白宣示。"

县官道:"乡绅卜芝祥,幼子仅六龄,被人拐去,至今严缉未获一案,被拐之孩儿,身佩虎爪一枚,现在由你将此物出卖,其被拐人之父业经认明的系原物,既由你身上发现证物,你纵不是首犯,也该将首犯举发出来。你想在本县堂上狡赖,那是不行的。"

卢天石听到县官宣示案由毕,极口称冤。县官吩咐上刑,卢天石痛昏过去,县官只得吩咐暂行监禁起来。且将卢天石一边暂行搁下。

于今先说卜芝祥,他做过侍郎,原品休致,年逾六十,于五十岁上,纳一妾,逾年始生一子,名之迟儿。夫妇均欢喜非常,爱惜此子,好似美玉明珠,今年已六岁了。在元宵节那一晚上,带着出去看灯,一不留意,竟被失去。你想卜芝祥夫妇既爱此子,他一出来,必是男仆女婢成群地围着,怎生会丢呢?非有大能为的人,也拐不去。小孩子身上就带着虎爪一枚,从前迷信时代,小孩儿带着虎爪,就可免鬼物的。卜芝祥儿子既失,命人四处都已找遍了,然后报官派差查找,至今尚无下落。

要知道,卜芝祥是本地大乡绅,有钱有势,地方官怎敢轻视他?亲邻间也都巴结他,所以卜乡绅丢了儿子,不但是卜家的事,简直是大家的事了。况且卜家已经悬赏五千金,知情报信亦赏一千金,这虎爪及孩子身材长短、衣服鞋帽约在告白上有的,也是卢天石勿识头,那古玩铺便是卜家开的,因有排设不完的什么周鼎商彝,用不尽那些翡翠碧玺等等的物事,便陈设作一爿古玩铺起来。那管账的先生就是卜芝祥的小舅子,所以那一天他见了虎爪,就将卢天石安置在铺内。那铺子原是卜宅隔出来的一小部分,内里通着的。

当下管账先生拿着虎爪进去,向卜芝祥一报告,当即通知县里派差锁拿。那些差们原因卜家孩子丢失的事,好几个月拿不着拐子,屡屡比限吃了些苦头,今听见有人报告,还有不摩拳擦掌、欲得拐子而甘心的吗?这便是那峨眉道长给卢天石一个虎爪,不但不能得钱奉养母亲,反而害他母子分离。

那妖道只贪财宝,他哪管人的死活?给他一个虎爪,就算是良心发现,以为侵占了人家的东西,才把一点点虎爪酬报。若是遇着剑侠,不救人就罢,一入手救人,便要救一个彻底的,所以卢天石终究还是得剑侠的力,才能脱险。要知救卢天石的剑侠是何人,请看官们试一猜之。

再说卢天石的母亲,自儿子出门卖虎爪,当天直至天黑还不回来,她立在门口呆望,到夜间亦不安寐,心想:"儿子向来诚实,断没有在外寄宿之理。又怕是虎爪果能卖得重价,夜间走在荒郊野外,遇着歹人,丢了性命。"想到这里,又不觉心里突突地乱跳,泪流满面地起坐不安起来。复一想:"儿子也不是没有本领的人,即使遇了三五十强徒,也不见得敌得过他。"这么一想,心又放些。

一连三日,卢天石都没有回家,知道事有蹊跷,家中食用已尽,可谓又急又饿,你想一个年老的妇人,守着两间破屋,在一个荒山脚下,四无居邻,又且盼子不归,悬念徒劳,直把个老人急得似热锅上蚂蚁,走投无路,心上就同十五个吊桶——七上八下,只管站立在门口泪眼婆娑地一边望望,一边想想。这个时候,荒村野外,寂寂静静的,一个行人都没有,只有树林中几只归飞的鸟雀唧唧啾啾地也像似替她发急一般。

就在这个当儿,由山上走下来一个道姑,行到卢天石的母亲面前,向她问道:"此间可是卢家?"

卢天石的母亲道:"正是卢家,师太是从哪里来的,问卢家何事?"

道姑道:"令郎天石因事被县里拘押县监,业经有人将他救出去了。老姆此地不可久居,贫道来此,就为搭救老姆而来。趁此赶快料理料理,便随贫道快走。再延片刻,恐怕就有人来此查问了。"

卢天石的母亲带疑惑的样子,说道:"我的儿子既是犯罪被押,后有人救出去,何以他就不能回家看看呢?师太同我又到何处去呢?"

道姑笑道："令郎现在的地方，我要不知道，怎生便会知道老姆的住处呀？不必多言，速速随贫道走吧，自然与令郎见得着的。"说着，就见远远的似有人声，空郊荒寂，所以听得见。

道姑即叫卢天石的母亲闭上眼睛，切不可害怕，无论听见什么，都不可开眼。卢天石的母亲只得依她闭上眼，一时觉得脚已离了地上，头晕脚轻，心中害怕，呼的一声，起在空中，片刻工夫，听道姑叫她睁开眼，已然身在平地了。

作者一支笔不能述两边事，只好搁下一边，补述一边。云霞道姑先对卢天石的母亲，不是说卢天石已有人救出去了，是已在他母亲离家之先了。究竟天石是什么人救出的呢？于今不能不补叙出来。

且说卢天石自从羁押县监，自己心本无愧，倒也坦然。但是念及他的母亲，这两天不知怎生的思念他、悬望他，想到这里，不由得十分悲伤，一时一刻都放不下这颗心，日夜一个人思想不置。也就横了心，听天由命。

一天黄昏时，县监门前来了一个老妇人，自称是卢天石母亲，看她年纪很老，而且龙钟得很，手提饭篮，哀求牢子们放她进去，送碗饭给儿子吃。先前众牢役还不肯放她进去，后来那老妇人求之至再，众牢役见她年老可怜，况且天石又不是杀人放火的命盗重案，老妇人一个颓唐的样子，倒觉得可怜。内中一个年老的牢役，提议做个人情，放他母子去见一面，便大家商议，私自开了监门，好在天石尚未判定罪名，还是监禁在外监一间待审的房内。牢役中只有那个年老些牢子送那老妇进去，众牢子只在门口等候。

片刻工夫，那老妇便提了空篮走出，并向那老牢子谢了一声，就扬长去了。

牢子照常关锁了门，也并未曾留意。出来的时候，众牢子问他："那老妇人还在里边吗？怎还不出去？"

老役惊异道："老妇已先出来了，难道你们没有看见吗？"

众役道："实在没有那老妇出来呀！"

于是众役都疑惑起来。大家复往外监房，开门一看，不但老妇人不见，连卢天石影儿都不见了。这一哄乱，管监的也知道了。大家知这事瞒不住的，只好硬着头皮，拼了挨打被革，也得将实情报告了。

　　县官一闻此言，大发雷霆之怒，当即命人通知城守，一刻工夫，通城都知道。当下城门紧闭，城守带了兵役，灯笼火把，照得如同白昼。全城无论绅民住户，均要按户搜查。

　　乱了一夜，到了天明，都还没有完结。有人提议说，卢天石家在小黄山下，应即派人前往搜查。县官应允，签派差役十六名，火速向小黄山下查拿卢天石母子，一并带来询办。所以云霞道姑去救天石母亲时，听得远远似有人声，催促着她闭了眼睛，先行遁走了。

　　差役又扑了一个空。再将其屋内搜寻一回，也没有什么值钱东西，只好自认晦气，回县销差。县官无法，也只有出了一纸海捕文书，要照现在，又要呈请高级官署通令通缉了。闲话休说。

　　原来送监饭的老妇人，便是云霞道姑化装的。她进了监房后，也不待卢天石说话，只将手向卢天石一画，一缕光芒将天石身子围绕住了，又将手一招，回身走出房来。卢天石随着她出来，那老牢子被光芒逼住，眼一瞬，也未在意。云霞道姑以剑术把天石带出房门，便借着剑光带同天石遁形飞出天井，腾空而去。所以外边的众役没有看见老妇人出来。

　　云霞道姑将卢天石救出监房，飞出城外，等到大家发现了卢天石影儿不见，全城哄乱紧闭城门按户搜查时，云霞道姑与卢天石已经飞出数百里之外了。差役搜查到小黄山时，复又在云霞道姑携了卢天石的母亲飞遁之后，照此看来，就知道剑侠的本领，实有叫人莫测的地方。

　　在清朝开国以后，如这类的剑侠，俱抱恢复中原的大志，虽遁迹山林，亦常在江湖做些济困扶危的事，如云霞道姑、艾道爷、胜英三人，尤其是侠客中之巨擘，此《清朝三侠剑》之所由作也。

艾道爷与胜英事迹于二十回以前已经历叙，二十回以后所述，为云霞道姑之事迹，区区一小说，亦仿史家列传之例，殊不值识者一笑。

再说云霞道姑将卢天石救出，到了一处僻静所在，对他道："在此略待片时，少时县差就要到小黄山去你家中搜查，我须先去将你母亲救到此地，等你母子见面之后，我再替你找个安身之处便了。"说话之时，卢天石便只见一道光芒夺目，再一看时，人影不见了。

一个人且在此地憩息些时，不觉困倦，倚在一株树下睡去。忽闻耳边又有说话的声音，好像还夹着有他母亲的声音，方疑是梦，翻身起来，便见云霞道姑和他母亲都在跟前。他的母亲被云霞道姑携至此地落下，半日惊定，一眼看见了儿子，也不胜悲喜交集。母子二人彼此各将前后之事一说，各人方才明白。母子均向云霞道姑称谢。

云霞道姑便向卢天石道："此地非久留之所，由此地到大茅山，不过数里之路。我这里有书信二封，你同你的母亲拿了此信，到大茅山去投神镖将胜英。他见了我的信，自然会安顿你们，你将你的母亲交代给林素梅、凤双飞二人，你再将我那一封去投艾道爷，约会胜英与艾道爷于来年元宵日到四川峨眉山会齐。"

说完话，又指引他去路。

这二十四回书说到这里，暂且告终。正是：

*奇情侠迹拈来撰，酒后茶余说与君。*

欲知若虚联姻等各个侠情绮事，俱在后文书中详叙。

图书在版编目(CIP)数据

清朝三侠剑 / 徐哲身著. -- 北京：中国文史出版社，2025.3
（徐哲身武侠小说）
ISBN 978-7-5205-3932-6

Ⅰ. ①清… Ⅱ. ①徐… Ⅲ. ①侠义小说-中国-现代 Ⅳ. ①I246.5

中国版本图书馆 CIP 数据核字（2022）第 214949 号

责任编辑：卢祥秋

| 出版发行 | ：中国文史出版社 |
|---|---|
| 社　　址 | ：北京市海淀区西八里庄路 69 号院　邮编：100142 |
| 电　　话 | ：010-81136606　81136602　81136603（发行部） |
| 传　　真 | ：010-81136655 |
| 印　　装 | ：北京科信印刷有限公司 |
| 经　　销 | ：全国新华书店 |
| 开　　本 | ：720×1020　1/16 |
| 印　　张 | ：13.5　　字数：163 千字 |
| 版　　次 | ：2025 年 3 月第 1 版 |
| 印　　次 | ：2025 年 3 月第 1 次印刷 |
| 定　　价 | ：53.00 元 |

文史版图书，版权所有，侵权必究。

文史版图书，印装错误可与发行部联系退换。